BERTA

Çiçeklerin ... ek,
Sağlığına kavuşmanı
ile seni tekrar
aramızda görmeyi
özlemle bekliyoruz.
Sevgilerimle
"Abdurrahman"

Abdurrahman Topçu, 1949 yılında Kars'ta doğdu. Pertevniyal Lisesi'nden sonra İstanbul Üniversitesi İktisat Fakültesi'nden mezun oldu. Özel sektörde yönetici olarak çalıştı. *Berta*, Topçu'nun ilk kitabı.

Abdurrahman Topçu

Berta

geniş kitaplık

geniş kitaplık – 6

Berta / Abdurrahman Topçu

Kitap Editörü: İlhan Durusel
Düzelti: Nisan Tandal

Kitap Tasarımı: Gökçen Ergüven

Baskı: Şefik Matbaası
Marmara sanayi Sitesi
M Blok No 291
İkitelli, İstanbul

1. Baskı: İstanbul, Ekim 2006
ISBN: 975-9097-09-5

g yayın grubu
Ferit Tek Sokak 36/2 Moda 34710 İstanbul
Telefon: (0216) 337 15 59
e-posta: bilgi@gyayingrubu.com
www.gyayingrubu.com

"Prof. Belkıs Halfon, Prof. Nezhun Gören ve Prof. Halil Dinçer Azizlerli... Üç bilim insanı, üç sıkı kitap okuyucusu.. Kendilerine bile ayıramadıkları zamanlarını gönderdiğim taslak metinler için ayırdılar, bir editör bilgeliğinde eleştirdiler ve yönlendirdiler.
Üçünüze de teşekkür ederim."

Abdurrahman Topçu

Berta

Bayan Anne!
Biri var yanımda
Ödümü patlatan
Bak, işte yorganımın altında
Dans edip çığlık atan
Eğri bedenli
Bin bir suratlı, çirkin elli

LARA

Kızarmış suratını buruşturan Serge Barovski, hışımla odaya girdiğinde, soğuktan korunmak için beze sardığı ellerini yumruk yapmıştı, öfkeden kudurmak üzereydi. Oda kapısının parçalanırcasına açıldığını duyan küçük Lara, yatağının içine biraz daha sindi, başına çektiği kirli yorganın altında, olacakları korkuyla beklemeye başladı.

"Lara Barovski, seni sefil piç! Hangi cehenneme saklandın?" diye bağırdı Serge, gözleri yorgana ilişirken.

Lara, ölüler gibi sessizdi. Çırpınmaktan kasılan ufacık yüreği duracak hale gelmiş, yatağını tekmeleyen babasının kendisini affetmesi için yalvaracak kadar bile soluğu kalmamıştı. Serge, yorganı bir çırpıda çekip Lara'yı açıkta bırakırken,

"Hangi cesaretle efendine tekme atarak köşkten kaçarsın!" diye çatlak sesiyle yeniden bağırdı. "Seni gebertmemi istemiyorsan bana tek bir neden söyle!"

Korkudan yatağını ıslatan ve "Bayan Anne biliyor! Bayan Anne biliyor!" diye inleyen, bir yaprak kadar ince küçük kız, titreyerek sarsıldı ve kendinden geçti. Havalandığını, taşlarla kaplı döşemeye çarptığını anlayamadı. Karnına ya da sırtına gelen tekmeleri hissetmediği gibi acı da duymadı. Sadece düşler içinde gidip göklerdeki sevgili annesi Berta'nın yumuşacık, sıcacık kucağına ulaştı. Başını göğsüne dayadı, dağınık saçlarını onun şefkatli, usta parmaklarına bıraktı, huzur içinde uyuyakaldı.

Kızının bayıldığını gören Serge, tekmelemeyi bıraktı, öfkesini dindirmek için kendini sokağa attı. Kirli pantolonunun paçalarını lastikli kumaş konçlarına soktuğu deri çizmelerinin ucuyla yumuşak karları iterek bir süre sokaklarda yürüdü, soluk almaya çalıştı. Yatağından çekip aldığı kızının yere savrulmadan önce inleyerek söylediği sözler takılmıştı kafasına. Her zaman "Bayan Anne" diye saygıyla seslendiği Ludmila Kiriyova'yı bulup kızının ne demek istediğini anlamak için tekrar çiftliğe yöneldi.

Kimsenin bir daha haber alamadığı Serge Barovski'yi, çiftlik sahibi Yakov Karpoviç'in öldürttüğü söylendiyse de kuşkusuz bu, hiçbir zaman kanıtlanamayacaktı.

***

Hali vakti yerinde Serge Barovski, yolunu şaşırmadan önce Stavropol'un en iyi demir ustasıydı. Soyluların arabalarına yaptığı dekoratif tekerleklerin sağlamlığı, Rusya'nın dört bir yanında duyulunca herkes kapısında kuyruğa girmişti.

Bağlı olduğu kiliseye ve ailesine fazla düşkün değildi, ama işinde en iyisiydi. Sırtından hiç çıkarmadığı keçe hırkasıyla sessiz sedasız gezinen, kendi halinde bir adamdı. Diğer erkekler gibi zamanını sağda solda içki içerek ya da barbut atarak geçirmezdi. Çok konuşmayı sevmez, akrabalarını nadiren ziyaret ederdi. Akşamları hiçbir yere uğramadan evine gelir, yemeğini yedikten sonra erkenden yatağına girer, dükkânını açmak için sabahın şafakla beraber yollara düşerdi.

Sonra bir gün, onun yaşantısında kimsenin anlam veremediği değişikler oldu. Çırağının iddiasına göre bu değişim, Stavropol'un en bozuk yolunda yaylısının* tekeri kırılan ve başında büyük tüylü şapkası olan süslü bir bayanı tanımasıyla başlamıştı. Tekerleği onarmaya giden ustası, birdenbire dalgın ve düşünceli bir adam haline gelivermişti. Kısa bir süre sonra bu iddiayı, kilisenin papazı da desteklemiş, Pazar ayinlerine katılıp Tanrı ve Oğul'a sığınmaktan kaçınan Serge'yi, göz göre göre Şeytan'ın temsilcisi şu lanetlenmiş kadın Alinka'nın tuzağına düşmekle suçlamıştı.

---

* Her tarafı kapalı ve pencereli küçük bir fayton çeşidi.

Serge Barovski, birdenbire herkesi şaşırtarak varını yoğunu satmaya başladı. Artık evine geç saatlerde körkütük sarhoş geliyor ya da birkaç gün ortadan kayboluyordu. Onu birçok kez, Alinka'nın kent dışındaki etrafı yüksek taş duvarlarla kaplı konağına girerken görmüşlerdi. Kent yöneticileri ve soylulardan başka kimsenin içeri alınmadığı bu küçük saraya nasıl kabul edildiği bir sırdı, ama gerçekti.

Musluklarından su yerine pahalı içkilerin aktığı, sabahlara dek kemanlarla romantik aşk melodilerinin çalındığı söylenen Alinka'nın aşk cenneti Serge için ne yazık ki kısa sürdü ve bir sabah ansızın kendini kapının önünde buldu. Hızla yoksullaşan koca Serge, her şeyin bittiğini kabul edemiyor, kendini, tüm bunların kötü bir düş olduğuna inandırmaya çalışıyordu. Onu asıl yıkan şey ise, kırk yıllık ömrüne mal olan alın terinin bir anda uçup gitmesi değil, parası biter bitmez cennetten kovulmasıydı.

Günahlarının bağışlanması için Tanrı yerine şeytan kadın Alinka'nın ayaklarına kapanan Serge'ye akrabaları dâhil hiç kimse yardım elini uzatmayınca pusuda bekleyen aç ve sefil günler kapıya dayanmakta gecikmedi.

İç savaşın arifesindeki Rusya'nın kar ve buza gömüldüğü bir sırada beş parasız kalmış, ne yapacağını bilemez hale gelmişti. Konaklarda hizmetçilik yaptırdığı karısı Berta'nın getirdiği parayla daha çok içmeye, sarhoş olunca da ev halkını dövmeye başlamıştı. İçkinin dozu giderek artınca karısının getirdiği yevmiyeler de yetmez olmuştu. Belki bedenine saklanan şeytanın, belki de umarsızlığının dürtüsüyle karısını, çalıştığı evden tütsülenmiş söğüş etle votka çalmaya zorlayan yoksul ve ayyaş Serge Barovski, onun talihsiz bir şekilde yakalanmasına ve aceleyle yargılanıp ipe çekilmesine aldırış etmeyecek, hatta yeterince yas tutmayacak kadar erdemlerini yitirmiş görünüyordu. Üç beş ruble getirmesi için bu kez çocuk yaştaki oğlu Nikolay'ı zengin komşusuna kiralamasının yarattığı dedikoduya da kulak asmadı. Aldığı parayla bir süre daha idare etti. Nihayet, sefilliği ortaya çıkıp da itibarı iyice düşünce oradan ayrılmaya, gözlerden uzak bir yere gitmeye karar verdi. Bir zamanlar, kutsama töreni sırasında gurur ve sevinç dolu gözyaşlarıyla bağrına bastığı sevgili oğlu Nikolay'ı sonsuza dek çocuksuz komşusuna sattı. Rubleleri cebine, küçük kızı Lara'yı da atının arkasına atarak midesine indirdiği yarım şişe votkayla Kafkasların güneyindeki Vale'ye gitti. Kuzeni Andrei'yi bulmayı umut ediyordu.

***

Balkanlar'da Türklere karşı yapılan savaşlarda kahramanlıklar gösterdiği için terfi ettirilen ve bizzat Çar'ın elinden madalya alan Yüzbaşı Andrei Barovski, Vale'deki küçük askeri garnizondan ve bölgenin asayişinden sorumlu başarılı bir askerdi. Tayin edilmek istendiği saray muhafız alayı yerine, ülkenin en uzak köşesinde ısrarla görev istemişti. Arkadaşlarının bile hayret ettiği bu kararında, otuzunda dul kalmış soylu ve zengin bir kadına duyduğu umutsuz aşkın büyük rolü olduğu tahmin ediliyordu.

Ahıska Valisi General Seriyoskov'un emrine verilince, kendini Vale'de buldu. Barışın yıllardır namlu ucuyla sağlandığı, birbirleriyle didişen halkların diken ucunda yaşadığı Güney Kafkasya'daki bu küçük bölge, Yüzbaşı Andrei'ye teslim edildi. Göreve başlar başlamaz, çiftlik sahiplerini, kasaba ve köylerin ileri gelenlerini Vale'ye davet ederek hepsine huzur yemini ettiren, ayırım gözetmeksizin herkese eşit davranan Yüzbaşı, kısa sürede sevilen, sayılan bir adam olup çıkıverdi.

Serge, ne yazık ki kuzeni Yüzbaşıyı bulamadı. Garnizon, askerleri sır vermiyordu. Kasabalılardan bazıları, büyük bir süvari birliğinin başında gördükleri Yüzbaşı'nın, Poshov yönüne doğru gittiğini ileri sürmüşlerdi, hepsi o kadar. Gerçekte nereye gittiğini, ne zaman döneceğini kimse bilmiyordu.

Genellikle yabancıları kuşkuyla karşılayan Vale'nin tutucu insanları, sevgili yüzbaşıları Andrei'nin kuzenini bağırlarına basmakta, ona umutsuzluk yerine, kızıyla kalabileceği tek odalı kiralık bir evle birlikte, demirci olarak çalışabileceği bir iş vermekte gecikmediler.

Karısını ve oğlunu çalıştırıp geçinmeye alışık biri için tekrar demir işine dönmek pek iç açıcı olmasa da, bir süre buna katlanmak zorunda kalacaktı. Küçük demir atölyesinin sahibi dindar Kuchen, hem demircilik yapıyor, hem de varlıklı evlerin duvarları için taş yontuyordu. Ruhu boşta kalmış Serge'yi de kasabanın henüz tamamlanmamış kilisesine götürmek için zorlamaya başlamış, "Al işte, Tanrı'ya olan borcumuzu ödemenin ele geçmez bir fırsatı! Daha çok eksiğimiz var, ama en önemlisi çanımız yok! Kendi aramızda ufak tefek birşeyler topladık. Malzememiz de hazır. Gördüğüm kadarıyla iyi bir ustasın. Çanı yap, hepsi senin olsun!" diye rüşvet teklif ederek onu kiliseye ısındırmaya çalışmıştı.

Çiftçilere yaptığı birkaç tırpan ya da at nalından gelen paranın hiçbir işe yaramadığını anlayan Serge bu fikre sıcak baktı. Böylece, kasaba kilisesinin kilometrelerce öteden duyulan çanını kendi elleriyle yaparak aldığı alkış ve cebine koyduğu parayla uzun bir süre gizlice votka satın alabilecek ve her gün birkaç tutam enfiyeli tütün sarabilecekti.

Halkın çanla birlikte andığı adı hep orada kaldı, ama rubleler çabuk tükendi. Lara'ya gelince, büyüdükçe gelişip boy atacağına küçülen, giderek incelen kızın perişan hali, bitişik binada oturan ev sahibi yaşlı Polonez'in yüreğine dokunmuş olacak ki karısıyla arada bir süt ve ekmek, çok ender de olsa et gönderiyordu. Maaşını meyhanede tüketip uzun bir süre ev kirasını ödeyemeyen Serge, çok sevdiği atını, borcuna karşılık ev sahibine vermek zorunda kaldı. Kızını verse bu kadar üzülmezdi! Kederini unutmanın tek yolu ise daha çok içmekten geçiyordu. Her gün dükkâna geç gitmeye, işini aksatmaya başlamıştı. Düzenli olarak kiliseye götürmeyi başaramadığı adamın ayyaşlığından bıkan Kuchen, önünü göremeyecek kadar sarhoş yakaladığı bir sırada Serge'yi kovmak zorunda kalırken yine de iyilik yaptı, bir an önce gidip, kuzenini herkesten çok seven kumaş ve mücevher taciri Efraim Abram'ı bulmasını önerdi. Serge'ye ancak bu adam yardım edebilirdi.

Demircinin dediği doğru çıktı. Kasabanın tek taciri Bay Abram, geçmişte çok iyiliğini gördüğü Yüzbaşı Andrei'nin, pek güven vermese de darda kalmış kuzeninden yardımını esirgemedi. Ona uygun bir iş bulamadı ama, öncelikle sırtındaki çaputlardan kurtulması için birkaç metre yün kumaş verdi ve her defasında bez torbasına yiyecek, cebine de hatırı sayılır harçlıklar koydu. Bu durum, verilen rublelerin votkayla el değiştirdiğinin ortaya çıkmasına dek devam etti. Çok üzülen tacir, onu birkaç kez uyardı, öğütler verdi, yine de bir nebze pişmanlık ve düzelme umarak yardımını kesmedi. Umduğunu bulamayınca harçlığını kesip sadece yiyecek vermeye devam etti. Serge, bununla da uslanmadı, bu kez torbasındaki yiyecekleri içkiyle takas etmeye başladı. Çaresiz kalan Bay Abram, istemeyerek değirmenin suyunu tamamen kesince, kızıl yüzlü adam kaderiyle baş başa kaldı.

Kuzeni Andrei'nin dönmesini sabırsızlıkla bekleyen Serge, günlerce ne kendisi için bir yudum içki, ne de kızı için bir lokma yiyecek bulabildi. Lara'yı göndererek varlıklı evlerden dilendirdiği ekmekleri katık yaptığı yabani ot ve mantar çorbalarıyla yaşamaya çalıştı. Mideleri iyice ufalıp Serge'nin sakallı yüzüne umutsuzluğun kara bulutları tamamen çökünce, kızının elinden tutarak Yakov Karpoviç'in kuzeydeki çiftliğine sığındı. Geniş toprakları, dağ sularıyla beslenen büyük çiftlikte herkese göre bir iş olduğunu duymuştu.

***

Bölgenin en varlıklı adamı olmasına ve yıllarca saraya hediyeler göndermesine rağmen bir türlü soyluluk unvanı alamayan Bay Karpoviç, cimriliği ve acımasızlığıyla ünlü, kısa boylu, kavun göbekli bir adamdı. Keçi sakalının üstüne yayılan ince dudakları, delikleri uzaktan görünen minyon bir burnu ve insanı ürküten küçük yeşil gözleri vardı. Pahalı ipek yeleğinin ceplerinde hep asılı tuttuğu tombul kısa parmaklarını, ya yemek için ya da köşkün kuytularına sıkıştırdığı, ergenlik çağına henüz ermiş hizmetçi kızların apış aralarında maharetle gezindirmek için kullanırdı. Yalnız yaşayan Yakov Karpoviç'in, şanssız bir gününde karısı tarafından yakalandığı ve şiddetli bir tartışmanın sonunda terk edildiği söylenirdi hep. Çocuklarını da yanına alan karısı bir daha da geri dönmemişti.

Yakov Karpoviç'in, hiç bir unvanı olmadığı halde kendisine "Kont" diye hitap edilmesinden çok hoşlandığını öğrenen Serge, onu, köşkün önündeki merdivenin kırık basamaklarını onaran taş ustalarını azarlarken buldu.

Kısa bacaklarının üstünde gururla duran Bay Karpoviç, karşısındaki adamın yüzünü görebilmek için başını epeyce yukarı kaldırmak zorunda kalmıştı. Aralarındaki ilişkinin ne olduğunu bilmeden safça, "Ben, Yüzbaşı Andrei Barovski'nin kuzeniyim, saygıdeğer kontum," diye söze başlayan adama değersiz bir eşya gibi baktı. Yüzbaşı Andrei'nin adını duyunca irkilmiş, ona duyduğu nefreti anımsamıştı.

"Demek Yüzbaşı'nın kuzenisin, ha? Ne işe yararsın ki?" diye sordu Bay Karpoviç.

"Her işinize yararım, saygıdeğer kontum. Tarlada çalışırım, odun keserim, atları tımar ederim," diye umutla yanıtladı Serge.

"O dediğinden elimde yüzlerce var. Başka?"

Serge'nin umudu ve kızıl sakalları aynı anda titredi, ellerini karnında kavuşturdu.

"Emrettiğiniz her şeyi yaparım."

"Evli misin?"

"Karım öldü, saygıdeğer kontum. Bir kız çocuğum var."

"Ya? Al işte, beslenecek bir boğaz daha!"

"Hiçbir şey yemez efendim, cılız bir şey zaten. Görseniz bana hak verirsiniz."

Parmağıyla kulağının içini kaşıyan Bay Karpoviç, tam onu kovmayı düşünürken aniden gelip kafasına yerleşen başka bir düşünceyle duraksadı. Yüzbaşı'nın kuzenini, en berbat işlerde boğaz tokluğuna çalıştırmak ve yerlerde süründürerek öcünü almak gibi parayla elde edemeyeceği bir fırsatı elinden kaçıramazdı!

"Kızın kaç yaşında?" diye sordu merakla.

"Sekiz yaşında, saygıdeğer efendim. Köleniz olur."

"Demek sekiz yaşında! Nerede şu anda?"

"Çiftliğin kapısında emrinizi bekliyor, efendim."

"İyi, iyi. Atlardan anladığın doğru mu, köylü?"

"Onlarla büyüdüm, kontum."

"Pekâlâ, ahırlara git, sana temizlik işi versinler. Kızını da evime getir. Ayak işlerine yardımcı olur. Burası aşevi değil, kimseye bedava yemek yok!"

"Ben onurlu bir adamım, saygıdeğer efendim. Bedava hiçbir şeyi kabul etmem."

"Suratından belli zaten! Hadi, doğru işinin başına!"

Yakov Karpoviç, iri göbeğinin altına yapıştırılmış gibi duran ince bacaklarını aceleyle atarak köşke çıkan taş merdivenleri tırmanmaya başladı.

Lara'yı alıp köşke getirmek için çiftliğin dış kapısına yönelen Serge ise, her zaman kızdığı kaderine bu kez lanet etmemişti. En azından geceleri aç yatmayacaklardı.

***

Yakov Karpoviç'in ilişmediği tek insan olan Bayan Kiriyova, iri yarı bir kadındı. Kopardıkça yüzünde yeniden ve daha gür çıkan kıllarla başı dertteydi. Kocası çiftlikte kâhyalık yapıyor, Bayan Kiriyova ise köşkü yönetiyordu. Genç kızlığında geçirdiği saçkıran hastalığının seyrekleştirdiği kısa saçlarını kahverengi bir tülbentle kapatırdı hep. Bay Karpoviç'in defalarca uyarısına karşın, gerilen sinirlerinin tik haline getirdiği göz kırpma alışkanlığından ise bir türlü kurtulamamıştı. Çiftlikteki çalışanların, özellikle çocukların köşe bucak kaçıştığı sert görüntüsünün altında yatan yumuşak kalbinin keşfedilmesinden ise asla hoşlanmazdı.

Elle tutulsa kırılacakmış gibi görünen incecik bilekli Lara Barovski, Bayan Kiriyova'ya teslim edilmişti. Çiftlikte yaşayan hizmetkârların yıkandığı arka bahçedeki kulübede, büyük bakır kazanın içinde ısıtılmış suyla kirlerinden ve üstündeki paçavralardan ayıklanan kızcağıza uygun bir hizmetçi elbisesi bulamayınca kendi kız çocuğunun eski giysilerini uyduran Bayan Kiriyova, onu köşke getirdi ve eline bir bez tutuşturdu. Aslında o küçük ellerin ve çelimsiz bedenin nasıl olup da bir işe yarayacağını uzun uzadıya düşünmedi değil. Kendisine kalsa hiç çalışmaması, çalışmasından daha iyi olacaktı. Ama kim olursa olsun, Bay Karpoviç'in bedava yemeğe tahammülü yoktu! Önce mutfakta bir iş vermeyi düşündüyse de ayakaltında dolaşmasından korkup vazgeçti. En iyisi, evin içinde çalışan hizmetçi kızlara yardım etmesiydi. Düşündüğünü yapmasına yaptı, ama bu arada Bay Karpoviç'i unutmuştu!

Henüz sekiz yaşındaki Lara, babasının tehditkâr öğüdünü tutarak canını dişine takmış, yarı boyundaki su kovasını, genç hizmetçi kızların peşlerinden yetiştirmeye çalışmış, köşkün kırmızı boyalı tahta döşemelerini, banyonun beyaz mermerlerini silmeye yardım etmişti. Ama bir gün, çırılçıplak bırakılarak Bay Karpoviç'in şişman ve yağlı kucağına oturmaya zorlanınca dayanamamış, kusarak mutfağa kaçmış, Bayan Kiriyova'ya sığınmıştı.

Yemekleri kontrol etmekte olan Bayan Kiriyova önce şaşırdıysa da neler olduğunu anlamakta gecikmedi. Kızcağızın sadece kemikten ibaret çıplak bedenini geniş eteklerinin ve parçalanan yüreğinin arkasında gizlemeyi denedi. Oysa kadıncağızın yapabileceği fazla bir şey yoktu. Nitekim Yakov Karpoviç'in tersi dönmüş minyon gözlerini görünce kenara çekilmek zorunda kaldı.

Çöp gibi bacaklarının arasındaki özel yerini beceriksizce elleriyle kapatmaya çalışan Lara, bir yandan ağlıyor, bir yandan da korku dolu yalvaran bakışlarla Bay Karpoviç'e bakıyordu. İşte her şey o sırada oldu. Tüy kadar hafif kızcağızı omuz başlarından tutarak havaya kaldırıp silkeleyen Bay Karpoviç'in hayâlarına, panik içinde çırpınan Lara'nın tekmelerinden biri çarptı. Acıyla yüzünü buruşturan Bay Karpoviç, bu küçük piçi gebertinceye dek dövmeye hazırlandığı sırada bir ses kulağına Yüzbaşı Andrei'yi fısıldadı birden. Ne de olsa onun yeğeniydi ve Yüzbaşı, uzaklarda bile olsa beklenmedik bir anda geri dönebilirdi!

Yakov Karpoviç sıkı bir tokatla yetindi. Yere serilen Lara, sürünerek peçin* yan boşluğuna sindi. Gözlerinden boşanan yaşlar, salyalarına karışıp ağzına doluyor, boğuk bir şekilde hıçkırıyordu.

Yüreği parçalansa da bu sahnelere alışık olan ve her defasında görmezlikten gelecek kadar çaresiz kalan Ludmila Kiriyova, öfkeyle mutfağı terk eden Bay Karpoviç'in ardından Lara'yı şefkatle kucakladı, teselli ederek sakinleştirdikten sonra kocasını çağırdı. Aceleyle elbiselerini giydirdiği, içine biraz kavurmalı ekmek konmuş ufacık bir bohçayı eline tutuşturduğu Lara'yı kocasının yanına katarak kimseye görünmeden gizlice kasabaya, Serge'nin tek gözlü evine gönderdi. Peşlerinden bakarken ağlamamak için kendini zor tutuyordu.

Hiçbir şey olmamış gibi balkona geçen ve sakin bir şekilde çayını içmeye başlayan çiftliğin efendisine, kızın ağlayarak köşkten kaçtığı, ortadan kaybolduğu bildirildi. Aldırmayan bir tavırla omuzlarını kaldıran Bay Karpoviç, Ludmila'nın konuşmayacağından emin bir rahatlıkla kızın babasının derhal yanına çağrılması talimatını verdi.

Temizlediği lağımların ve ahırların üstüne sinen kokusu ve çıkarıp eline aldığı kirli şapkasıyla efendisinin karşısına dikilen Serge,

"Beni emretmişsiniz, kontum," dedi saygıyla.

"Kızına iyi terbiye vermemişsin, Serge Barovski! Zaten sizin gibi basit köylülerden başka ne beklenir ki!" diye tersledi onu Bay Karpoviç.

Omuzlarını daha da aşağı indiren Serge,

"Kızım mı? Yüce efendimize karşı bir kusur mu işledi aca-

---

* Rusya'da ısınmaya yarayan oda şömineleri.

ba?" diye sordu safça.

"Daha ne olsun!" diye köpürdü Bay Karpoviç. "Ona hep iyi davranmama karşılık ne yaptı? Ludmila Kiriyova'nın gözleri önünde beni terbiyesizce tekmeledi!"

"Bunu kızım mı yaptı? Nasıl olur? Çok korkak ve uysal bir çocuktur."

"Ben yalan mı söylüyorum, pis köylü?"

"Bağışlayın, bunu kastetmedim, saygıdeğer efendim. Kızım nerede şu anda? Derhal cezasını vereceğim!"

"Nereden bileyim? Ortadan kaybolduğunu söylediler. Kaçıp bir deliğe girmiştir herhalde? Sana gelince, çabuk karşımdan defol, gözüm görmesin! Bu çiftlikte nankörlere yer yok, anladın mı sefil yaratık!"

***

Yere serilip dizlerini karnına çekmiş Lara, gittikçe solarak Tanrı'ya ulaşmaya ramak kalmış çocuk yüzünü soğuk taşlara teslim etmişti.

Yapayalnızdı. Ev sahibi onu perişan bir halde buluncaya dek kaç gün aç kaldığını, kaç gün altına çiş yapacak kadar üşüdüğünü anımsayamadı. Lara, babasının geri dönmesini ve kendisini affetmesini boşuna bekledi. Ev sahibi ise evi bir türlü boşaltmayan ve ortalarda görünmeyen Serge'den umudunu tamamen kesince ölmeyecek kadar beslediği kızının yalnızlığını ve içler acısı durumunu Bay Karpoviç'e bildirmek zorunda kaldı.

Yakov Karpoviç, sanki bu dramatik olaylardan haberi yokmuş gibi çok şaşırdı. Üzüldüğünü belirten kısa bir not yazdı, kızı gizlice köşke getirmesini istedi. Lara'yla birlikte gelen ev sahibine Serge'nin borcundan fazlasını ödeyip ağzını açmamasını sıkıca tembihledi.

Ardından Bay Karpoviç şaşılacak şeyler yaptı; yufka yürekli bir adam olup çıkıvermişti. Merhamet elini uzatıp koruma altına aldığı kimsesiz kızcağızın "efendisine isyanını" büyüklük göstererek bağışladı. Hatta Kutsal Ruh'un takdirini kazanacak böyle bir sevabı herkesten gizleyecek kadar soylu bile davrandı.

Kızın yaralarını tedavi ettirdi, küçük ince bedenini mermer banyonun sabunlu sıcak sularıyla yıkattı. Temiz çamaşırlar, entariler giydirdi. Taze meyveyle et yedirmeleri, bal ve tereyağı ile beslemeleri için Bayan Kiriyova'ya emirler verdi. Anneleriyle birlikte evi terk eden çocuklarının odasını tahsis ettiği Lara'yı sık sık kontrol etti, iyileşmesini, beslenerek kendine gelmesini sabırla bekledi. Büyük bir üzüntü ve endişe içinde kızla ilgilenen Ludmila Kiriyova, onu kaçırıp saklaması için zorladığı kocasının şiddetle karşı çıkışıyla çaresiz kaldı. Böyle bir şeyi denemek bile kırbaçlanmalarına ve kovulmalarına yol açabilirdi. Tek yapabildiği, en ufak bir tıkırtıyla irkilen ve gözlerini irice açarak bilinçsizce kaderini bekleyen kızcağızın saçlarını okşamak, bir nebze olsun korkularını hafifletmekti.

Çok geçmeden, Bay Karpoviç'in büyük sarı pirinç karyoladaki mis kokulu ve değerli çarşafını kızlık kanıyla kirleten küçük Lara, göklerdeki annesi Berta'nın huzur dolu sıcak kucağına bir kez daha ulaşacak, orada tekrar uyuya kalacak ve yine hiç acı duymayacaktı.

***

Kendisini izleyen süvari bölüğünün başındaki Yüzbaşı Andrei Barovski, gitmesinden aylar sonra, beyaz yeleli atının üzerinde Vale'ye girdiğinde, karları örten kırmızı bir karanlık başlamıştı. Issız sokaklardan geçerken karlara basan donmuş nalların sesinden ve uluyan köpeklerden başka birşey duymadılar.

Nöbetçilerin açtığı iki kanatlı, sürgülü demir bir kapıyı geçerek yüksek taş duvarlarla çevrili askeri kışlanın avlusunda durdular. Göreve gitmeden önce, garnizona göz kulak olmaları için geride bıraktığı askerlerle birlikte Teğmen Yuri karşıladı onları.

Yüzbaşı Andrei sarışın, düz alınlı, geniş omuzlu ve uzunca

boyluydu. Çar'ın en yakışıklı subaylarından biri olmasa da askeri okulda öğrenciyken birçok genç kızı kendine âşık ettiğini, bunlardan bir-ikisiyle flört ettiğini herkes biliyordu. Oysa şimdi, o cazibeden eser kalmamış, dönmuş yorgun yüzüyle tanınmayacak hale gelmişti. Kirlenmiş kaputunun içinde kısalmış, küçülmüş gibiydi. Omuzlarını dik tutamayacak kadar kendini bitkin hissediyor, yün eldivenlerin içindeki ellerinin titremesine engel olamıyordu.

Yüzbaşı çizmelerini çıkarıp günlerdir üşümekten katılaşmış ayaklarını sıcak su dolu leğene sokmadan önce her köşeye ikişer nöbetçi dikilmesi, seyyar toplarla ağır makineli tüfeklerin doldurulup hazır hale getirilmesi için emirler verdi. Peşlerinden geldiğine emin olduğu asilerin saldırısından korkuyordu. Çizmelerini çıkarırken aylardır neler yaptığını merak eden Teğmen Yuri'ye,

"General Seriyoskov'un emri üzerine Poshov'un* altından geçen dere kenarında Komutan Gober'in birliklerine katıldık, hep birlikte Ilgar'a tırmanıp öte yakadaki bir orman köyünde mola verdik," diye açıkladı. "Son dinlenmemiz de bu oldu zaten. Ertesi gün, Gürcülere yardım etmek için kuzeye döndük. Günler süren yolculuktan sonra Hopa üzerinden Batumi'ye geçtik. At üstündeki en uzun yolculuklarımızdan biriydi, çok yorulmuştuk."

"Yollarda durum nasıldı, Yüzbaşım?"

"Poshov'dan Hopa'ya kadar sakindi. Sadece bazı köylerde yağmalanma olmuş. Sanırım Gürcülerin işi. Birkaç köyü basıp karşı koyanları öldürmüşler. Pek hoş bir manzara değildi doğrusu."

"Komutan Gober dedikleri kadar deli mi?"

"Fazlası var, eksiği yok! Hatta tam bir cani diyebilirim! Kabahatli iki askerin tabanlarını, bütün birliğin gözü önünde kızgın demirle dağladı! Müdahale edeyim dedim, beni de azarladı! Neyse ki Batumi'de fazla kalmadık. Üç ay sonra görevimizi tamamlayıp ana karargâha dönmek üzere tekrar yola çıktık. İşte bundan sonrası felaketti! Çamurlu yollar, dik yamaçlar ve karanlık ormanlar...

---

* Ardahan'a pağlı Posof ilçesi.

Bolşevik asilerle ilk defa orada karşılaştık. Tiflis'e kadar birçok yerde çarpışmak zorunda kaldık. Tiflis'te neyle karşılaşsak beğenirsin? Koca tümen, hangi akla hizmetse, kenti Gürcülere teslim edip Rostov'a çekilmiş! Komutan Gober çok sinirlendi, tümenin peşinden gitti. Herhalde generallerle birbirine girmişlerdir! Eh, gördüğün gibi ben de buraya dönmeye karar verdim. Düşünsene, Bolşevikler, birçok yerde tren yollarını ve telgraf hatlarını havaya uçurmuş, ama aldıran yok! Bütün bu olanlar sanki Çar'ın da, hükümetin de, generallerin de umurunda değil. Tiflis'ten buraya kadar attığımız her adımda pusuyla karşılaştık. Küçük garnizonları, karakolları basarak ele geçirdikleri ağır silahlarla bize saldırdılar. Çarpışmalarda askerlerimin üçte birini kaybettim. Bazıları kaçıp asilere katıldı! Ne kadar onur kırıcı bir durum, değil mi?"

Yüzbaşı Andrei, bu duruma çok sinirlendiğini, kaçmaya yeltenen genç bir askeri bizzat izleyerek ormanda yakaladığını ve kendi elleriyle vurduğunu da ekledi.

"Sizi yıllardır tanırım, fakat ilk kez bu kadar çaresiz ve umutsuz gördüm, Yüzbaşım!" dedi Teğmen Yuri.

"Nasıl umutlu olabilirim ki?" diye isyan etti Yüzbaşı. "Sadece şehirler güvende. Diğer her yerde bizi öcü görmüş gibi karşıladılar! Hem de kendi askerlerini! Kızıllar, halka bir sürü masal anlatıp herkesin aklını çelmişler. Bence, asileri evlerinde saklıyorlar. İsa aşkına, çete kurmuş haydutların sözlerine nasıl inanabiliyorlar, anlamıyorum! Her tarafta karışıklık ve gizli bir isyan var teğmen, Rusya iç savaşın eşiğinde! Bırak bölgeyi, ne yazık ki kendimizi bile korumaktan aciz bir hale geldik!"

"Size katılıyorum, Yüzbaşım," dedi Teğmen Yuri, sıkıntıyla. "Son günlerde burası da bozuldu. İnsanlar birbirinden korkuyor. Sizden sonra Yukarı Bölgedeki Müslüman köyler neredeyse boşaldı, bazıları Ahıska'ya, bazıları da Türk topraklarına göç etti. Daha birkaç gün önce varlıklı Polonez çiftçilerin her şeylerini bırakıp Petrograd'a gittiklerini, Grek ve Alman ailelerin ise güneye indiğini öğrendim. Geride Vale'nin yerlileri ile yoksul köylüler kaldı.

Kısacası ben de pek ümitli değilim!"

Aslında cesur bir asker olan Teğmen Yuri, yaşadıklarına Yüzbaşı'nın anlattıkları da eklenince endişesini daha fazla gizleyememişti. Ona göre de Bolşevikler geri çekilen Yüzbaşıyı izlemişlerdi ve her an saldırabilirlerdi. Henüz vakit varken, göz önündeki bu kışlayı terk edip kuzeybatıya çekilmeyi ve Yakov Karpoviç'in dere kenarındaki çiftliğinde karargâh kurmayı teklif etti. Konumu açısından tek emin yer orasıydı. Ağaçların arasına dağılarak çevreyi kuşatan düz tarlaları rahatlıkla gözetleyebilir, kendilerini daha kolay savunabilirlerdi. Fakat dinletemedi.

"Sana inanamıyorum, Yuri!" diye sertçe çıkıştı Yüzbaşı. "Her tarafı duvarlarla çevrili kale gibi bir yeri terk edip ormanlık sahada, korumasız ahırlarda savunma yapmayı düşünüyor olamazsın! Üstelik ümitsiz bir durumda bile olsa görev yerini terk ederek kaçmak, kurşuna dizilmeyi gerektirecek kadar ağır bir suçtur! Bunu, senin de iyi bildiğine eminim."

Teğmen Yuri birşeyler söyleyecek oldu, ama Yüzbaşı'nın sert bakışlarını görünce vazgeçti. Onun askeri yasalara ne kadar bağlı olduğunu biliyordu.

Askerlerin durumu daha da kötüydü. Aylarca aç susuz savaşmışlar, yıpranmış kaputlarına sarınarak buz gibi ırmak kıyılarında ya da karların içinde uyumaya çalışmışlardı. Son derece bitkindiler. Ne güçleri kalmıştı ne de moralleri. Hiç olmazsa birkaç gün dinlenmek, kendilerine gelmek istiyorlardı. Savaş uykusuna yatmaları ve tetikte olmaları konusunda verilen emri duyacak halleri yoktu.

Gece yarısını biraz geçtiği ve koğuşlardaki horlamaların giderek yükseldiği bir sırada korktukları başlarına geldi. Don tutmuş karanlıkta bedenleri katılaşıp uyuşan nöbetçileri ve yüksek duvarları aşan silahlı Kızıllar, ansızın kışlayı bastılar. Hazırda tutulan toplarla makineli tüfeklere garnizon askerlerinden önce onlar ulaştı. Panik içinde sağa sola koşan Teğmen Yuri, yatağından kaldırdığı Yüzbaşı Andrei'nin emirlerine karşı gelerek, hatta kurşuna dizilmeyi göze alarak askerlerinin büyük bir kısmını arkadaki tahliye kapısından kışlanın dışına çıkarmayı başardı. Çarpışarak ağaçların ve sıkı çalıların arasına kadar çekildiler. Ardından, her iki tarafta da sabaha dek süren ve sinirleri bozan bir sessizlik başladı. Diz boyu karların içinde bütün gün soluk almadan pusuya yattılar. Akşam karanlığı çökmeye başlayınca Yüzbaşı'nın işaretiyle sessizce orman içlerine dalıp hep birlikte bölgeyi terk ettiler.

Yakov Karpoviç'in çiftliğine vardıklarında gece yarısıydı.

***

Yıkılacakmış gibi vurulan kapının gürültüsü bodrum katındaki hizmetçileri uyandırmıştı. Köşkün arkasına bağlanan imtiyazlı evde ailesiyle birlikte uyuyan Bayan Kiriyova'ya haber verildi. Geceliğinin omuzlarını kalın bir şalla örten Bayan Kiriyova, tedirgin bir şekilde koşarak sofanın başında durdu, kapıyı açması için genç bir hizmetçiyi gönderdi.

Karşısında tüfekli askerleri gören hizmetçi kızın dili tutulmuştu, Yüzbaşı'nın gür sesini duyamadı. Kırmızı yanağının üzerine yumuşak bir biçimde inen tokatla biraz kendine gelir gibi oldu.

"Efendin evde mi?" diye sordu Yüzbaşı.

"Evet, komutan. Yukarıda, odasında uyuyor," diye kekeledi hizmetçi.

"Çok güzel. O halde uyandır, buraya getir! Yüzbaşı Andrei'nin geldiğini söyle!"

Teğmen Yuri, kadının yerinden kıpırdamadığını görünce onu kolundan tutup sürükleyerek üst kata çıkan merdivenlere doğru fırlattı.

"Yüzbaşının dediğini yapsana aptal!" diye bağırdı arkasından.

Kadın koşarak yukarı tırmandı, gözden kayboldu. Ludmila Kiriyova, yanına yaklaşan Teğmen Yuri'nin soğuktan kasılmış çocuksu yüzüne korkusuzca baktı.

"Siz kimsiniz, bayan?" diye merakla sordu Teğmen, soluğuyla ellerini ısıtarak.

"Ben Ludmila Kiriyova, bu köşkten sorumluyum," diye yanıtladı kadın.

Teğmen Yuri etrafına bakarken,

"Ya? Tanıştığımıza memnun oldum," dedi. "Çiftliği biliyordum, ama köşkün içini görmemiştim. Ne kadar güzel bir köşkmüş! Bilseydim ziyaretinize daha iyi bir zamanda gelirdim, bayan."

"Ne zaman isterseniz. Kapımız size her zaman açık, teğmen. Teğmen?"

"Bana herkes gibi Teğmen Yuri diyebilirsiniz."

"Yüzbaşı'yla önceden tanışmıştık. Her ikiniz de üşümüş olmalısınız, Teğmen Yuri. Sizin için sıcak birşeyler hazırlatayım mı?"

"Daha sonra, bayan," diye araya girdi Yüzbaşı. "Bay Karpoviç'i beklemeliyiz."

Üstteki odasında, köşeye kıvrılmış Lara Barovski'nin ısıttığı sıcak yatağından gürültüyle uyandırılan Bay Karpoviç, Yüzbaşı'nın adını duyunca hizmetçisini cezalandırmaktan vazgeçti. Çok uzun zamandır ortalarda görünmeyen Yüzbaşı'nın Vale'ye artık dönmeyeceğine, hatta başka bir yere tayin edilmiş olabileceğine tam kendini inandırmışken bu saatte karabasan gibi ansızın kapısına dayanması, yeryüzündeki tüm korkuların içine yürümesine yetmişti. "Yeğenini mi haber aldı yoksa? Ama nasıl olur, kimse bilmiyor ki!" diye düşündüyse de başından aşağı kaynar suların dökülmesine engel olamadı.

Yün terliklerini ayağına, robunu da telaşla sırtına geçirip odadan fırladı. Geçmişte iki kez azar işiten, hatta bir keresinde önce tekmeleyip sonra çamur dolu çukura ittiği yoksul bir kadına yedi ruble ceza ödemeye mahkûm edilen Yakov Karpoviç, bir türlü diş geçiremediği Yüzbaşı Andrei'den hem çekiniyor hem de nefret ediyordu. Birkaç kez çiftliğinde ağırlayacak kadar yakından tanıdığı General Seriyoskov'a bu aşağılayıcı durumdan bahsederek

Yüzbaşı'yı başka bir yere göndermeleri için ricada bulunmuş, ama Çar'ın özel ilgisini ve madalyasını hak eden bir subayın, önemli bir gerekçe olmadan başka bir yere nakledilemeyeceği yanıtını almıştı.

Çok beklemediler. Merdivenin başında görünen Yakov Karpoviç, kül rengi suratıyla sahte bir çığlık attı.

"Yüzbaşı Barovski, nerelerdeydiniz? Tanrıya şükür ki sizi tekrar gördüm!"

Her ikisi de birbirine nefretle baktı.

"Nasılsınız Bay Karpoviç? Korkarım bizi birkaç gün misafir etmek zorunda kalacaksınız."

Yakov Karpoviç derin bir nefes aldı. Demek ki Lara'dan haberi yoktu! Rahatlamış, yüzündeki korku yerini sevince bırakmış, eski rengi yerine gelmişti.

"İşte buna alınırım, Yüzbaşı! Ne demek zorunda kalmak! Şeref duyarım."

Yüzbaşı Andrei, kaşlarının altından imalı bakarak,

"Teşekkür ederim, Bay Karpoviç," dedi. "Bundan emindim."

Yakov Karpoviç, derhal özel konuk odasının hazırlanmasını, saygıdeğer konuklarının rahat ettirilmesini emretti. Bunları yaparken, kimseye sezdirmeden kaşlarını kaldırarak Ludmila'ya yukarıyı işaret etmiş, ne yapması gerektiğini ima yollu hatırlatmıştı. Kadın başını öne indirerek hızla merdivenleri tırmandı.

Özel konuk odasında kalmayı nazikçe reddeden Yüzbaşı, altta, kapıya yakın bir yerde oda hazırlanmasını rica edip sofayı geçti, ön salondaki şöminenin yanına kadar gitti, üşümüş ellerini üzeri küllenmiş ateşe uzattı. Ayakta duracak hali yoktu.

Dışarıda, kaputlarına sıkıca sarınmış askerler ise kendilerini yalnız bırakmayan Teğmen Yuri'nin ardından kâhyayı izleyerek hizmetkârların yaşadığı binalara yerleştiler. Gözlerinden uyku akmasına rağmen hiç biri, derin bir uykuya dalma cesaretini gösteremedi. Yarısı uyuklarken diğer yarısı, yanakları kızarmış büyük döküm sobaların yanına kıvrılarak silahlarıyla tetikte beklediler.

Bay Karpoviç gibi Yüzbaşı da uyuyamadı. Yün yorganın altında sağına soluna döndü durdu. Şafağın alaca karanlığı yerini gün ışığına bırakınca kalktı, giyinip kendini dışarı attı. Bacalardan tüten dumanlara bakılırsa herkes çoktan iş başı yapmış olmalıydı. Fakat ortalıkta, odun yüklü kocaman kızağı çeken iki köylüden başka görünen yoktu. Ökçelerinin üzerinde yarım bir çember çizerek etrafı şöyle bir taradı. Köşkle birlikte ortadaki büyük alanı çember gibi saran ağaçlar az ileride çamlara karışıyor, beyaz örtünün altındaki çayırların ve buğday tarlalarının başladığı yere kadar devam ediyordu. Köşkün biraz uzağında, bir araya toplanmış saç kaplı, tek katlı birkaç taş bina, iri ceviz ağaçlarının arasına ustalıkla gizlenmişti. Onların daha ilerisinde odun ya da samanların konduğu anlaşılan ahşap depolar vardı. Yüzbaşı, Teğmen Yuri'ye hak verdi, burası savunma için idealdi! Bir süre çiftlikte kalıp toparlanır, her şey düzelince kışlalarına geri dönebilirlerdi. Kenarında su kuyusu bulunan büyük bir çardağı geçince Teğmen Yuri'yle karşılaştı.

"Günaydın," dedi, kendini askerce selamlayan teğmenine karşılık vererek.

"Günaydın, Yüzbaşım. Siz de uyuyamadınız galiba."

"Evet, korkarım öyle oldu. Etrafı dolaşıyor, burada ne yapabiliriz diye düşünüyordum."

"Yorgun olduğunuzu düşünerek sizi rahatsız etmedim. Gün ağarmadan askerleri üç noktaya dağıttım. Şu anda hepsi pusuda bekliyor."

"Neden üç? Boş bıraktığın dördüncüsü hangisi?"

Teğmen Yuri, eliyle doğu yönünde yüksekçe bir yeri işaret etti.

"Şurada dağın eteklerine ulaşan büyük bir yar var. Bırakın buzulları, yaz aylarında bile oradan inmeniz mümkün değil."

"Askerler pusuda uzun süre kalamazlar, hava çok soğuk. Yanlarına birşeyler verseydin bari."

"Siperler kazıp içlerine ot serdik. Bulabildiğimiz battaniyelerin hepsini dağıttım. Bazılarına kepenek* verdik. Şu köşkün idarecisi bayanla kâhya kocası canla başla yardım ettiler, haklarını vermek lazım. Ambarları bir görseniz şaşarsınız. Bir orduya yetecek kadar erzak, yüzlerce hayvanı besleyecek kadar ot ve saman var. Ah, bir de yeteri kadar cephanemiz olsaydı burada aylarca dayanabilirdik!"

"Hiç olmazsa yanımıza birkaç tane makineli tüfek alabilseydik daha iyi olurdu. Mevcudumuz ne kadar, teğmen?"

"Şu anda altmış iki kişiyiz, Yüzbaşım. Ne yazık ki birçoğu kışladan kaçamadı."

"Acaba onlara ne yaptılar? Keşke kalıp savaşsaydık diye düşünüyorum."

"Bolşeviklere karşı koyacak durumda değildik, bunu siz de biliyorsunuz. Kaçamayanları öldüreceklerini sanmam. Büyük bir ihtimalle esir almışlardır."

"Askerlerin morali nasıl?"

"İyi olduğunu söyleyemem. Ama hepsi orduya ve çara sadık askerler, ellerinden geleni yapacaklardır, eminim. Yeter ki neyle karşılaşacaklarını bilsinler."

Yüzbaşı, şapkasını çıkarıp bir eliyle saçlarını kaşıdı, düzeltti. Sonra cebinden bir kâğıt çıkarıp uzattı.

"Evet, keşke biz de bilebilseydik!" dedi. "Askerlerden ikisine köylü elbisesi giydirip altlarına birer at ver. Birini Vale'ye gönder. Kışlanın çevresinde sezdirmeden dolaşıp bilgi toplamaya çalışsın. Bizden sonra neler olup bittiğini bilmek istiyorum. Diğeriniyse Ahıska'ya gönder. Gerekirse daha yukarıya, Rostov'a kadar gitsin. İlk rastladığı birliğin komutanına bu mektubu versin."

"Emredersiniz, Yüzbaşım."

"Bu arada çiftlikte çalışan herkesi uyar. Burada yokmuşuz gibi normal davranmalarını, günlük işlerine devam etmelerini söyle. Biz tedbir alıncaya kadar kimse çiftlikten ayrılmayacak. Müm-

---

* Çoban giyeceği.

kün olduğu kadar dikkati çekmemeliyiz."

"Anlaşıldı, Yüzbaşım. Ancak çok geçmeden burada olduğumuzu öğreneceklerdir."

"Belki de öğrenmişlerdir bile, kim bilir?"

Yüzbaşı konuşmasını henüz bitirmişti ki hizmetkârlardan biri yaklaştı. Bay Karpoviç'in her ikisini de kahvaltıya beklediğini haber verdi. Yüzbaşı,

"Bay Karpoviç'e söyle, bizi bağışlasın. Daha sonra gelir, birşeyler atıştırırız," diyerek adamı geri gönderdi, kendisi de ahırlara yöneldi.

Cimriliğine rağmen Bay Karpoviç, köşkü kadar ahırlarına da para harcamaktan çekinmemişti. Büyük alanın hemen kenarına tüf taşlarından düz bir şekilde yan yana inşa edilmiş, birbirinden farklı iki yüksek binanın biri atlara, diğer uzun olanı ise süt ve besi hayvanlarına ayrılmıştı. Önce atların ahırına girdi. Otuza yakın at vardı ve hepsi çok sağlıklı görünüyordu. Atları birbirinden ayıran çit kabinlerin her bir kenarına dışkı kanalı yapılmış, diğer kenarına ise yalak yerleştirilmişti. Yerler tertemizdi. Yüzbaşı, ancak saray ahırlarında ya da kışlalarda görülebilecek bu düzeni hayranlıkla inceledi. "Şu bizim Yakov bayağı titiz adammış!" diye düşündü. Oradan çıkıp diğer binaya girerken iki kanatlı büyük kapının önünde hizmetkârlardan biriyle karşılaştı. Elinde ağaç bir kürekle uzun saplı çalı süpürgesi tutan adam Yüzbaşı'yı görünce başındaki papağı* çıkarıp hafifçe eğildi, selam verdi.

"Merhaba," dedi Yüzbaşı. "Bu ahırlardan sen mi sorumlusun?"

"Evet, komutan efendi. Yanımda iki yardımcı daha var."

Yüzbaşı, adamın aksanından Gürcü olduğunu hemen anladı.

"Gürcü müsün?" diye sordu.

"Doğrudur, komutan efendi, Borçka tarafından. Uzun zamandır karımla beraber burada çalışıyoruz."

"Öyle mi? Geçen ay o bölgeden geçtim. Güzel yerler. Buralara geldiğinize göre Evsiz* olmalısınız."

"Doğrudur, komutan efendi."

"Çok temiz çalışıyorsun. Adın ne senin?"

"Karkavanazlardan Nizam derler bana. Siz de Yüzbaşı Andrei Barovski'siniz değil mi, komutan efendi?"

"Evet. Adımı nereden biliyorsun?"

"Askerlerinizden üçünü dün gece bizim fakir kulübede misafir ettik. Onlar söyledi."

"Her neyse, sana kolay gelsin arkadaş. Ben biraz dolaşacağım."

Karkavanazlardan Nizam bir şey söyleyecekmiş gibi hareketlendi, sonra vazgeçip saygıyla ahırın kapısını açtı, Yüzbaşı'nın içeri girmesini bekledi. Elindekileri duvara dayayarak başını öne eğdi, kararmış yüzünü kaplayan kirli beyaz sakalını sıvazladı, düşünceli bir şekilde kapının önünde gezinmeye başladı. Birden durdu, omuzlarını kaldırdı, aceleyle ahırın büyük kapısından içeri girdi. Ellerini arkasında kenetleyen Yüzbaşı, ineklerin olduğu bölümü inceliyordu. Loş karanlığa alışan keskin gözleri yaklaşan Nizam'ı yakalayınca merakla baktı, yanına gelmesini bekledi.

Nizam, papağını tekrar çıkarıp iki elini önünde birleştirdi.

"Komutan efendi, affınıza sığınarak bir çift sözüm var," dedi.

"Tabii, Nizam, seni dinliyorum."

"Nasıl desem, bilmiyorum. Amcaoğlunuz Serge Barovski'yle iyi arkadaş olduk."

Yüzbaşı hayretle,

"Serge Barovski mi? Serge? Yani benim kuzenim Serge mi?" diye sordu.

Nizam hâlâ kararsızdı, tedirgindi. Önünde kavuşturduğu ellerini çözerek kafasını kaşıdı.

"Evet, komutan efendi. Sizinle amca çocuğu olduğunu söylemişti."

---

* Toprağı ve işi olmadığı için yurdunu terk eden köylü.

"Sen neden bahsediyorsun, Nizam? Serge'nin burada ne işi var? Kuzenim Stavropol'da yaşıyor!"

"Orasını bilemem, efendi. Burada birkaç hafta çalıştı. Birlikte ahırları temizledik. Bir de kızı vardı yanında."

Yüzbaşı, sinirlenmeye hazır bir şekilde Nizam'a kuşkuyla baktı.

"Kızı mı? Yıllar oldu görüşmeyeli. Son gördüğümde sadece bir oğlu vardı. Kızından haberim yok," dedi, hâlâ inanmayan bir sesle. "Serge Stavropol'da yaşıyor ve bildiğim kadarıyla durumu oldukça iyiydi, buraya neden gelsin ki? Üstelik ahır temizlemek ha, inanılır gibi değil! Ama adını bildiğine göre onu tanıdığın belli. Bana şu işin doğrusunu baştan anlatsana, Nizam!"

"Bana kızmayın, komutan efendi, doğruyu söylüyorum. Kuzeniniz burada boğaz tokluğuna çalıştı. Çok güçlü kuvvetliydi, elinden her iş gelirdi. İçkiye müptela olmasının dışında hoş sohbet, iyi bir adamdı. Geçmişini hiç anlatmaz, hep sizden bahsederdi. Yakında Vale'ye dönüp onu bu sefaletten kurtarmanızı sabırsızlıkla bekliyordu. Sonra birdenbire ortadan kayboldu!"

Bir an duraksayan Nizam,

"Herkes onun öldürüldüğünü söylüyor. Doğruysa toprağı bol olsun," diye devam etti. "Kimseye anlatmayacaktım, ama sizi karşımda görünce dayanamadım. Zaten bunları anlattığımı duysalar beni de öldürürler! Kızı hâlâ burada! Köşktekiler gizlemeye çalışsa da zavallı çocuğun başına gelenler herkesin dilinde, ama korkularından susuyorlar. Ben Müslüman Gürcülerdenim, komutan efendi. Bizim dinimizde çocuklarla zina yapmak günahların en büyüğüdür. Yüce Allah bu günahı işleyen kadar şahit olup susanı da affetmez!"

***

Yüzbaşı Andrei, kilitli odalardan birinde bulunup karşısına getirilen yeğeni Lara Barovski'yi bir süre inceledikten sonra onunla konuşmaya denemiş, kollarının arasına almak istemişti. Lara, her ikisine de yanaşmadı. Sırtını duvara dayayarak karşısındaki üniformalı adama korkulu bir düş gibi baktı, kımıldamadı. Her şeyi zamana bırakması gerektiğini hisseden Yüzbaşı üstelemedi.

Saatlerce sorgulanan ve suçlamaları reddeden Yakov Karpoviç ise, sırf Yüzbaşı'nın kuzeni olduğu için Serge'ye ve kızına yardım etmenin dışında hiçbir amacı olmadığını savundu. İddia edildiği gibi onu öldürtmesi için hiç bir nedeni yoktu. Serge alkolikti ve anlaşılmaz bir şekilde çekip gitmiş, ortadan kaybolmuştu. Çiftlikte çalışan herkes buna tanıktı. Ortada kalan kızına sahip çıkmak, ona kol kanat germek eğer suçsa, cezasına razıydı. Doğrusu, onu bu şekilde sorgulamaları onurunu kırmış, çok üzmüştü. Bilseydi, iyilik yapmaya kalkışmazdı!

Yakov Karpoviç öylesine inandırıcı konuşuyordu ki kafası karışan Yüzbaşı bir türlü karar veremiyordu. Hali vakti yerinde, kendi halindeki kuzeninin alkolik olduğuna inanamıyor, evini barkını terk edip buralara kadar gelmesine bir anlam veremiyordu. Ama işin garip yanı, Nizam da onun alkolik olduğunu söylemişti. Yüzbaşı, aklına takılan başka bir şey sordu.

"Lara'yı neden bir odaya kilitlediniz? Dün gece, burada olduğunu neden bana söylemediniz?"

"Çok yorgundunuz, komutan," diye kendini savundu Bay Karpoviç. "Kafanızı yeğeninizle meşgul etmek istemedik. Bu sabah güzel elbiseler giydirip size sürpriz yapmayı düşünüyorduk. Ludmila'ya sorabilirsiniz."

Bir kenarda, ayakta duran Ludmila başıyla onayladı.

Köşkteki herkes ağız birliği etmişçesine suskundu, hiçbir şey bilmediklerini ileri sürdüler. Yüzbaşı, Nizam'ın bir nedenle Yakov Karpoviç'ten nefret edebileceğini, bu yüzden de iftira atabileceğini hesaba katınca kafası daha çok karıştı. Bir kenara çektiği Teğmen Yuri'ye fikrini sordu.

"En iyisi, bu işlerden anlayan bir kadının çocuğu iyice muayene etmesidir diyeceğim ama, muayene etseler de efendilerinden korkup gerçeği söylemeyebilirler. Yine de bir kolayı var, Yüzbaşım," diye alçak sesle akıl verdi Teğmen Yuri. "Eğer gerçekten böyle bir şey varsa, şu Ludmila denen kadın ve köşkte çalışan diğerleri olup biteni biliyorlardır. Hepsini meydanda toplayıp blöf yapalım."

"Nasıl bir blöf?"

"Nasıl olsa gerçeği öğreneceğimizi, konuşmayanları kurşuna dizeceğimizi söyleyelim. Bunların hepsi cesur değil ya! Elbet biri konuşacaktır."

Yüzbaşı bu fikri beğenmişti. Askerlerine, köşkün tüm çalışanlarını meydanda toplamalarını, konuşmamakta direneni kurşuna dizmelerini emretti. Yakov Karpoviç, konuk salonunda tutulurken askerler herkesi dışarı çıkardı, meydanda sıraya dizdi.

Blöf işe yaramıştı. Kendisine doğrulmuş namlunun karşısında titremekten ölecek kadar sarsılan genç bir hizmetçi kız, hıçkırıklar arasında konuştu. Tüm bunların bir blöf olduğunu bilecek kadar deneyimli olan ve korkusuz görünen Ludmila Kiriyova, artık yapacak bir şey kalmadığını anlayınca dik tutmaya çalıştığı omuzlarını aşağı bıraktı. Bir adım öne çıkarak,

"Onların bir suçu yok, Yüzbaşı Barovski. Hepsi emir kulu," dedi kararlı bir şekilde. "Suçlu arıyorsanız, işte ben buradayım!"

Başından beri olanları sessizce izleyen Yüzbaşı, sanki onun bu çıkışını bekliyormuş gibi şaşırmadı, içindeki kasırgayı bastırmaya çalışarak Bayan Kiriyova'ya döndü. Bu kadının anlamlı sessizliğinin altında birçok sırrın yattığından kuşkusu kalmamıştı artık.

Askerlere, diğerlerini serbest bırakmalarını emrederek kadına yaklaştı, yüzünü inceledi.

"Siz kötü birine benzemiyorsunuz. Neden böyle bir şeye göz yumdunuz, Bayan Kiriyova?" dedi sakin bir sesle.

"Buna zorunluydum, Yüzbaşı. Eski bir minnet borcu diyelim. Bay Karpoviç olmasaydı ben ve ailem yıllar önce ölmüş olacaktık."

"Anlıyorum, onun sapıklıklarına göz yumarak böylece eski bir minnet borcunuzu ödediniz. Fakat bağışlanmaz bir suç var ortada, bayan! Böylesine çirkin ve aşağılık bir suça ortak olmakla minnet borcunun ödendiği nerede görülmüş! Hadi korkmadınız diyelim, hiç mi içiniz sızlamadı? Daha çocuk o!"

Ludmila Kiriyova iyice çökmüştü, Yüzbaşıyla göz göze gelmemeye çalışıyordu. Sesi ilk kez titredi,

"Eğer vicdanımı kastediyorsanız, onun sesini yıllar önce kestim. Aksi halde burada kalamazdım," dedi.

Yüzbaşı Andrei, ona bakmaktan vazgeçip gözlerini uzaklardaki ağaçlara çevirdi. İçini kaplayan acı, öfke, intikam duygusu, kusma isteği, her ne varsa tümüyle birden baş edemeyeceğini hissediyordu.

"Çocuklarınız var mı, bayan?" diye sordu, yine de kendini tutarak.

Zeki bir kadın olan Bayan Kiriyova, sözün nereye varacağını tahmin etmemeye çalıştı. Yıllardır yaşamadığı korkunun birdenbire tüm benliğini sardığını hissetti, içi ürperdi. Tiklerle çırpınan gözkapaklarını kapatıp bekledi, yanıt vermedi.

"Size bir soru sordum!" diye konuştu Yüzbaşı.

"Evet, komutan. İki tane kızım var," diye çaresizce yanıtladı Ludmila Kiriyova.

"Şu anda neredeler?"

"Evimde. Köşke bitişik arka binada."

Yüzbaşı, askerlerden birine döndü:

"Teğmen Yuri'ye söyle, ben gelinceye kadar o aşağılık adamın başından ayrılmasın. Sonra bu bayanın evine git, çocuklarını al, buraya getir," diye emir verdi.

Selam vererek uzaklaşan askerin ardından bakan Ludmila Kiriyova, hücrelerine dek işleyen korkunun gerçek olmaması için Tanrı'dan yardım istemeyi düşündü. Ama hep ihmal ettiği Tanrı'nın bu konuda kendisine yardım edeceğinden pek emin değildi.

Asker, önüne kattığı çocuklarla geri döndü. İkisi de annelerinin birer kopyası gibiydi ve aralarında epey yaş farkı vardı. Büyük olanı, küçüğün elinden tutmuştu. Neler olduğunu anlamasalar da ortada kötü şeylerin döndüğünü sezen içgüdüleriyle koşarak annelerinin eteğine sarıldılar.

"Çocuk yaparken epey ara vermişsiniz, Bayan Kiriyova," dedi Yüzbaşı, bakışlarını çocuklardan ayırmadan.

"Uzun bir süre hastalandım," dedi kadın.

"Güzel çocuklar, sizi kutlarım. Ne yapalım, biliyor musunuz, bunların ikisini de askerlere teslim edelim. Aylarca kadın yüzü görmeden savaştılar. Belki de çok yakında ölecekler, bari mutlu ölsünler! Ne dersiniz?"

Askerler birbirine şaşkınlıkla bakarken Ludmila Kiriyova'nın yüzü sarardı. Metanetini ve dengesini kaybetmek üzereydi.

"Siz çıldırmışsınız, Yüzbaşı! Bunu yapamazsınız!" diye bağırdı.

Yüzbaşı konuşurken midesi bulanmış, kusmamak için kendini zor tutmuştu.

"Ne var bunda? Siz nasıl yaptıysanız, ben de yaparım! Üstelik çok kolay olacak. Çünkü insan azmanlarına karşı koyacak güçleri yok!" dedi. Sesi boğuktu.

Bayan Kiriyova, yüzüyle aynı renkte olan buz tutmuş toprağa, dizlerinin üstüne çöktü, ellerini ileri uzattı.

"Yüzbaşı Barovski!" diye inledi. "Yalvarıyorum size, onların günahı yok, günahkâr olan benim! Bana istediğinizi yapın, sonra da kafamı kesin! Tanrı aşkına!"

Yüzbaşı, başının döndüğünü hissetti.

"Demek, sonunda Tanrı'yı hatırladın ha!" diye bağırdı. Öfkesine hâkim olamadı, çizmesinin sivri ucuyla kadının suratına vurdu.

Diz çökmüş Ludmila Kiriyova karların üzerine serilirken ağzından kan fışkırdı. Kızları çığlık atarak annelerinin üstüne kapandılar, hıçkırarak ağlamaya başladılar. Yüzbaşı dayanamadı, uzağa koştu, böğürerek kusmaya başladı. Askerlerden birinin yardımıyla kendini biraz toparladı, avucuna doldurduğu karla yüzünü sildi.

"Lara Barovski'yi getirin," diye emir verdi, soluk soluğa.

"Bakalım kendi çocuklarıyla ne farkı varmış?"

Askerin elinden tuttuğu Lara, her zamanki gibi donuk suratıyla geldi. Önce korkuyla Yüzbaşı'ya baktı. Sonra yerde yatan Ludmilla Kiriyova'yı gördü. "Bayan anne!" diye çığlık atarak koştu, kadının üstüne kapandı, diğer kızlarla birlikte ağlamaya başladı.

Yüzbaşı şaşırmış, içindeki fırtına bir anda dinmişti. Ağzı bir karış açık, bir süre yeğenini izledi. Sonra hiçbir şey söylemeden dönüp köşke doğru yürümeye başladı.

Meydanın kenarındaki çardağı gölgeleyen ve üstünde biriken karları kolayca taşıyan iri çınar ağacı, karanlık çökmeden az önce dallarından birine asılan Yakov Karpoviç'i taşımakta da güçlük çekmedi. Olanları uzaktan seyreden köylü ve hizmetkârlardan hiçbiri, dili dışarı sarkmış ve morarmış cesedin yanına gelme cesaretini gösteremedi. Sadece kalpaklı bir köylü bir iki adım ilerleyip yere tükürdü, tekrar geri çekildi. Bütün gece orada bırakılan donmuş ceset, ertesi gün sürüklenerek üstü buz tutmuş büyük dereye götürüldü, ortasından bir delik açıldı ve suyun içine atıldı.

Çiftlikte çalışanların arzusuna uyan Yüzbaşı, suç ortağı Ludmila Kiriyova ile kocasının hayatlarını çocuklarına bağışladı. Aslında, ısrarla amcası olduğunu söylemesine rağmen hâlâ kendisinden korkan ve yanına yaklaşmayan yeğeninin, kadının üstüne nasıl kapandığını, hıçkırarak nasıl ağladığını gördüğü anda onları bağışlamaya karar vermişti.

Yüzbaşı, belki de yaşamında ilk kez yasaları çiğneyerek Yakov Karpoviç'in kasasındaki mücevher ve paralarla değerli eşyalarının büyük bir kısmını çiftlikte çalışanlara paylaştırdı. Memleketine dönmesini istediği Karkavanazlar'dan Evsiz Nizam'a, köyünde birkaç dönüm tarlayla birlikte birkaç tane hayvan alabilecek kadar altın ve iki tane at verdi. Geri kalan mücevher ve altınları küçük bir kutuya koyarak saklaması için Ludmila Kiriyova'ya teslim etti. Kendisine ve askerlerine tek bir ruble bile ayırmadı. Cesaretle karşısına çıkan Teğmen Yuri'nin "İki suçu bir arada işliyoruz, Yüzbaşım. Yakov Karpoviç'i ben de lanetliyorum. Ama onu yargılamadan astığımız yetmiyormuş gibi malına el koymakla da ikinci bir suç işleyip suçumuzu ağırlaştırıyoruz. Üst makamlar bunu duyarsa hakkımızda iyi şeyler düşünmezler!" uyarısına aldırış etmeyecek kadar kızgındı, gözü hiçbir şeyi görmüyordu.

"Yargıladık ya, Teğmen! Üstelik sorumlusu benim, siz değil!" diye konuştu.

Gün boyunca, Kuzeni Serge'nin kızını ne yapacağını düşündü. Gerçi kendisi vardı, ama o bir askerdi, her an savaşa gidebilir, hatta ölebilirdi. Yanına alıp koruyamayacağı Lara'ya güvenli bir yer bulmalıydı. O gece aklına Efraim Abram geldi. Ertesi gün Vale'ye gizlice bir ulak gönderip eskiden beri tanıdığı, dürüstlüğüne ve onuruna güvendiği taciri yanına çağırdı.

Çok beklemedi. O günün akşamı, at üstündeki Bay Abram, sivil elbiseli askerle birlikte bıyığı ve sakalı buz tutmuş bir halde geldi çiftliğe. Tilki kürküne ve kulaklıklı yün başlığına rağmen çok üşümüştü. Şöminenin önünde ısınan ve sıcak bir çay içecek kadar soluklanan tacir, Vale'de işlerin kötüye gittiğini anlattı. Kışlayı basan Kızıllar, taşıyabildikleri bütün silahları ve kışladaki askerleri yanlarına alarak geldikleri gibi gitmişlerdi. Nereye gittiklerini kimse bilmiyordu. Ortalık anarşistlere, yağmacılara kalmıştı.

"Ne canımız, ne de malımız güvende!" diye devam etti Bay Abram. "Benim dükkânıma da saldırdılar, eşimle birlikte canımızı zor kurtardık! Bir engel çıkmazsa yarın toparlanıp Soçi'ye gidiyoruz."

"Ah, bunu duyduğuma üzüldüm," dedi Yüzbaşı. "Şansım varmış ki sizi gitmeden yakalayabildim. Bu sabah Rostov'daki karargâha özel bir haberci gönderdim. Durumu anlatıp destek istedim. Eğer gelirse, düzeni tekrar sağlarız. Biraz daha bekleyebilirseniz kaybettiğiniz her şeyi geri alır, suçluları cezalandırırız."

"Hayır, Yüzbaşı Andrei, hayal görüyorsunuz. Durum çok değişti ve düzeleceğini de sanmam. Dediğiniz gerçekleşse bile bu haftaları alır. Her yerde anarşi var. Bolşevikler halkı ikna etmekte çok başarılı. Her an bu çiftliğe de saldırabilirler. Benden tavsiye, vakit varken siz de gidin buradan!"

"Gidelim mi? Nereye? Biz askeriz, bu bölgeyi korumakla görevliyiz."

"Beni bağışlayın, ama üç beş kırık tüfekle mi bunu yapacaksınız? Kendinizi kandırmayın, Yüzbaşı! Herkes ayaklandı diyorum size! Soçi'den gelen haberler hiç de iyi değil. İhtilalcilerin Petrograd'da yeni bir hükümet kurmak üzere olduklarından bahsediyorlar. Burnumuzun dibindeki Ahıska valisi bile kaçmış! Destek göndermesini beklediğiniz generaller silah bırakmayı düşünüyormuş. Kızıllar iktidara doğru yürüyor, hâlâ göremiyor musunuz? Sözümü dinleyin, üniformalarınızı çıkarıp kimliğinizi saklayın, halkın arasına karışın. Hayatınızı ancak böyle kurtarabilirsiniz!"

"Bunu yapamam, Bay Abram. Üniforma ve silah benim onurumdur, emir gelmedikçe bir korkak gibi onları terk edemem!"

"Siz bilirsiniz, benden söylemesi."

"Uyarınıza teşekkür ederim. Soçi'ye mi yerleşeceksiniz?"

"Hayır, başarabilirsem İstanbul'a gitmeyi düşünüyorum."

"İstanbul da nereden çıktı? Gidecek başka bir yer bulamadınız mı? Türklerin arasında rahat edebileceğinizi sanmıyorum."

"Daha önce gidenler oldu. Sandığımızdan daha özgür, daha güvenilir olduğunu söylüyorlar. Ne olursa olsun, Rusya'dan daha kötü değildir herhalde."

"Anlıyorum. Umarım her şey dilediğiniz gibi olur. Buraya gelirken sıkıntı yaşadınız mı?"

"Doğrusunu isterseniz gönderdiğiniz adam olmasaydı bu çiftliğe yalnız başıma gelebilecek durumda değildim. Zamanında çok iyiliğinizi gördüm. Çağrınızı duymazlıktan gelseydim, kendimi ömür boyu affetmezdim."

"Sizi zor durumda bıraktığım için özür dilerim, Bay Abram. Tüm kalbimle teşekkür ediyor, dürüstlüğünüze ve kişiliğinize güvenmekle haklı olduğumu şimdi daha iyi anlıyorum. Böyle bir zamanda hayatınızı tehlikeye atacak kadar sadık bir dost olduğunuzu gösterdiniz. Ayrıca, kuzenim Serge'ye yaptığınız yardımlardan da bahsettiler. Size çok şey borçluyum. Hepsini minnettarlıkla hatırlayacağım."

"Sözünü etmeye bile değmez. Ancak izin verirseniz, kuzeninizin size benzemediğini, yani onuruna pek düşkün biri olmadığını söylemek zorundayım. Biraz sorumsuz biri gibi geldi bana. Ortadan kaybolduğunu söylediler, doğru mu?"

"Maalesef öyle! Şu aşağılık Karpoviç'in öldürttüğünü söylüyorlar. Gerçeği söylemeden geberdi, gitti!"

"Ondan her şey beklenir! Birkaç kez dükkânıma gelmişti de midem bulanmıştı. Ölmesi iyi olmuş. Fakat bu tip adamların çevresi geniştir, hesap sormaya kalkışabilirler, dikkatli olun. Evet, gelelim beni neden çağırttığınıza. Sizi dinliyorum."

"Ah, tabii ki anlatacağım."

Yüzbaşı Andrei, sözlerine devam ederek olup biteni ve onu neden çağırdığını kısaca anlattı. Kuzeni Serge'nin talihsiz kızına sahip çıkmasını, mümkünse yanından ayırmamasını istiyordu. Konuşması bitince görünmez bir şeyi kucaklarmış gibi ellerini göğsünde birleştirdi.

"Bedeli her neyse, ödemeye hazırım," diye ekledi.

"Bedeli mi? Bunu söylemekle bana hakaret ettiğinizin farkında mısınız, Yüzbaşı?" diye hayretle ve içten gelen bir sitemle konuştu Bay Abram.

Söylediklerine pişman olan Yüzbaşı Andrei, minnettarlıkla onun yüzüne bakarken Bay Abram konuyu değiştirdi. Hemen dönmek zorunda olduğu için bahsettiği çocuğu hemen şimdi görüp göremeyeceğini sordu.

Bayan Kiriyova, yanından bir saniye bile ayırmadığı Lara'yı getirdi. Duygularını beceriksizce gizlemeye çalışan küçük kız, bir eliyle kadının eteğine yapışarak ürkek bakışlarını yere dikti, sessizce bekledi.

Dükkânına gelip gittiği sırada, Serge'nin nedense göstermekten kaçındığı kızı Lara'yı inceleyen tacir, kısa bir süre konuşmadan öylece durdu. Yüzbaşı'ya hak veriyor, ona yardım etmek istiyordu.

Fakat öte yandan, hiç çocuğu olmadığı için nasıl bir duygu içine gireceğini, eşinin bu oldubittiyi nasıl karşılayacağını kestiremiyordu. Onlar için alışık olmadıkları büyük bir sorumluluktu bu. Bir kere karar verdikten sonra işlerine gelmezse vazgeçebilecekleri ya da canları sıkılınca başlarından atabilecekleri türden bir şey değildi. Karşısındaki ak tenli küçük kızı inceleyen Bay Abram'ın kararsızlığı Yüzbaşı'nın da dikkatini çekmişti.

"Hemen şu anda karar vermek zorunda değilsiniz," dedi. "İsterseniz eşinize de danışıp sonra kararınızı bildirin."

Efraim Abram, düşünceli bir şekilde oturduğu yerden kalkıp ürkek kıza yaklaştı, saçlarını okşadı.

"Takdir edersiniz ki, kolay verilecek bir karar değil, Yüzbaşı," diye onayladı. Sonra Lara'ya yaklaştı, önünde ayaklarının üzerine oturarak, şefkat dolu yumuşak bir sesle,

"Merhaba güzelim, benim adım Efraim Abram," dedi. "Babanın ve Yüzbaşı amcanın yakın bir dostuyum. Karımla ben uzun bir süredir yalnızız, hiç çocuğumuz olmadı. Bize arkadaş olur musun?"

Lara, sessizliğini ve yere diktiği bakışlarını bozmadan Bayan Kiriyova'nın eteğine daha sıkı sarıldı.

"Seninle çok güzel günler geçirebiliriz. Bir sürü oyuncağın ve arkadaşların olur. Ne dersin?" diye devam etti Bay Abram.

Lara biraz daha sokuldu. Neredeyse kadının eteklerinin arasına girecekti. Yüzbaşı'nın işaretini yakalayan Ludmila Kiriyova, kızın elinden tutarak onu odadan dışarı çıkardı.

"Henüz seçim yapacak durumda değil," dedi Yüzbaşı. "Çok kötü günler geçirmiş."

"Haklısınız, tavırlarından belli," diye katıldı Bay Abram, düşüncelerinden sıyrılarak. Omuzlarını kaldırdı. Kararını vermişti.

"Kabul ediyorum, dostum," diye konuştu. "Eşimin de anlayışla karşılayacağından ve onu seveceğinden eminim."

"Gerçekten emin misiniz? Buna mecbur değilsiniz."

Tacir gülümsedi,

"Tabii ki mecbur değilim," dedi. "Bizim için büyük bir sorumluluk bu. Karar vermekte zorlanıyorum. Fakat bir yandan da, yapayalnız geçen ömrümüzü biraz şenlendirmek isteyen Tanrı'nın bir armağanı olabilir mi acaba, diye düşünüyorum. Evet, şu anda eminim. Değerli emanetinizi kendi çocuğumuz gibi sevip canımız pahasına koruyacağız. Bundan kuşkunuz olmasın!"

Yüzbaşı Andrei, rol yapmadan içtenlikle konuşan Bay Abram'a sevgiyle, minnettarlıkla baktı. Hiçbir şey söylemeden odadan çıktı. Biraz sonra Ludmila Kiriyova ile birlikte geri döndü. Kadının elinde sedef kaplama ahşap bir kutu vardı.

"Onu Bay Abram'a verin, Bayan Kiriyova," dedi.

Kadın yürüyerek kutuyu ona uzattı. Merakla kutuya bakan tacir eline alarak kapağını açtı, içine baktı. İçinde değerli yüzük, kolye ve altın paralar vardı. Yüzbaşı, tacirin soru sormasını beklemeden açıkladı.

"Hepsi Yakov Karpoviç'in kasasında bulundu. Gerçi hiçbir şey o sefil alçağın yaptıklarını unutturamaz, ama bunları küçük bir diyet olarak düşünün. Kısacası, Lara Barovski'nin geleceği için ayrıldı. Dilediğiniz gibi kullanabilirsiniz. Lütfen alın."

Efraim Abram itiraz edecek oldu. Yüzbaşı buna da hazırlıklıydı.

"Kutu bana ait olsaydı, geri verebilirdiniz. Ama hepsi Lara'ya ait. Bu nedenle geri veremezsiniz, almak zorundasınız!" diye kestirip attı.

Sonra ilerledi, elini uzattı.

"Teşekkür ederim, Bay Abram. Lara'ya sıcak bir yuva ve bir hayat verdiniz!" dedi.

Ertesi sabah sıkıca örtünmüş ve Ludmila Kiriyova'dan ayrıldığı için ağlamaktan gözleri kızarmış Lara'yı da yanına alarak hızla çiftlikten ayrılan Bay Abram'dan birkaç gün sonra beklenen oldu. Epeyce kalabalık gelen ağır silahlı Kızıllar, üç bir yandan çiftliği sarıp tek bir kurşun atmadan beklemeye başladılar. Gönderdikleri elçi, kardeş kanı dökmenin gereksiz olduğunu, silahlarını bırakıp teslim olurlarsa gitmelerine izin verileceğini bildiriyordu. Karar vermek için bir saatleri vardı.

Durumun umutsuzluğunu gören Teğmen Yuri'ye göre en mantıklı karar teslim olmaktı. Ama bunu, Yüzbaşı Andrei'ye teklif etmek bir yana, ima edecek cesareti bile bulamadı. Yüzbaşı'nın kurşunu yerine Kızılların kurşunuyla ölmeyi tercih ederdi. Uzandığı siperinde haç çıkarıp tüfeğinin namlusuna kurşun sürerken gülümsedi. Kiliselerde arada bir çıkardığı günahlarının nihai bağışlanma işini artık Tanrı ve İsa Mesih'in merhametine bırakmıştı. Verilen süre dolarken, tetikte tuttuğu parmağı da uyuşmaya başladı.

Birden beklenmedik bir şey oldu. Askerlerin birçoğu, uzandıkları siperlerden doğrularak tüfeklerini yere attılar. Birkaç dakika geçmemişti ki onları diğerleri izledi. İlk atışı karşıdan beklemekte olan Yüzbaşı, ayakta siper aldığı ağacın arkasından gördüklerine inanamadı. Dona kaldığı yerde öfkeden kıpkırmızı olurken tabancasını kendi askerlerine doğru çevirdi. Herkes dönmüş Yüzbaşı'ya bakıyor, tetiğe basmasını bekliyordu. Fakat başka bir şey oldu. Neye kızacağını, neye üzüleceğini bilemeyen Yüzbaşı kıç üstü karlara çöktü, başını ellerinin arasına aldı, hareketsiz kaldı. Aynı anda olanları izleyen Teğmen Yuri de şaşırmıştı. Az ilerideki komutanını izlerken boğazı düğümlendi. Her şey bitmişti!

Yakasındaki küçük kırmızı işaretin dışında hiçbir rütbe ya da belirti taşımayan üniformasıyla kırlarda yürüyüşe çıkmış gibi rahat hareket eden genç Bolşevik lider, güler yüzlü sakin biriydi.

Herkesi çiftliğin meydanında topladılar. Son derece saygılı ve sabırlı bir tavırla askerlerin karşısına geçen lider, adamlarından biri elindeki küçük deftere herkesin ismini, rütbesini, doğum yerini ve ailesini kaydederken sessizce bekledi. Sonra hemen ardında duran askerine, toplanan tüm silahların sahiplerine iade edilmesini kesin bir dille emretti. Çarın askerleri, kendilerine uzatılan silahları hayatlarında ilk kez görüyormuşçasına şaşkınlıkla aldılar. Bolşevik lider, bu garip durumu sakin bir şekilde izliyordu. Sonra, aynı sakin tavrıyla konuşmaya başladı.

"Sevgili yoldaşlar. Şerefli birer asker olarak davrandınız, hayatınız pahasına bile olsa size verilen emirleri sadakatle yerine getirmeye çalıştınız. Fakat ne yazık ki kaderimiz, kardeş olan bizleri karşı karşıya getirdi ve silahlarımızı birbirimize çevirdik. İşte onurunuz olan silahlarınızı size geri veriyoruz. Çünkü dediğim gibi hepimiz kardeş ve yoldaşız. Yalnız, bilmelisiniz ki gerçek halk yerine farkında olmadan masumane hizmet ettiğiniz emperyalist vampirlerin tarihi sonu artık gelmiştir. Birkaç güne kalmaz, ülkemizi ve halkımızı korumak ve sosyal adaleti sağlamak üzere saygıdeğer Vladimir İliç Ulyanov'un* önderliğinde bizzat yoldaş halkımız iktidara gelecektir. Bu bir iktidar savaşı değildir. Bu, iktidarın asıl sahibi olan, ancak bütün hakları elinden alınarak köle haline getirilen gerçek emekçilerin, yani yoldaş halkımızın özgürlük ve kurtuluş savaşıdır! Şimdi burada, size yapacağımız teklif işte bu yoldaş halkın samimi bir ricasıdır. Gerçek bir vatansever gibi davranın, bize katılın, can yoldaşımız olun ya da ellerinizdeki silahları kardeşlerinize doğrultun ve düşünmeden, bilinçsizce tetiğe basın! Karar sizin... Karşı koymayacağız, söz veriyorum! Ancak, onları yoldaş halkınıza karşı değil, içeride ve dışarıda kapımıza dayanan ve kanımızı içmek için sabırsızca dişlerini bileyen düşman emperyalistlere karşı kullanmanız en büyük dileğimizdir. Gelin, geçmişi unutarak hep birlikte aydınlık geleceğimize ve özgürlüğümüze giden yolda kol kola yürüyelim!"

Kendinden emin, güler yüzlü genç lider, otoritesini, güven veren dost dilinde gizlemişti. Konuşması etkileyiciydi. Askerler birbirine, Teğmen Yuri ise Yüzbaşı Andrei'ye baktı. Kısa bir sessizliğin ardından topallayan ve yaşlı görünen bir onbaşı sıranın önüne çıktı, elindeki silaha sımsıkı sarılarak ağır aksak adımlarla yürüdü, Bolşevik liderin karşısında durdu. Askerce selam verdi, arkasına geçti. Onu sırayla diğerleri izledi. En sona Yüzbaşı Andrei ve Teğ-

---

* Lenin'in ihtilal öncesi adı.

men Yuri kalmıştı. Yüzbaşı, yanı başında sessizce duran Teğmen'e sevgiyle baktı. Sadece onun duyabileceği sesle,

"Hadi, sen de git," dedi.

Teğmen Yuri şaşırmıştı. "Yüzbaşım..." diye başladığı konuşmasını tamamlayamadı. Yüzbaşı, sesini katılaştırarak biraz daha yükseltti.

"Bu bir emirdir, Teğmen Yuri! Gitmeni emrediyorum!"

Teğmen Yuri, onun ne demek istediğini anlamıştı. Yıllardır emrinde çalıştığı, her gün artan bir saygıyla bağlandığı bu adamdan ayrılma zamanının geldiğini anlamış, yüreği burkulmuştu. Yinede kararsız bir şekilde bir an komutanına baktı. Sonra Yüzbaşı'nın karşısında esas duruşa geçti, onu son kez selamladı, arkasını dönüp liderin yanına gitti. Selam vermeden sadece apoletlerini söktü, yere attı, kendi askerlerinin yanına geçti.

Yüzbaşı, Bolşeviklerin genç lideriyle göz göze geldi, eline tutuşturulan tabancasını yere attı, kımıldamadan bekledi.

Sadakatle bağlı olduğu ülkesini ve Çarını korumak için yüzlerce Bolşevik öldürmesine rağmen onlara katılma tekliflerini ısrarla geri çeviren Yüzbaşı, uzun bir süre Vale'de, kendi kışlasında tutsak kaldı. Pişmanlık duyarak yoldaş halkından özür dilediği takdirde hayatının bağışlanacağı vaatlerine aldırış bile etmedi. Hatta Bolşevik liderin "Çarınızın da artık yapacağı bir şey kalmadı. Direnmenizin bir anlamı yok. Nedenini bilmiyorum, ama buradaki yoldaş halk sizi çok seviyor ve bağışlanmanızı istiyor. Yoldaş halkımızın sevdiği ve saygı duyduğu birini cezalandırmayı biz de istemeyiz. Bakın, özür dilemeniz konusundaki ısrarımızdan da vazgeçtik. Sadece bize karşı olmadığınızı söyleyin, sizi serbest bırakalım. En kötü ihtimalle rütbenizi kaybedersiniz, ama hayatınız kurtulur, özgür yaşarsınız," teklifini, "İyi niyetiniz ve çabalarınız için teşekkür ederim. Şahsen sizi düşman olarak görmediğimi bilmenizi isterim. Ama ben, inançlarıma ve prensiplerime ihanet ederek kazandığım özgür bir hayatı yaşayamam!" diyerek tekrar reddettiği söylendi.

Birinci Dünya Savaşı'nda Almanları topraklarından kovduktan sonra bölge komiser yardımcılığına kadar yükselen, ancak Stalin'e ters düşünce yetkileri elinden alınan ve fabrika işçiliğine geri dönen idealist Yoldaş Meridov, devrimden sonra yazdığı anılarında, kendisini oldukça etkileyen Yüzbaşı Andrei Barovski'ye saygıdeğer bir konuk gibi davrandığını anlatacaktı. Hükümetin kurulduğunu duyar duymaz, Yüzbaşı'yı trenle Petrograd'a göndermek zorunda kalmış, Komiserler Kurulu'na yazdığı rapora şöyle bir not düşmüştü:

> "Ekte sunulan Ahıska Karargâhı sicil kayıtlarından da anlaşılacağı üzere, ülkesine ve orduya sadakatle hizmet ettiği, yapılan savaşlarda kahramanlıklar gösterdiği için özel madalya ile taltif edilen ve nihayet bulunduğu bölgeye adalet ve düzen getirerek yoldaş halkımızın sevgi ve saygısını kazanan Andrei Barovski'nin affedilmek suretiyle ordumuza ve ülkemize aynı sadakatle hizmet edebileceği, şu anda ülkemizi tehdit eden yabancı düşmanlara karşı askeri bilgi ve tecrübelerinden faydalanmanın yerinde olacağı kanaatindeyiz."

Rapora rağmen Yüzbaşı Andrei'nin, Petrograd'da, yeni adıyla Leningrad'da kurşuna dizildiğinin öyküsü, Vale'nin kolhozlarında*, sonu kötü biten bir masal gibi yıllarca anlatılacaktı.

***

Devrim sırasında Lara'yı da yanına alarak eşiyle birlikte tehlikeli bir yolculuktan sonra Soçi'deki akrabalarına ulaşan Bay Abram, yürümekte zorluk çeken amcasıyla birlikte uzun bir süre her gün büyük limana inerek İstanbul'a gidecek bir gemi aradı. Hareketli liman, sanki onların gelişini bekliyormuş gibi tamamen ıssızlaş-

---

* Rus devriminden sonra kurulan halk çiftlikleri.

mıştı. Trabzon'daki askeri üsse erzak ve cephane taşıyan küçük yük gemilerinden başka ne gelen, ne de giden vardı. Gemiden vazgeçip karayolunu denemeye karar verdikleri sırada ulaşan bir haber kötü şanslarını tekrar değiştirmişti. Liman otelini işleten akrabası, Batumi'den kaçak yolcularını alarak gizlice İstanbul'a gidecek küçük bir yük gemisinden bahsetti. Geminin kaptanı onları da almayı kabul etmişti. Ancak kâğıt para kabul etmiyor, adam başı yirmi adet Rus veya İngiliz altını istiyordu. Ayrıca, İstanbul'a ulaşma garantisi de veremiyordu. "Soçi'den çıkmak kolay. Fakat Batumi için aynı şeyi söyleyemem. Bizimkiler şehrin idaresini sivillere teslim edip kışlalara çekilmişler. Gürcüler küçük limanı sıkı bir şekilde kontrol ediyorlar. İzin vermezlerse uzun bir süre orada kalabilir, belki de hiç gidemez, geri döneriz. Bu süre zarfında geminin kıç ambarında, farelerin arasında saklanmak zorunda kalabilirsiniz," demişti. Bu sözlere rağmen Bay Abram, elindeki fırsatı kaçırmadı. En kötü ihtimalle Soçi'ye geri döner, Novorossisk limanına gider, orada şansını bir kez daha denerdi.

Riski göze aldı, altmış altını peşin ödedi ve akrabalarıyla vedalaşarak fırtınalı bir havada ailesiyle birlikte yük gemisine bindi.

Geminin sandıklar ve çuvallarla dolu karanlık kıç ambarı, kaptanın dediği kadar havasız ve berbattı. Rutubet kokusuna karışan leş gibi bir koku ciğerlere batıyor, soluk almayı güçleştiriyordu. Valizlerini ve özel eşyalarını paslı demir kirişlerin arkasına gizleyerek kendilerini çok rüzgârlı, buz gibi güverteye attılar. Artık limandan ayrılmış olan kaptan, onları, Batumi'ye kadar kaptan köşkünde ağırladı, çay ikram etti.

"Beni ilgilendirmez ama, Bolşeviklerden mi kaçıyorsunuz, bayım?" diye yolda sordu kaptan.

"Evet, kaptan," diye yanıtladı Bay Abram.

"Siyasi mi?"

Bay Abram bir an ne cevap vereceğini şaşırdı. Çekinerek,

" Öyle sayılır," dedi. "İspat edemeyeceğim tarzda bir yanlış anlama oldu sadece. Biliyorsunuz, bu gibi karışık durumlarda pek yargılama yapmıyorlar."

"Bilmez olur muyum? Kimseye derdini anlatamazsın!"

Kaptan, sohbet edebileceği birini yakalamanın verdiği hazla rotasını kilitlediği dümene sırtını dayadı, onlara döndü. Lara'ya dikkatlice baktı. Bu, Bay Abram'ı rahatsız etmişti, ama belli etmemeye çalıştı.

"Aslında pek konuşkan bir adam değilimdir, bayım. Denizde zaman pek geçmiyor. Birini bulduk mu çenemiz açılır. Sizi rahatsız etmiyorum ya?"

"Lütfen böyle konuşmayın, kaptan. Sizinle sohbet etmek bizim için de zevk. Batumi'ye ne zaman varırız?"

"Ağır yolla gidiyoruz. Aslında birkaç saatlik yol. Fakat biz karanlık çöktükten sonra varacağız. Planımız böyle."

"Orada çok kalır mıyız?"

"Bir aksilik olmazsa yolcularımızı alıp hemen yola çıkacağız. Batumi limanına yanaşırken tekrar ambara döneceksiniz. Tayfalar haber verinceye kadar yerinizden ayrılmayın."

"Tabii, kaptan. Riske girmeyi biz de istemeyiz."

"Siyasi olduğunuza göre Moskova'dan haberiniz vardır. İhtilalcilerin Petrograd'da toplandığı ve geçici bir hükümet kurdukları doğru mu?"

"Son gelen haberler öyle. Çar'la bir antlaşma yaptıkları da haberlerin arasında. Fakat başka bir haberde de Beyaz Ordu'nun Kızılları kuşattığı ve teslime zorladığı söyleniyor. Hangisi doğru, bilemeyiz."

"Haklısınız. Bekleyip göreceğiz."

Bay Abram, gemiye bindiğinden beri aklını kurcalayan soruyu sormakta gecikmedi.

"Kaptan, sakıncası yoksa bir soru sorabilir miyim?"

"Cevap verebileceğim bir şeyse, neden olmasın, bayım. Sorun."

"Batumi'den alacağınız yolcular kimler?"

"Kim olduklarını bilmiyorum. Ben kimlik sormam."

"Taşıdığınız yolcuların kim olduklarını merak etmiyor musunuz?"

"Bana inanmadığınız sorunuzdan belli. Fakat inanmalısınız. İster kont, ister baron, isterse bir general olsun. Hatta Çar bile olabilir! Ben sadece alacağım paraya bakarım."

"Size inanıyorum. Çok kalabalıklar mı?"

"Yirmi sekiz kişi oldukları söylendi. Aralarında kadın ve çocuklar da var. Tıpkı sizin aileniz gibi. Zaten fazlasını da alamayız, yerimiz yok. Bu güzel kız sizin çocuğunuz mu?"

Bay Abram bu soruyu beklemiyordu, şaşırdı. Hep birlikte, utanarak başını yere eğen Lara'ya baktılar.

"Evet. Neden sordunuz?"

"Pek size benzemiyor da! O sarışın, sizse esmersiniz."

Gösterebileceği bir mazeret bulamayan Bay Abram, konuyu değiştirdi.

"Son bir soru, kaptan. Eğer başarırsak, İstanbul'a kaç günde varırız?"

"Kuvvetli bir fırtınaya yakalanmazsak üç gün."

"Yakalanırsak ne olur?"

Kaptan pencereden dışarıya dönüp gittikçe yükselen dalgaların yönünü kontrol etmeden önce karşısındaki adama baktı:

"İsa'dan yardım istemek zorunda kalırız!" dedi, anlamlı bir şekilde sırıtarak.

***

Hayatlarında hiç görmedikleri İstanbul, Bay Abram'la karısına, nedense kitaplarda anlatılan cennetin bir köşesi gibi gelmişti. Gelecekte kendilerini neyin beklediğini bilmeseler bile yüzlerinde mucizevî bir kurtuluşun gülümsemesi vardı. Serin ve güneşli bir havada, kuzeyden Boğaziçi'ne giren geminin güvertesinden her iki kıyı boyunca sıralanmış görkemli yalıları, köşkleri ve ufak görünen hareketli insanları izlediler. Salınarak seyreden geminin sayısız defa İstanbul'u selamlayan ve güvertedekilerin kulaklarını sağır eden çığlığı, tam tersine onlara, mutlu bir geleceği müjdeleyen coşkulu bir melodi gibi geldi.

Bay Abram, Batumi'den binen yolcular arasında gözüne çarpan bir adamı düşündü. Onu bir yerden tanıyordu, ama bir türlü çıkaramıyordu. Gemiye bir başına binmiş, kuytu bir köşeye çekilmişti. Kimseyle konuşmuyordu. Yol boyunca Lara'nın elini bırakmayan karısından ayrılarak arka güvertedeki adamın yanına gitti. Sırtındaki kalın sivil paltoya, başındaki kaskete rağmen asker olduğu ilk bakışta anlaşılan adam, demir korkuluklara dayanmış, İstanbul'a vardıklarından habersizmişçesine bakışlarını mavi sulara dikmişti. Uzun boylu, bir çöküntüye uğramış gibi görünen asık yüzü kırışıktı. Bay Abram, çekingenliğinden kurtularak adama elini uzattı.

"Ben Efraim Abram, bayım," dedi.

Adam daldığı denizden çevirdiği soran bakışlarını Bay Abram'a dikti.

"Evet?" diye sordu.

"Galiba sizinle daha önce tanıştık. Yanılıyor muyum?"

Adam rahatsız olduğunu belli edercesine,

"Yanılıyorsunuz. Ben sizi ilk defa görüyorum," dedi.

"Özür dilerim, sizi rahatsız ettim," dedi Bay Abram, üstelemeden. Adamın yanından ayrılırken konuşmak istemediğini anlamıştı.

Oysa o kadar emindi ki tanıdığına. Başka zaman olsa hemen hatırlardı. Ama çok kötü günler geçirmişti, belleği allak bullaktı. Tekrar karısının yanına döndü.

Gemi gümrük iskelesine yanaşırken, küçük ahşap sandıklara ya da çuvallara konmuş paketleriyle valizlerinin yanında, güvertede sıraya dizilmiş mülteciler, inecekleri merdivenlerin açılmasını sessiz bir heyecanla bekliyorlardı. Kaptan köşkünde, kanatları açık penceresinin önüne dikilen kaptan, şapkasını arkaya itmiş, dirseklerini pervaza dayamış, güç bir işi başarmanın gururuyla onları seyrediyordu. Bay Abram, sıranın hareket ettiğini görünce başını yukarı çevirerek elini kaldırdı, daha önce teşekkür edip vedalaştığı kaptanı son kez selamladı. Kaptan başıyla karşılık verdi.

***

İçişleri Bakanlığı'nın özel emri gereğince, Rusya'dan gelenler, Mülteciler Dairesi'ne uğramadan ve belge istenmeden sadece şahsi beyanla kayıt altına alınarak gönderildikleri İskân ve Muhacirler Müdürlüğü tarafından derhal toplanma yerine, Tünel'in üstündeki birkaç katlı Rus binasına* yerleştirildiler. Burası, Çar Nikola'nın isteğiyle yapılmış güzel ve rahat bir binaydı. Balkonlu katların dört bir yandan sardığı ortadaki süs havuzu, kendisine temiz hava gönderen gökyüzüne özgür bir şekilde bakıyordu.

Diğerleriyle beraber aynı binaya götürülen Bay Abram, kaçaklardan bazılarının Çarlık ordusu generallerinden olduğunu ve eskiden beri birbirlerini tanıdığını anlamakta gecikmedi. Erkekler İstanbul'u keşfe çıkıp yerleşebilecekleri yer ararken, kadınlar bir araya toplanıp çay içtiler, sohbet ettiler. Lara, Bayan Abram'ın yanından hiç ayrılmadı. Ağzından zorla alınan bir-iki kelimenin dışında hiç konuşmadan havuzun kenarında gürültüyle oynayan çocukları izledi sadece. Nihayet, Çar II. Nikola ve ailesinin tutuklandığı haberinin binaya bomba gibi düştüğü gün mültecilerin hepsi serbest bırakıldı.

Yine sıraya dizilmişlerdi. Artık yetkisiz duruma düşen Rus elçilik memuru onlara, kent yaşamıyla ilgili bilgiler verip gerekli uyarıları yaparken, sürekli ikamet edecekleri yerlere intikal edinceye kadar kalabilecekleri güvenli semtlerin ve otellerin isimlerini içeren listeyi ellerine tutuşturdu. Dileyen, yeni mülteci grupları gelinceye dek aynı binada kalabilecekti.

Efraim Abram, bulunduğu sıranın iki önündeki çok şişman, tıknefes birinin başını yukarı çevirip birinci katın balkonundan onları seyretmekte olan adama:

---

* Ruslar tarafından yaptırılan bina.

"Hadi Peter, özgürlük vakti! Hâlâ ne yapıyorsun orada?" diye seslendiğini duydu.

Bay Abram da başını yukarı çevirip adama baktı. Bu, bir türlü hatırlayamadığı gemideki esrarengiz adamdı. Belleği dalgalandı, sonra adamın ismi yukarıdan kafasına düşercesine gelip yerine oturdu. "Peter! Ahıska Valisi General Peter Seriyoskov!"

***

Hükümetin verdiği ikamet belgesini cebine koyan Bay Abram, beraberinde, bir ev satın alacak ve yaşamını rahatlıkla sürdürecek kadar altın ve mücevher kaçırmayı da başarmıştı. Soçi'den ayrılırken akrabalarının verdiği bir adrese gittiler önce. Bir süre daracık bir odada misafir olduktan sonra, Ortaköy'ün sahiline yakın, Boğaz'ın sularına küçük bir tepeden bakan bahçeli bir ev satın aldılar.

Tüm sessizliğine karşın görkemli İstanbul, ikide bir değişen iktidarın karmaşasını yaşıyordu. Kimsenin yüzü gülmüyor, akşam olunca halk evlerine çekiliyordu. Zorunlu olmadıkça sarayından çıkmayan padişahın bir kukla olduğu, hiçbir yetkisinin bulunmadığı konuşuluyordu. Aslında ülkeyi kimin yönettiği Bay Abram'ı ilgilendirmiyordu. Onlara karışan yoktu, özgür bir şekilde yaşamaya başlamışlardı. İlk başlarda tek sorunu, İstanbul'a ayak uydurabilmek için öğrenmeye başladıkları Türkçe diliydi. Ancak, bazı vatandaşların, hatta yabancıların casuslukla ya da vatan hainliğiyle suçlanıp tutuklandığı haberleri yayılınca tedirgin oldular, zorunlu alışverişin ve Etz Ahayim'deki* ayinlerin dışında uzun bir süre evlerine kapanmaya karar verdiler.

Bir yıl geçmeden, karla karışık soğuk yağmurların kenti allak bullak ettiği kış öncesi, deniz filolarını Haliç ve Marmara'nın sularına demirleyen İtilaf Devletleri'nin askerleri İstanbul'u işgal etmeye başlayınca diğer azınlıklar gibi Abramlar rahat bir nefes

---

* Ortaköy'de tarihi bir sinagog.

aldı, sokak yüzü görmeye başladı.

1920'nin yazında gemileriyle Kızıllardan kaçan Beyaz Ordu'ya ait gemilerin İstanbul kıyılarına demir attığı haberi gelince Bay Abram günlerce iskelelerde, sahillerde ya da Beyoğlu'nun kalabalığı arasında dolaştı durdu. Aklından geçen, Yüzbaşı Andrei Barovski'ydi. Karpoviç'in çiftliğinden kaçmayı başararak limanlardan birine ulaşabildiği ve Beyaz Ordu'yla birlikte İstanbul'a gelmiş olabileceği ihtimali onun aylarına mal oldu. Eğer bunu yaptıysa, daha önce gelen General Seriyoskov'la da buluşmuş olabilirdi. Onları bulabilmek için elinde pahalı hediyelerle ordu komutanı General Vrangel'in kapısını aşındırmaya başladı. Nihayet Gelibolu'ya yerleşen Rus Kolordusu'nda Andrei adında bir subay olduğunu öğrenince apar topar oraya gitti. Ne yazık ki isim benzerliğinden başka bir şey geçmedi eline. Ne General'in ne de Yüzbaşı'nın izine rastlayabilmişti.

Lara'nın sağlığı ve beslenme sorumluluğunu karısına devreden Bay Abram, tüm zamanını, İstanbul'u tanımak ve iyi bir okul aramakla geçirdi. Sonunda onu Fransız okuluna kaydettirdi. İyi bir eğitim görmeli, ayrıca Fransızca öğrenmeliydi. Aynı zamanda Etz Ahayim'in müştemilatında İbranice eğitiminin yanı sıra din dersleri de almaya başlamıştı.

İyice beslenerek kendine gelmesi, kapılarını dünyaya biraz olsun açması epey zaman alan Lara, uzun boylu, incecik, güzel bir kız oldu, ama bedenindeki tüm hücrelere sinen acılarını ve korkularını içinden hiçbir zaman atamadı. Onun, defalarca tekrarlanan ve gittikçe yükselen gece yarısı çığlıklarıyla uyanan Bay Abram'la karısı, kızın başını göğüslerine dayayıp kovmaya çalıştıkları her karabasandan yılmak yerine, Lara'yı daha çok sevdiklerini hissettiler, ona daha çok bağlandılar. Sonunda, Yüzbaşı Andrei'nin değerli emaneti, Bayan Abram'ın doğurduğu biricik kızı Lara Abram olup çıkıverdi.

Yıllar birbirini izledi. Türklerin işgalci güçlere karşı verdiği ve büyük kayıplarla kazandığı ulusal kurtuluş savaşından hemen sonra kurulan Cumhuriyet hükümetinin huzur dolu günlerinde iyi bir eğitim gören Lara, Fransız okulunun otoriter rahibelerine rağmen tam bir Musevi olarak yetişti. Bay ve Bayan Abram, onun böyle olmasını dilemiş, ama daha da ileri giderek koyu bir dindar olmasını, içine kapanarak gerçek dünyadan kopmasını asla istememişlerdi. Tanrı'ya ibadet ne kadar gerekliyse, O'nun bağışladığı hayatı bütün yönleriyle tanımak da o kadar gerekliydi. Biricik kızları mutlu olmalı, acılarını unutmalı, eğlenmeliydi. Onu, tiyatrolara, balolara götürüyor, satın aldıkları otomobille Boğaz turları atıyorlar, evlerinin bahçesinde okul arkadaşlarına partiler veriyorlardı. Çabalarının bir işe yaramadığını üzülerek sezseler de ısrar ediyorlardı. Oysa Lara, ne kendine ne de bir başkasına izah edebildiği bir çıkmaz içindeydi, onun için Tanrı'yı hissedebildiği tek yer olan sinagogdan başka sığınabileceği bir dünya yoktu. Sadece, Etz Ahayim'in taş duvarları arasında mutlu oluyor, sevgili Tanrı'sının er geç kendisine cevap vermesini sabırla bekliyordu.

Bir gün, Bay ve Bayan Abram'ın şiddetle karşı çıkmalarına rağmen, kendisine sırılsıklam âşık olan İshak adlı, orta yaşlı bekâr komşusuyla evlenmeye karar verdi ve bu kararında tuhaf bir şekilde ayak diredi. Nedenini kendisi de bilmiyordu. Belki de böyle olmasını sevgili Tanrı'sı istemişti.

İshak'ın, Abramlara ve denize yakın olan küçük bahçeli evinde, duygusallıktan uzak, ama huzur dolu bir evlilik geçirdi. Karısının bir dediğini iki etmeyen İshak, onu değerli bir mücevher gibi hep ellerinin üstünde tuttu, her istediğinde sinagoglara ya da kırlara yine ellerinin üstünde taşıdı.

Kocasının "Belkıs", kendisinin ise ısrarla "Berta" adını verdiği dünyalar güzeli kızı doğduktan yedi yıl sonra sevgili Tanrı'sı da tıpkı Lara gibi tuhaf davrandı, onu yanına aldı. Aniden hastalanan Lara, ve çok kısa sürede biricik kızına son bir kez sarılamadan, acelesi varmışçasına öldü.

Yaşadığı süre boyunca hiç gülmeyen yüzünü örten kalın sisin altında bile saklanmayı başaramayan acılarının, büyük bir özlemle kavuştuğu göklerdeki sevgili annesi Berta'nın sıcak kucağında dinip dinmediğini, kuşkusuz hiç kimse bilemeyecekti.

Yüreğim daraldı
korkular yürüdü üstüme
beynimi sokağa atamadım.

Peşimde zebaniler, kurtulamadım.
Kilitliydi,
cehennemin kapılarını açamadım
kaçamadım.

İSTANBUL

Profesör Hubmaier'in mektubunu elinde tutan Berta Belkıs'ın parmaklarına kramp girmişti. Yüreği daralıp yere yığılmadan önce "Yüce Tanrım!" dedi kısık bir sesle.

Kendine geldiğinde, taş sofayı kaplayan Acem halısının üstünde ne kadar yattığını anımsayamadı. Zorlanarak ayağa kalktı, lavaboya yürümeye çalıştı. Midesi ayaklanmıştı, kusacaktı.

Ağlayamadı. Gözlerindeki yaş ve damarlarındaki kan bir yerlere çekilmiş, yüzünün kumral berraklığını gri bir duman kaplamıştı. Mutfağa gidebildi sadece, bir sandalyeye çöktü, birkaç ev ötedeki komşusunun çocuğuyla oynayan küçük kızı Eliza'nın dönüşünü sessizce bekledi.

Aklına mektup geldi. Sofaya gitti yeniden, mektubu düştüğü yerden alıp geri döndü. Tekrar okumaya çalıştı.

"Bayan Mars," diye başlıyordu Almanca mektup. "Adresinizi güçlükle bularak size yazıyorum. Üzülerek bildiririm ki genç bilim adamımız ve değerli arkadaşımız Doktor Albert Mars, laboratuardaki deneysel çalışmaları sırasında talihsiz bir şekilde aniden rahatsızlanmış, tüm çabalarımıza rağmen kendisini kurtarmak maalesef mümkün olamamıştır. Ziyaretiniz ve gerekli işlemler için cesedini üniversitemizin morgunda bekletmekteyiz. Geliş tarihinizi bildirmelisiniz. Taziyelerimizi ve saygılarımızı kabul etmeniz umuduyla. Profesör Bernhard Hubmaier, Enstitü Direktörü."

Sonunda korktuğu başına gelmiş, Berta Belkıs Mars'ın, sevgili kocası Albert'e ikide bir mektup yazıp yalvarmasına gerek kalmamıştı artık!

Üzerinde tonlarca yük varmış gibi güçlükle ayağa kalktı, soluğu tıkanarak merdivenleri tırmandı, yatak odasına ulaştı. Kafası boşalmış, belleği bir yerlere gizlenmişti. Algılama güçlüğü çekiyor, dikkatini vereceği hiç bir şey bulamıyordu. Önce, komodin yerine şifoniyerin bulunduğu yere yöneldi. İlk çekmecesini çekip çamaşırları karıştırdı. Aradığı şeyin burada olması imkânsızdı, ama yine de aradı. İnce uzun parmaklarını, kumral saçlarının arasına sokarak sağa sola bakındı. Sonra gözüne, yatağın başucundaki komodin iliști. Ayaklarını sürüyerek o yana döndü. Çekmecesini açıp baktı. Zarfı görünce neyi aradığını hatırladı. Bu, bir gün önce Albert'e yazdığı ve bugün dışarı çıkıp postaya vermeyi planladığı mektuptu.

"Sevgili Albert," diye yazmıştı Belkıs. "Umarım iyisindir. Komşular, Almanya hakkında pek de iç açıcı şeyler söylemiyorlar. İnan ki bu içimi karartıyor, beni telaşlandırıyor. Dün Eliza'yla birlikte Haham'a gittik. Hep birlikte, senin sağlığın ve ailemiz için dua ettik. Bizi buraya gönderecek kadar kaygılandığına göre bildiğin bir şey var demektir. Bu nedenle senin de bir an önce yanımızda olmanı istiyoruz. Sayın Haham, benimle evli olduğun için Türkiye'ye gelebileceğini ve İstanbul'da istediğin kadar kalabileceğini söyledi. İkimiz de seni çok özledik. Bizi seviyorsan, yakarışlarımıza kulak ver. Sana önceki mektubumda yazdığım gibi lütfen Türk Büyükelçiliği'ne git. Orada Aral Tigin diye bir elçilik memuru var. Bir zamanlar babalarımız çok yakın arkadaştı. Aynı yaşlarda olmalısınız. Bize her konuda yardım edebilecek bir dostumuz olarak kabul et onu ve mutlaka görüş. Sana yardımcı olması için ona yazdım ve ricada bulundum. Çok nazik bir beyefendi, hemen cevap gönderdi ve yardım edebileceğini bildirdi. Bizim hatırımız için yap bunu! Ben ve Eliza, seni defalarca öpüyoruz. Seni seven Berta Belkıs."

Eylülün pastırma sıcağına aldanarak hareketsiz kalan denizi yukarıdan seyreden bakımsız bahçeli evdeki yaşam tamamen durmuştu.

BERLİN

Sabahki yağmurdan sonra gitmeye hazırlanan bulutların aralarından sızan güneş ışınları, birbirlerini sabırsızca iterek kentin üstüne düşmeye başlamışlardı. Soluk yeşille kızıla boyanmış gibi görünen Berlin, sonbaharlarından birine daha hazırlanıyordu.

Aral, büyükelçiliğin Tiergarten Caddesi'ne bakan odasında, yol üstündeki Kruger'den aldığı, külde kızarmış patates ve Hollanda peynirli sandviçini ısırırken, bir yandan da masasına konmuş evrakları ve mektupları alışkın bir el çabukluğuyla gözden geçiriyordu.

Türkiye'den gelen zarflardan birinin üzerinde kendi adı yazılıydı. Resmi kaşeli olmayan zarfı bir süre elinde evirip çevirdi, inceledi. Kim gönderdiyse, pulları itinayla yapıştırmış, ama adını yazmamıştı. Merakla açtı.

Mektup ikinci kez Berta Belkıs Mars'tan geliyordu. Türkçe yazılmıştı ve yine imla hatalarıyla doluydu. Sanki acelesi varmış gibi karaladığı kısa mektubu güçlükle okudu. Kocasının öldüğünü haber veriyor, pazar günü saat sekizde kalkacak trenle Sirkeci'den hareket edeceğini, kendisini ziyaret etmesine izin verirse mutlu olacağını bildiriyordu.

Mektubun üzerindeki tarihe baktı, hesap yaptı. Eğer hesabı doğruysa, sözünü ettiği tren, Münih üzerinden Berlin'e gelmesi beklenen ekspresti. Aynı trende, elçiliğin Ankara'dan gelen özel bir kuryesi vardı ve onu karşılamaya gidecekti. Bitirdiği sandviçin sarıldığı kâğıdı buruşturup çöp kutusuna atarak çayından bir yudum daha aldı, geriye yaslandı. Yüzünü bir türlü çıkaramadığı Belkıs'ın ilk ve uzun mektubunu anımsadı.

"İshak Sardisli'nin kızı Berta Belkıs" olduğunu belirttikten sonra çocukluk dönemini anımsatmış ve "Mikail Amcam bana yardım edebilecek birini araştırırken önceden tanıdığı babanız Muzaffer Bey'i aramış. Babanız da, sizin Berlin Elçiliği'nde çalıştığınızı, beni gayet iyi tanıdığınızı ve temas kurduğumuz takdirde bize yardım edebileceğinizi söylemiş. Hayretler içinde kaldım. Düşünebiliyor musunuz, ben de beş yıldır Berlin'de yaşıyorum ve birbirimizden haberimiz yok! Bilseydim, sizi yemeğe davet ederdim, çocukluğumuzdan bahsederdik."

Ailesi ile birlikte Berlin'de yaşıyorlardı, beş yıl önce evlendiği kocası Dr. Albert Mars, üniversitenin Tıbbi Araştırmalar Merkezi'ne bağlı bir enstitüsünde asistanlık yapıyordu. Birkaç ay önce kocası, nedenini açıklamadığı bir telaşla eşini ve çocuğunu İstanbul'a göndermişti. Berta Belkıs da Aral'a ilk mektubunu o zaman yazmıştı. Çocukluk dönemini anımsattıktan sonra işleri kötüye giden babasının evini sattığını, kalbinden rahatsızlandığını ve geçen yıl tedavi görürken solunum yetmezliğinden öldüğünü eklemişti. Ardından, olası bir tehlikede ev adresini verdiği eşine yardımcı olmasını rica etmiş, ama tehlikenin ne olabileceğinden söz etmediği gibi, kocasının neye ihtiyacı olabileceğini de açıklamamıştı.

Aral hemen cevap yazmış, mektubu aldığını, babası Bay İshak'ı hatırladığını ve ölümüne çok üzüldüğünü belirtmişti. Eşi dilediği zaman elçiliğe gelebilir veya kendisini arayabilirdi. Nasıl bir sorunu olduğunu bildirirse yardım etmek için elinden geleni memnuniyetle yapacaktı.

Beklediğinin tersine, Doktor Albert Mars, ne ziyaretine gelmiş ne de telefonla aramıştı.

Mektubun ardından yaptırdığı araştırmadan da pek bir şey çıkmamıştı. Elçiliğin araştırma memuru, Belkıs'ın, adamla İstanbul'da evlendiğini ve Berlin'de yaşadığını öğrenmişti. Bir kız çocukları vardı. Kocası da Museviydi ve henüz genç olmasına karşın tıp çevrelerinde iyi bir isme sahipti.

Daha gerilere, yıllar öncesine gitti. Belkıs, babasının oldukça önem verdiği bir arkadaşının kızıydı. Ortaköy'ün kıyısına yakın, masmavi sulara bakan ve küçük bir bahçesi olan bir evde yaşıyorlardı. İstanbul'a her gittiklerinde onların evinde mutlaka bir iki gece konakladıklarını anımsıyordu. Babasının, Bay İshak diye seslendiği adamla karşılıklı şarap içtiğine, gramofondan klasik müzik dinlediğine ya da derin sohbetlere daldığına, zaman zaman da coşkulu kahkahâlâr attığına tanık olurdu. Kadınlar bir köşede çay içerken Aral da Belkıs'la bahçede oyun oynardı. Adamın tam olarak ne iş yaptığını hiç bilemedi. O sıralarda küçük olduğu için babasına sormamış, sonra da unutup gitmişti.

Aral, panladığı gibi işlerini erken bitirdi. Elçiliğin şoförlü arabalarından birini aldı, Ankara'dan gelen özel kuryeyi karşılamak üzere tren garına doğru yola çıktı. Tiergarten'e çıkar çıkmaz caddede gösteri yürüyüşü yapan partili gençlerin konvoyuna takıldı. Yola yayılarak trampet eşliğinde disiplinle yürüyen siyah çizmeli, kollarına gamalı haç işlenmiş üniformalı gençler, flaması açık elçilik arabasına yol vermek için pek aceleci davranmayıp yürüyüşlerine devam ettiler. Aral'ın uyarısını dikkate alan şoför kornasını çalmadan sabırla bekledi. Gençler, epey sonra isteksizce kenara çekilip otomobilin geçmesini beklediler. Bir ikisi öfkeli bir şekilde saygısızca el kol işareti yaptı. Oturduğu arka koltuktan onları seyreden Aral,

"Aptal herifler, çocukları da kendilerine benzetmişler!" diye söylendi.

"Haklısınız, efendim," diye onayladı şoför.

Yolda vakit kaybetmelerine rağmen trenin varış saatinden önce varmışlardı gara.

Oldukça büyük terminalin sıradışı bir kalabalığı vardı o gün. Düzenli gruplar halinde dağıtıma giden askerler, ütülü üniformaları ve parlak deri çizmeleriyle heykel gibi duran komutanlarının ürkütücü bakışları altında kendilerine tahsis edilen özel vagonlara biniyorlardı. Diğer peronlarda ise ellerinde kumaş ya da deri kaplı bavul taşıyan siviller, sanki emir verilmiş gibi sessiz bir telaşla sağa sola koşturarak yerlerini arıyorlardı.

Yöneticiler her ne kadar yalanlasa da asker sevkıyatının savaş hazırlığı olduğunu aptallar bile anlardı.

Aral, trenin perona girmesini beklerken gar polislerini saf-dışı bırakarak kimlik kontrolü yapan Alman teğmenin şakasına katılmak zorunda kaldı. Tombul yüzlü teğmen, duru buğday teni ve siyah saçları olmasa, onun bir Alman olduğuna yemin edebilir-di. Elçiliğe ait kimliği dikkatle kontrol edip sahte bir saygıyla geri verirken,

"Herr Tigin, bu kadar mükemmel Almancayı nerede öğren-diniz? Bir kentsoylu gibi konuşuyorsunuz!" dedi. Sesinde hayran-lıktan çok gizli bir alay vardı.

Aral, teğmenin alayını anlamamış gibi yaptı. Yıllar önce Paris'ten aldığı açık renkli ince pardösüsünün yakalarını biraz daha kaldırırken,

"Babam da elçilik görevlisiydi, teğmen. Ben burada doğup büyüdüm," diye yanıtladı. "Soluğum her ne kadar patates ve bira kokmuyorsa da yarı Alman sayılırım!"

Birlikte güldüler.

Oysa Aral, çocukluğunda parklarda birlikte oynadığı, büyü-yünce okullarına gittiği bu insanlara bir türlü ısınamamıştı. Zaten içine kapalı dünyası, babasının damarlarına aşıladığı milli duygu-lara eklenince Almanlardan iyice uzaklaşmış, gerekmedikçe kendi çevresinin dışında kimseyle arkadaşlık kurmamıştı. Kimi zaman ailesiyle birlikte ziyaret ettiği Ankara ve İstanbul, onun içinde, hep özlemi hak eden masal kentleri olarak kaldı. Paris'te siyaset eğiti-mi aldığı sırada duygularını anlattığı İstanbullu okul arkadaşının, "Uzun süre dışarıda yaşayanların ortak özlemidir bu. Memlekete dönünce hayal kırıklığına uğrar, hatta özlediğine pişman bile ola-bilirsin," sözlerine katılmıyordu. Yine Paris'te bastıran özleme zor dayanmış, anayurduna birkaç kez yalnız başına gitmiş, sahillerde dolaşırken, köprü altında ekmek arası balık yerken, Ahırkapı'da çingenelerin çalgılı Hıdrellez'ini izlerken ya da Emirgan'da çay içerken soluk aldığını hissetmiş, eğitimini tamamlar tamamlamaz ülkesine dönmeye karar vermişti. Ne yazık ki tüm bunlar hayal olarak kalmıştı. Babasının elçilikte ayarladığı şimdiki işine girmek zorunda kalınca hayallerini sadece resimlerde yaşamıştı.

Garın büyük hoparlörlerinden yayılan tiz sesle beklediği anonsu duyan Aral, önceden belirlediği perona doğru yürürken aklında hâlâ çocukluk arkadaşı vardı. Şu anda süzülerek perona giren trenin vagonlarından birinde olmalıydı. Keşke mektubuna bir resmini ekleseydi. Onu kolayca bulur, gideceği yere bırakırken yolda biraz sohbet edebilirlerdi.

Belkıs'ın yüzünü yeniden hatırlamayı denediyse de yine başarılı olamadı.

Özel kurye elinde bavul, sırtında kalın gabardin bir pardösüyle görününceye dek bakışları "belki görünce hatırlarım" umuduyla vagonlardan inen yolcuları ısrarla taradı. Garip bir duyguydu. Belki İstanbul'un kokusu, belki insanın yıllardır görmediği bir dosta duyduğu özlem, kim bilir hangisi, onu heyecanlandırmaya yetmişti.

Kuryeyi fazla bekletmemek için düşüncelerinden ve umutlarından sıyrılıp onun bulunduğu yere yönelmek zorunda kaldı.

Elçilik arabası gardan ayrılırken, çok yakında Avrupa'nın gökyüzünü karartacak olan sanki kendisi değilmişçesine, masum bir tablo gibi duran gri Berlin, hâlâ o güzel sonbaharını yaşıyordu.

***

Berta Belkıs, öğleden epey önce gelmişti. Uzun ve ince vücudunun üzerine koyu mavi renkte bir manto giymiş, omuzlarına dek kıvrımsız inen kumral saçlarını aynı renkte bir bereyle kapatmıştı. Onu, konukların ağırlandığı yıpranmış, fakat iyi döşenmiş küçük bir salona almışlardı. Pencerelere asılmış koyu renkli hantal perdelerin arasından sızan gümüş renkli günışığı, tam karşı duvarda yan yana duran iki dostun, Atatürk'le Cumhurbaşkanı İsmet

İnönü'nün portrelerini aydınlatıyordu.

Birkaç dakika geçmemişti ki içeri giren Aral Tigin, karşılama için ayağa kalkan konuğunun, uykusuz günlere henüz yenik düşmemiş gibi duran biçimli yüzünü, bir müzede görerek dakikalarca seyrettiği İnci Küpeli Kız'a* benzetti bir an. Elini uzatıp,

"Hoş geldiniz, Belkıs Hanım," derken heyecanlıydı. Onun bu kadar güzel olabileceği aklına gelmezdi. Birkaç saniye duraksadıktan sonra:

"Sizi dışarıda görsem, imkânı yok tanıyamazdım," diye ekledi.

"Ben de," dedi Berta Belkıs. "İkimiz de çok değişmişiz, değil mi?"

Aral, ayakta olduklarını fark etti birden.

"Lütfen oturun, ayakta kaldınız," dedi, nazik bir şekilde koltuğu işaret ederek.

Berta Belkıs'ın oturmasını bekledikten sonra karşısındaki koltuğa geçti.

"Demek beş yıldır Berlin'desiniz? Birbirimize bu kadar yakınken görüşememek gerçekten yazık olmuş. İkinci mektubunuzda kötü bir haber verdiniz. Yani, eşinizi kaybettiğiniz konusunda!"

"Maalesef," dedi Berta Belkıs, fısıldar gibi. Göz kapaklarını indirmiş, yüzü bir anda karışmıştı. Başını hafifçe öne eğip dizlerine koyduğu bir eliyle diğer elinin parmaklarını ovalamaya başladı.

Odaya ansızın sessiz bir hüzün çökmüştü. Aral, kaçamak bakışlarla onu süzerken söyleyecek birşeyler aradı.

"Başınız sağ olsun," dedi. "Gerçekten üzüldüm. Acınızı paylaşmak isterim."

Ellerini ovalamayı sürdüren Berta Belkıs,

"Teşekkür ederim, çok naziksiniz," dedi. "Sizi de rahatsız ederek üzmek istemezdim!"

"Lütfen böyle düşünmeyin. Beni dostunuz olarak kabul edip ilk mektubunuzu yazdığınızda çok mutlu olmuştum. Keşke bu esef

---

* Hollandalı ressam Vermeer'in 1665 yılında yaptığı ünlü tablosu.

verici şeyleri yaşamadan karşılaşsaydık!"

Berta Belkıs, gözlerini yerden kaldırmadan,

"Sizi rahatsız etmediğime sevindim. Gerçekten çok iyisiniz," dedi kırık, fakat minnettar bir sesle.

"Neyse, bunları konuşmayalım. Size ne ikram edebilirim?" diye konuyu değiştirmek istedi Aral.

"Çay olursa memnun olurum. Birkaç gündür içemedim."

Aral çağrı ziline bastıktan kısa bir süre sonra kapıyı çalıp başını uzatan odacı Salim'e çay hazırlamasını söyledi.

"Çayınız hazır, Aral Bey. Misafiriniz gelince isteyeceğinizi düşündüm," dedi, işini bilir bir tavırla.

"Bak bu çok iyi. Hadi, ne duruyorsun?" diye gülümseyerek çıkıştı Aral.

Odadaki ağır hava biraz dağılmış, Belkıs ellerini ovuşturmayı bırakmıştı. Aral, ona dönerek,

"Berlin'e dünkü trenle geldiniz sanırım," dedi.

"Ah, evet," diye anlatmaya başladı Berta Belkıs. "Alex, eşi Marlene'le karşıladı beni. Birlikte onların evine gittik. Özür dilerim, tam adı Alexandr Henz. Eşimin yakın arkadaşıdır. Aynı enstitüde doktor. Onun eşi Marlene de benim çok iyi arkadaşım. Evimde yalnız kalmamam gerektiğini söyleyerek kendilerine konuk olmamı istediler. Önce kabul etmek istemedim, ama o kadar ısrar ettiler ki!"

"Bence de çok iyi yapmışsınız," dedi Aral. Sanki bir kelimeyi hatırlayamıyormuş gibi bir an takıldı, sonra devam etti. "Merhum eşinizle birlikte yaşadığınız anılar sizi huzursuz edebilirdi. Evleriniz aynı sokakta mı?"

"Hayır. Yine de fazla uzak sayılmaz. Bizimki birkaç sokak ötede, Hardenberger üstünde, hayvanat bahçesine daha yakın."

"Şu aradaki resmiyeti kaldırsak da senli benli konuşsak desem, bana kızar mısınız?"

"Ah, tabii. Biz arkadaşız, neden kızayım?"

"Teşekkür ederim," dedi Aral. "Burası çok resmi bir yer, herkesle nezaket kuralları içinde konuşmak zorundayız. İnsan bazen teklifsiz konuşabileceği samimi bir arkadaş arıyor. Aklımda kaldığına göre çok güzel bir eviniz, senin odanda ise hayatımda görmediğim kadar çok oyuncağın vardı. Hatta annenden izin alarak bana tahta bir at bile hediye etmiştin, hatırlıyor musun?"

Belkıs'ın aklı orada olmasa da şöyle bir düşünürmüş gibi yaptı.

"Maalesef hatırlamıyorum," dedi. "Herhalde çok basit bir şeydi. Fakat siz unutmamışsınız!"

"Hâlâ 'siz' diyorsun! Alışman zaman alacak galiba. Evet, o tahta atı yıllarca sakladım. Sonra ne oldu bilmiyorum. Belki de hâlâ Ankara'daki evimizde duruyordur. İstanbul nasıl? İnan, her bir köşesi burnumda tütüyor!"

"İstanbul bıraktığım gibi. Bana, beş yıldan sonra fazla bir şey değişmemiş gibi geldi. Belki de fazla dışarı çıkmadığım için ben göremedim. Kızımla birlikte büyükbabamın evinde kalıyorum. Size yazdığım gibi, işleri kötüye giden babam evimizi satmış. Büyükbabamın da evi güzeldi, ama uzun süredir kullanılmadığı için biraz metruk kalmış. Mikail Amcam kendilerinde kalmam için çok ısrar etti. Birkaç gün için olsa belki, ama amcam da olsa başka birinin evinde uzun süre yaşamak zor geliyor bana."

"Aynı fikirdeyim, ben de başka birinin evinde uzun süre yaşayamam. Kendimi diken üzerinde hissederim hep."

Aral az önce Odacı Salim'in getirdiği porselen demlikteki İngiliz çayından birer fincan daha doldurup koyu renkli ceviz sehpaya bırakırken, Belkıs'ın çok düzgün, duru bir dille konuştuğunu fark etti. Mektuplardaki okunması güç şu düşük cümleleri yazan sanki o değildi.

"Evlerinde misafir olduğun Henz'ler, bir Alman ailesi sanırım?" diye sorarak konuyu tekrar değiştirdi.

"Evet. Tam emin değilim ama Kuzeyden bir yerden göç etmişler," dedi Belkıs. "Alex, her şeyini kumarda kaybetmiş bir Prusya prensinin soyundan geliyormuş. Marlene gururla anlatırdı hep.

Şatoları falan varmış."

"Irkçı rüzgârların estiği böyle bir dönemde gerçek bir Almanın, hele bir Prusyalının sana gerçekten dost olabileceğine, yardım edebileceğine inanıyor musun, Belkıs?"

"Kesinlikle inanıyorum. Biz çok iyi dostuz. Kaldı ki her ikisinin de fanatik ve ırkçı düşüncelerden uzak birer sosyal demokrat olduklarını biliyorum. Faşistlerin seçimi kazanmasına çok üzülmüşlerdi."

"Anlattıklarına bakılırsa gerçekten iyi insanlara benziyorlar. Pekâlâ, devam et lütfen."

"Alex bazı şeylerden kuşkulandığını saklamıyor. Bir gün önce beraber yemek yedikleri Albert'in moralinin çok bozuk olduğunu, sabahlara kadar çalışmaya zorlandığını anlattı."

"Çalışmaya zorlanmak mı? Ne gibi yani?"

"Bilemiyorum. Ya her şeyi tamamen anlatmak istemiyor ya da bildiklerinden kendi de emin değil. Sanki kafasında bazı kuşkular varmış gibi. Bizi İstanbul'a göndermeye karar verdiği sırada Albert de böyle davranmış, hiçbir şey anlatmamıştı."

"Berlin'den ayrılmadan önce eşinin davranışlarında bir değişiklik, bir tuhaflık sezmiş miydin?"

"Seyahat fikrinden ilk bahsettiği gün çok gergindi. Sanki onu endişelendiren bir şey vardı. Belki de ben öyle sandım. Kızımızla birlikte babamın İstanbul'daki mezarını ziyaret etmenin bana çok iyi geleceğini söyleyerek beni ikna etmeye çalıştı. Böyle bir şeye gerek olmadığını söyledim, yalnız gitmemekte direndim, ama dinlemedi. Sonunda kabul etmek zorunda kaldığım gün çok rahatlamış, sanki bütün korkusu ve endişesi uçup gitmişti. Bizi yolcu ederken sanki onu bir daha göremeyecekmiş gibi kızına defalarca sarıldı."

Dokunsalar ağlayacakmış gibi hüzünlenen Belkıs'ın durulmasını bekleyen Aral, bir an pencereden süzülen saf beyaz ışığa takıldı. Sonra "Morga gittiniz mi?" diye soracakken yüzünün tekrar karışmasından çekinerek vazgeçti. Bunun yerine,

"Eşin Alex'le aynı enstitüde çalışmıyor mu?" diye başka bir şey sordu. "En azından birbirlerini sık görüyorlardı sanırım."

"Hayır, Albert beyin cerrahisinde, Alex ise kardiyolojide. Üniversite çok büyük, bazen birbirlerini günlerce göremiyorlardı," diye açıkladı Belkıs.

"Bu konuyu, Alex'le tekrar konuşmalıyız. Yine de enteresan geldi bana."

"Evet, çok iyi olur!" dedi Belkıs, heyecanla. "Belki neler olduğunu size daha rahat anlatır."

"Neden olmasın? Evet, Belkıs, bu olanlar için senin adına çok üzüldüğümü tekrar belirtmeliyim. Şimdi söyle bakalım, senin için ne yapabilirim?"

Belkıs'ın, sadece "Teşekkür ederim," deyip duraklarken aniden pürüzsüz alnında beliren çizgilerle nemli gözlerinde bir yanıp bir sönen kararsız ışıklar öylesine belirginleşti ki Aral, onu rahatlatabilmek için uzanıp ellerinden tutmayı geçirdi aklından. Ama yanlış anlamasından korktu, yapamadı. Ses tonunu alçaltarak içtenlikle,

"Lütfen nasıl yardım edebileceğimi söyle bana," dedi tekrar. Onu cesaretlendirmek istemişti.

Belkıs, duyulur şekilde derin bir soluk aldı. Geldiğinden beri ilk kez nemli ve saydam gözbebeklerini doğrudan arkadaşının yüzüne, hatta gözlerinin içine dikti. Aral, kendini birden tuhaf hissetti. Saç tellerinin ucundan başlayan ince bir akım vücudunu dolaşarak ayakuçlarına dek indi, durgunlaştı. Belkıs, ondaki bu tuhaf durgunluğun farkında olmadan konuştu,

"Eşimin cenazesini ülkeme, Türkiye'ye götürmek istiyorum. Bazı formaliteler gerekse bile, evli olduğumuz için bunu yapabileceğimi söylediler."

Aral söylenenleri duymamıştı. Gözlerini delip geçen bakışlar beyninin bir yerinde hasar bırakmış gibi anlamsız bir şekilde bakıyordu.

Belkıs, olanları yeni fark etmişti. Telaşa kapılırken genç zamanlarında yediği içtiği ayrı gitmeyen hukukçu kuzeninin sözlerini anımsadı. Haham ne derse desin bazen bunun güç olabileceğini, bir Alman vatandaşına ait cenazenin başka bir ülkeye gönderilmesi için her iki ülkenin yetkili makamlarından izin alınması gerektiğini söylemişti. İşte şimdi, karşısındaki adamdan çok zor bir şey istemiş, onu çaresiz bırakarak üzmüştü!

"Özür dilerim," dedi, aynı telaşla. "Sizi zor durumda bırakmak istemezdim. Gerçekten yapabileceğiniz bir şey yoksa?"

Aral, kendini boşlukta hissettiren etkiden kurtulmaya çalışarak son bir güçle,

"Ah hayır, ben..." diye kekeledi. "Asıl ben çok özür dilerim, birden dalmışım. Yoğun bir gece geçirdiğim için olmalı. Rica etsem, söylediklerini bir kez daha tekrarlar mısın?"

Belkıs şaşırmıştı. Yanıldığına sevinerek, "Henüz umutsuz değil!" diye düşündü. Aynı şeyleri tekrarladı ve tepkisini anlamak için tekrar onun yüzüne baktı. Aral kalkıp pencerenin önüne gitti. Kendisindeki ani değişimin ne olduğunu çıkaramayan bir ifadeyle dışarıya, bahçe duvarının önünde uzanan sessiz Tiergarten caddesine daldı bir süre. Yıllardır kaldırımından yürüdüğü bu ağaçlı yolun böylesine güzel ve hüzünlü olduğunu ilk kez fark ediyordu. Yine ilk kez, ciğerlerine oksijen gitmiyormuşçasına soluğunun daraldığını, kalbinin daha hızlı çarptığını hissediyordu. Özellikle şu hüzün korkutmuştu onu. Kendini yeniden toparlamaya çalıştı. Bildiklerini kafasının içinde şöyle bir yokladı, bekletmemek için Belkıs'a döndü,

"Kesin emin değilim," dedi. "Bildiğim kadarıyla bu konuda bakanlar kurulunun kararına ihtiyacımız olabilir. Vatandaşlık yasalarımızda, bu yolla kazanılmış bir hakkın kullanılmasına dair kurallar olduğunu, fakat yine de bazı izinler gerektiğini hatırlıyorum. Bilirsin, resmi yazışmalar her zaman uzun süre demektir."

Belkıs, Aral'ın dudaklarından dökülen sözcükleri kaçırmamaya çalışıyor, korkunç bir haksızlık yaparak, evrendeki tüm yıldızların üşüştüğü göz bebeklerini hâlâ ondan ayırmıyordu. Son sözcüklerin devamını dikkatle, umutla bekledi.

"Ancak," diye devam etti Aral, kendi kendiyle konuşur gibi, "olağanüstü ve acil durumlarda Sayın Büyükelçi'nin bazı özel yetkileri olduğunu biliyorum. Bu ülkede olağanüstü bir durumdayız, öyle değil mi? Evet, tabii ki öyle! Bunu derhal Konsolos Bey'le konuşmalıyım. Mutlaka daha kısa bir yolu vardır."

Bir an duraksadı ve ardından sordu,

"Şey, merakımı bağışla. Cenazeyi neden İstanbul'a götürmek istiyorsun? Eşin ve ailesi eskiden beri Almanya'da yaşadığına göre bir aile mezarlığı olmalı."

Belkıs, onun ne demek istediğini anlamıştı. Gergin bir şekilde ellerini kavuşturup dizlerinin üstüne koyarken,

"Belki vardır, ama ben bilmiyorum," diye yanıtladı. "Albert hiç bahsetmedi. Aile mezarlığı da olsa eşimi burada bırakmak istemiyorum. Alex, Nazilerin bazı mezarlıkları tahrip ettiklerini duymuş. Albert'i buradan götürmekle doğru karar verdiğimi söyledi."

"Mezarlıkların tahribi konusunda elçiliğimize herhangi bir bilgi ulaşmadı. Böyle bir şey olsa önce biz duyardık. Yine de haklı olabilirsin, bu faşistlerden her şey beklenir! Senin kaygılarını anlıyorum, Belkıs. Artık Berlin'de yaşamayı düşünmüyorsun galiba?"

"Kesinlikle düşünmüyorum. Beş güzel yıldan sonra burası cehennemmiş gibi, bir kâbusmuş gibi geliyor bana. Zaten kocamın olmadığı bir yerde yaşamak istemem. Kızım Eliza'yla birlikte uzun bir süre İstanbul'da kalacağız galiba. Belki de ömür boyu, kim bilir? Eliza, kolayca ziyaret edebileceği bir mezara sahip olmalı, Aral Bey. Albert'i Almanya'da bırakırsam, ne bir mezarı olabilir, ne de bizim ziyaret edebileceğimiz bir yer!"

Titrek elleriyle beceriksizce kravatını düzelten Aral ayakta durmayı sürdürerek,

"Haklısın Belkıs," dedi sabırsızca. "Seni birkaç dakika yalnız bırakacağım. Bu durumu acilen Konsolos Bey'le görüşmeliyim. Kendine bir çay daha al, rahatına bak. Hemen dönerim. Bu öğle yemeğini bana ayırırsın herhalde. Sahilde güzel bir lokanta biliyorum. Birkaç lokma atıştırır, konuşmamıza orada devam ederiz."

Belkıs'ın yemek için ne keyfi ne de kaybedecek zamanı vardı. Neler yapabileceğini hemen bilmek zorundaydı. Bir an önce cenazesini alıp İstanbul'a, yalnız bıraktığı kızının yanına dönmek istiyordu. Yine de ses çıkarmadı, kabullenir gibi başını önüne eğdi.

Konsolos Bey'den önce kendi odasına giden Aral, bir süre yalnız başına oturdu. Onu böylesine etkileyen şeyin ne olduğunu bir türlü çıkaramıyordu. Önce ürpermiş, ardından içi havalanmıştı. Çocukken lunaparkta bindiği kaydırağın raylar üzerinde tepeye çıkıp hızla yere çakılışı sırasında da buna benzer bir şey yaşamıştı.

Çekmecesini açarak önemli toplantılar öncesinde gür siyah saçlarını ve kravatını düzeltmek için kullandığı yuvarlak aynasını aldı eline. Belki de hayatında ilk kez, sert çizgileri olan buğday tenli yüzü ve hafif kavisli burnuyla çirkin mi güzel mi olduğuna baktı. Birden çok aptal göründüğünü, bu anlamsız davranışa neden gerek duyduğunu hayretle düşündü.

Aslında duygularını yönetmeyi bilen biriydi. Çıplak gerçeğin elini hiçbir zaman bırakmamış, gereksiz ilişkilerden, insanın elini kolunu bağlayan duygusal fantezilerden oldum olası hoşlanmamıştı. Bir zaman gelmiş, okuduğu onca kitapta, seyircisi olduğu sahnelerde, dinlediği şarkılarda göklere çıkarılan dostluk, aşk, nefret gibi değerlerin, aslında mutluluğun bencil yüzünden başka bir şey olmadığını irkilerek sezmiş, bir kaplumbağa gibi kabuğuna çekilmişti. Bu durum, artık emekliliği geldiği için Berlin'i terk etmeye hazırlanan babasının da gözünden kaçmamıştı. Ancak Aral, vedalaşırlarken babasının, "İnsanlarla münasebetlerinde ziyadesiyle içine kapanık ve mukavim davrandığını, yalnızlığı tercih ettiğini üzülerek görüyorum, oğlum. Biliyorum, el diyarlarında doğmanın ve bir başına büyümenin de mutlaka tesiri vardır. Lakin unutma ki hürriyeti ve hissiyatı elinden alınmış bir ruh, tıpkı bir çocuk gibi giderek zafiyete uğrar, hastalanır ve nihayetinde ölür. Böylece kendini dipsiz ve ışıksız bir kuyuda yapayalnız bulursun, Allah korusun! Seveceğin veya nefret edeceğin birilerine mutlaka sahip olmalısın. Gülmek, ağlamak, hata yapmak, pişman olmak gibi beşeri hadiselerden sakın korkma. Bunların sana ziyandan çok faydası dokunur. Hâsılıkelâm, önce kendi ruhun ve şahsiyetinle, sonra da etrafınla dostluk tesis etmelisin ki gelecekte mesut ve bahtiyar olasın. Bunlar nasihatimdir, kulağına küpe yap!" diyerek verdiği mesajları hiçbir zaman önemsememişti.

Oysa şimdi, tam bir çelişki içinde olduğunu hissediyor, lanetlediği bencillikle değerini reddettiği duygusallığın güç birliği yaparak kendisinden öç almalarından korkuyordu.

Düşüncelerinden sıyrılıp son bir kez kendine baktı, yüzünü buruşturdu, aynayı aceleyle çekmecesine attı. Kalkıp Konsolos Bey'in yanına gitti.

Konsolos Bey, ellisinden biraz fazla gösteren, orta boylu, açık tenli, yakışıklı sayılabilecek biriydi. Elçiliğin kıdemli memurlarından biri, Aral'a,

"Herkesle barışık bir insan diye ben buna derim! Fakat görüntüsüne aldanma, kendi oğlu gelse asla ciddiyetini bozmaz, prensiplerinden asla vazgeçmez. Vallahi ben görmedim, başkalarının yalancısıyım. Öyleymiş ki boynundaki ipek fularını yatakta bile çıkarmıyormuş!" demişti. Aslında bunu, Aral da çabucak fark etmişti. İlk göreve başladığı gün, tebrik için odasına çağırarak bizzat yüzüne karşı, "Değerli bir hariciyeci olan babanız görevdeyken onun birinci kâtipliğini yaptım. Konsolosluğa terfim için babanızın Ankara'da harcadığı çabaları unutamam. Ona minnet borcum var," diyen Konsolos Bey'in karşısında ne o gün, ne de daha sonraları asla sırıtmamış, şımarmamış, saygısını bozmamıştı.

Konsolos Bey, masanın biraz ilerisinde dikilen memuruna şöyle bir bakarak önündeki evraklara döndü.

"Evet, seni dinliyorum," dedi, sıradan bir tavırla.

"Özel konuğumla ilgili efendim," diye söze giren Aral, onu etkilemek için nasıl yaptığına kendi de inanamadığı bir dille babasını öne sürdü. "Yakın bir aile dostumuzun, yani babamın çok önem verdiği bir arkadaşının kızı!"

"Öyle mi? Özel olduğunu daha önce de söylemiştin, ikide bir tekrarlamana gerek yok. Konu nedir?"

"Bir cenaze nakli, efendim. Türkiye'ye."

Konsolos Bey, elindeki kalemi evrakların üstüne bırakarak yüzüne yerleşen soru işaretiyle geriye yaslandı. Bildiklerini aceleyle sıralayan Aral'ı dikkatle dinledi. Genç memurunun heyecanı gözünden kaçmamıştı.

"Babanın adını hiç kullanmazdın, evlat. Şimdi bu iş için kullandığına göre baban kadar senin için de önemli biri galiba," dedi imalı bir dille. "Bu arada ülkemize büyük hizmetleri dokunan babanızın önem verdiği birileri, mutlaka bunu hak etmiştir diye düşünüyorum. Fakat ne yazık ki bu yetki sadece Bakanlar Kurulu'na aittir. Tabii ki Sayın Cumhurbaşkanımızın özel bir talimatı yoksa! Kısacası bizim yapabileceğimiz fazla bir şey yok. Aslında bunu senin de bilmen gerekiyor. Yanılıyor muyum?"

"Evet efendim, haklısınız. Bu konuda bilgim var. Yalnızca tahmin ettiğim, ama emin olmadığım bir şey daha var. Eğer izin verirseniz?"

"Nedir, evlat? Söyle bakalım."

"Olağanüstü durumlarda Sayın Büyükelçi'nin hükümete sormadan bazı acil kararlar alma yetkisi var diye hatırlıyorum."

"Aferin, dersine iyi çalışmışsın. Evet, tabii ki var. Ama şartlar oluştuğunda belki! Bugün olağanüstü bir durumda değiliz. Acil bir durum olduğunu da sanmıyorum."

"Defnedilmeyi bekleyen bir cenaze acil durum sayılmaz mı, efendim?"

Konsolos Bey yanıt vermedi. Sadece karşısındaki bu heyecanlı ve kararlı genç adamın yüzünü bir kez daha inceledi. Deneyimleri, karşısındaki genç memurunu kolayca atlatamayacağını söylüyordu. Neden sonra kalemini tekrar parmaklarının arasına alarak evraklarına döndü.

"Şu özel konuğunu getir bakalım, bir de ben göreyim," dedi. Hafifçe gülümsemişti.

HENZ AİLESİ

Masada ciddiyetin küçük bir anıtı gibi oturan Doktor Alexandr Henz, kumral, kıvırcık saçlı, kaşlarının tam ortasında derin bir oyuk olan, uzun yüzlü biriydi. Yan yatarken yüzünün üzerinden bir silindir geçmiş de sonra düzeltilmiş gibi görünüyordu. Sandalyede bile uzun boyluydu. Karısı Marlene'in ise devamlı gülen mavi gözleri, hafif tombul bir yüzü ve saman sarısı kısacık saçları vardı. O akşam yaptığı bol sebzeli bifteğinden "Bugünlerde bünyenin güçlü olması gerek güzelim," diyerek Berta'nın tabağına iki büyük parça koymuş, onu rahatlatmak için saçlarını okşamıştı. Berta,

"Ama Marlene, ben bunu iki günde zor bitiririm!" dediyse de dinletemedi, sonuna dek ıkına sıkıla yedi.

Marlene, hamileliği sırasında büyük sevinçle hazırladığı, ama çocuğu ölü doğunca tüm dünyası yıkılıp kapısını kilitlediği biricik yavrusunun odasını vermişti arkadaşına. O odayı sevgili arkadaşı Berta'dan başkasına ölse vermezdi zaten. Ailesinden hiç kimse yanına bile uğramazken Berta onu günlerce teselli etmiş, yemekler yapmış, çocuğunu unutsun diye gezilere götürmüştü. Hatta yeni bir çocuk yapması için ikna etmeye bile çalışmıştı. İkide bir, "Marlene, yalvarırım bir çocuk daha yap! Bak, diğerini unuttuğunu göreceksin!" diye ısrar ettiyse de dinletememişti. Yaşama tamamen küsmese bile ikinci bir çocuğu aklından geçirmeyecek kadar korkmuş ve yılmış görünen Marlene, "Başka bir üzüntüye dayanamam, Berta. Ne yapalım, bu da benim kaderimmiş!" diyerek geçiştirmişti konuyu. Berta'yı, akrabalarından ya da birçok Alman arkadaşından daha çok seviyordu. Hıristiyan olmaması umurunda bile değildi.

"Ee, Berta, ne yaptın bugün?" diye sordu, tabakları toplarken. "Keşke seni dinlemeyip yanında gelseydim. Sokaklar pek tekin değil bugünlerde."

"Bir sorun çıkmadı Marlene, her şey yolunda," diye cevap verdi öteki. "Üstelik bilmediğim yerler değil. İnsanlar sessiz sedasız dolaşıyor, kimsenin kimseye karıştığı yok. Boşuna endişeleniyorsun. Söylediğim gibi Türk Büyükelçiliği'ne gittim. Aral son derece nazik biri. Beni bir konsolosla görüştürdü."

"Ee?"

"Büyükelçi'nin bazı yetkileri varmış. Olabilir gibi birşeyler söylediler. Tam anlayamadım, ama Ankara'ya başvurmamıza gerek yokmuş galiba."

Deminden beri konuşmaları sessizce dinleyen Alex, Marlene'in boş zamanlarında kendi elleriyle işlediği özel peçetesiyle dudaklarını kuruladı, dayanamayarak araya girdi.

"Sonuç?"

"Büyükelçi dışarıda bir toplantıda olduğu için kendisine iletemediler henüz. Fakat bir sorun çıkacağını sanmam. Sanırım bu akşamdan önce cevap gelmez. Aral Bey telefon edeceğini söyledi."

"Önemli değil, gerekirse bir gün daha bekleyebiliriz. Yalnız sana bir engelden daha söz etmeliyim, Berta. Aklıma takılıp duruyor."

Marlene ve Berta, Yemeğini bitirip piposunu yakan Alex'i sabırsızlıkla beklediler. Alex bir an tereddüt etti, sonra sahte bir şekilde öksürdü.

"Bu sabah sen gittikten sonra belediyede görevli samimi bir arkadaşıma konuyu açtım," diye sürdürdü konuşmasını. "Beni uyarmaktan çok hatırlatır bir şekilde Doktor Mars'ın bir Alman vatandaşı olduğunu, cenazesinin yurtdışına çıkarılmasının pek kolay olmayacağını, bazı özel izinler gerekebileceğini söyledi."

Gerçi böyle olacağını tahmin ediyorlardı, hazırlıklıydılar. Yine de beklemedikleri bir habermiş gibi buz gibi bir hava esti odada. Berta sessizce ona bakarken Marlene, "Kolay olmayacağını zaten biliyorduk. Sence de çok uzun sürer mi, Alex?" diye sordu merakla.

"Bilemiyorum ki... Onun söylediklerini aktardım. Haklı olabilir sevgilim. Siyasetle uğraştığı için yasaları bizden daha iyi biliyordur, eminim. Bu arada, bir şeyi daha açıklamam gerekiyor."

Marlene, sözünü tamamlamayan kocasını bir süre bekledikten sonra, "Evet, hayatım? Neyi açıklayacaktın?" diye merakla sordu.

"Yani, şunu söylemek istiyorum. Albert benim çok yakın bir arkadaşımdı. Bu nedenle öldüğü gün bana da haber verdiler. Karantinaya alınmadan hemen önce onu görme fırsatı buldum."

Berta, deminden beri yere diktiği bakışlarını kaldırıp Alex'e çevirdi. Marlene, Berta'nın o anda isteyip de asla yapamayacağı şeyi yapıp, tanıştığı günden bu yana ilk kez sevgili Alex'ine sitemle konuştu.

"Hayatım! Deminden beri birşeyler söylemeye çalışıyorsun. Ne söyleyeceksen çabucak söylesene!"

"Özür dilerim, Marlene, gerçekten söylemesi zor bir şey," diye konuştu Alex. "Pekâlâ, zorunlu oldukları için, yani bir çeşit kocasının ölmüş olduğunu kanıtlamak için Berta'nın cesedi görmesine izin verdiler. Fakat sadece yüzünü gösterdiler. Hepimiz orada, yanındaydık. Yani Berta, üzeri örtülü Albert'in makyajlı yüzünü görebildi sadece. Oysa benim daha önce gördüğüm farklıydı. Albert'in bedeni, bir doktorun kolayca fark edebileceği şekilde kırıklarla doluydu ve birçok yeri aşırı derecede morarmıştı. Kısacası, deneylerle ilgili bir kaza gibi gelmedi bana."

"Yani özellikle mi yapılmış? Albert öldürüldü mü, Alex?" diye korkuyla sordu Berta.

"Bilemiyorum, her şey olabilir. Berta, senden özür dilerim. Ama bilmen gerekiyordu."

Marlene, gözleri kararan Berta'yı kocasının yardımıyla kucaklayarak yatağına taşıdı. Alex sakinleştirici bir iğne hazırlarken Marlene, havluyu ıslatıp bir süre alnına ve göğsüne kompres yaptı. Tam bu sırada çalan telefona bakmak Alex'e düştü. Arayan Aral'dı. Berta'yla görüşmek istiyordu.

"Şu anda müsait değil, bayım," dedi Alex. "Bir notunuz var mı? Tabii, hemen not ediyorum. Evet, saat dokuza kadar bu numaradan sizi arayabilir. Mutlaka söylerim. Önemli değil, rahatsız etmediniz. Size de iyi akşamlar."

Berta, iğnenin etkisiyle birkaç saatlik derin bir uykuya daldı. Marlene, son derece üzgün bir tavırla elini Berta Belkıs'ın yüzünde dolaştırdı. Sonra üzerine bir battaniye örterek salona, kocasının yanına geçti.

"Alex! Birdenbire söylemek zorunda mıydın?"

"Geldiği andan beri şu veya bu şekilde bilmesi gerekir diye düşünüyordum. Ne de olsa kocası. Kaldı ki bizim de bazı sıkıntılarımız olabilir, Marlene. Bu iş sandığımızdan daha ciddi, hayatım!"

Marlene kocasına hayretle baktı.

"Ne gibi?"

"Dün, direktör beni ofisine çağırdı. Albert'in cesedini bana gösterdikleri için İçişleri çok sinirlenmiş. Benim de bu olayı, kimseye bahsetmeden unutmamı rica etti. Aksi halde hepimizin başı derde girer, gibilerinden birşeyler ima etti."

Marlene, kocasının yanındaki koltuğa oturdu. "Bu da nereden çıktı?" diye düşünürken ilk kez tasalandığını hissetti.

"Senin fikrin ne, Alex? Bir cesedi görmenin ne önemi var ki? Üstelik senin arkadaşın, onu görmek istemen çok doğal. İçişleri, Doktor Mars'la neden ilgilensin ki?"

"Bak hayatım. Faşistlerin programlı bir şekilde etnik temizliğe gireceklerini tahmin ediyordum. Demeçlerine dikkat edersen bunu kolaylıkla anlayabilirsin. Fakat üniversitelere bulaşacaklarını düşünemezdim doğrusu. Albert'i son gördüğümde oldukça tedirgindi. Sağlıklı insanların kobay olarak kullanıldığını, beyinlerinin açılarak dokular üzerinde kimyasal deneyler yapıldığını, kendisinin de bu deneylere katılmaya zorlandığını anlatmıştı. Şiddetle reddettiği için tehdit edildiğini söyleyince oldukça şaşırmıştım. Yoğun ve stresli çalışma ortamını kaldıramayan bazı arkadaşların zaman zaman depresyona girdiklerine, hatta paranoid kuruntulara kapıldıklarına tanık olduk. Özellikle son zamanlarda Yahudiler üzerinde bir baskı olduğunu da hesaba katarsak Albert'in de böyle bir şey geçirdiğini sandım. Yanılmışım, meğer doğruyu söylüyormuş! Nereden bilebilirdim ki?"

"İsa aşkına! Bu iğrenç bir şey, nasıl yapabilirler?"

"Bilemiyorum. Bizimkiler böyle bir işe kalkışmaz. Büyük bir ihtimalle dışarıdan tasarlanmış bir proje olmalı. Ameliyathane ve laboratuarlarımızı da bu iş için kullanıyorlardır."

"Hangi aşağılık kafa böyle bir şey düşünür? Sonuçta insan bunlar, fare değil ki kobay olarak kullansınlar! Üstelik kendi insanlarımız!"

"Elbette, hayatım. Deney yapılanların hepsi kendi insanlarımız. Ama eminim, hepsini yabancı kökenli olanlardan ya da azınlıklardan seçmişlerdir. Henüz bizim bölüme böyle bir teklif gelmedi, ama birçok değerli bilim adamını bu işin için zorlamış olmalılar."

Marlene, kendini kötü hissetti. İçindeki korkunun yerini öfke almıştı. Berta uyanıncaya dek bir daha bu konudan söz etmediler. Alex eve gelirken aldığı gazetesine göz gezdirirken karısı sessizce bulaşıkları yıkadı. Yapıldığı söylenen deneyleri düşünürken içine iyice yerleşen öfke vücudunu germişti.

***

Aral, Büyükelçi'nin dönmesini beklerken küçük lambalı radyosundan Alman Liderin parti merkezindeki konuşmasını dinliyor, önündeki kâğıda kısa notlar alıyordu. Her kelimenin altında gizlice yatan mesajlardan çıkardığı anlamları sırayla kaydediyor, sonra önüne başka bir kâğıt çekiyordu. Yorum konusunda yetenekli olduğu anlaşılınca Konsolos Bey bu görevi ona vermişti. Daha sonra kriptolar halinde Ankara'ya, başbakanın ve cumhurbaşkanının önüne kadar gidecek olan genel metni, ilgilisine ulaştırılmak üzere Konsolos Bey'in önüne koyacaktı. Konuşma bitince son düzeltmeleri de yaparak işini bitirdi. Gönderilecek mesajda güncel olayların önemli kısımlarını birkaç kısa cümleyle anlatıp altına şu satırı ekledi: "Alman hükümeti tarafından verilen demeçlere ve garantilere rağmen Alman kökenli olmayan herkes ciddi bir tehdit altında olup buna yurttaşlarımız da dâhildir."

Görevlilerden birini akşam gazetesi almak için gönderirken odasının büyük penceresinden dışarıya daldı. Akşam karanlığına hazırlanan binaların siluetlerini seyretti bir süre. Olağanüstü bir gerginlik yüreğinin tüm hücrelerini zorluyor, kalbinin hızlı atmasına neden oluyordu.

Berta Belkıs'ı, nehir kenarında dubalara bağlı bir gemi lokantasına götürmüştü. Uzun bir süre konuşmayan, beklemekten soğumuş bifteğinin ucundan sadece küçük bir parça alan Belkıs, daha çok salatadan yemişti. İtalyan garsonun ısrarlı tavsiyesiyle, Sicilya'dan gelen kırmızı köy şarabından birer kadeh içip İstanbul'dan konuşmuşlardı. Yemekten sonra, çocukluk arkadaşının tekliflerine direnen Belkıs, bir otobüse binerek eve dönmüştü. "Sorunsuz gidebildi mi acaba?" diye düşündü Aral. Son günlerde, yasal yetkileri olmadığı halde Führer'in ateşli konuşmalarından cesaret alarak herkese kimlik soran partili gençlerin ölçüsüz taşkınlığından korkuyordu.

Belki daha çok ısrar edebilir, eve yalnız gitmesine izin vermeyebilirdi. Ama o gülmeyen yaslı gözlerin ardındaki gizem elini ayağını dolaştırıyor, hiçbir şeye itiraz edemiyordu. Olağanüstü birşeyler olduğuna artık emindi.

Pencerenin önünde dikilirken sislerin ardından aykırı bir sesin, "Kocasını yeni kaybetmiş yas tutan bir kadına ilgi duymaya mı başladın? Bu yaptığın, yardımına muhtaç bir arkadaşının güvenine ihanet etmek değil mi? Böylesine ayıp ve çirkin bir duygu senin gibi bir adama yakışıyor mu?" diye yakındığını duyuyordu. Suçlama öylesine haklı ve açıktı ki kendini savunmak için yardımını istediği kelimelerin hiç biri ona yüz vermemişti. Belki de istemeyerek işlediği ve asla inkâr edemeyeceği tatlı bir günahın omuzlarındaki ağırlığını hissediyor, ama bir yandan da "Ansızın içime girdi, beynimi ve kalbimi küstahça esir aldı!" diye günah çıkarmaya çalışıyordu. Kim ne derse desin, bu utanılması gereken sıradan bir ilgi değildi. Biri içindeki kuru otları ateşe vermişti.

Açılan kapının sesiyle kendine geldi.

Büyükelçi'nin odasından çıkan Konsolos Bey, sabırsızca beklediğine emin olduğu genç memurunun odasına yönelmişti. Babasının hatırı bir yana, emrinde çalışan bu saygılı delikanlıyı ilk günden beri sevmişti. Hep sakin, hep ölçülü ve kararlı Aral'ın heyecanına, mutlu ya da mutsuz gösterilerine ilk kez şaşırarak tanık oluyordu. İçeri girmeden kapının eşiğinde dikilerek:

"Sayın Büyükelçi, Türkiye'ye varır varmaz yetkili makamlara bildirilmesi kaydıyla, cenazenin naklini onayladı," dedi. "Hatta izin için Alman Dışişleri'ne resmi kanallardan başvuru talimatı bile verdi. Şu önemli arkadaşına haber verebilirsin."

Aral hafifçe kızardığını hissetti. Kurt adam! Ondaki değişikliği nasıl da anlamıştı hemen! Duygularını bu kadar belli ettiği için kendi kendine kızdı. Gözlerini kaçırmaya çalışarak,

"Çok teşekkür ederim, efendim," diyebildi sadece. Oysa koşup onu kucaklamayı çok isterdi.

Yalnız kalır kalmaz telefona sarıldı.

***

Belkıs gecenin büyük bir kısmını yarı uyanık geçirdi. Başucundan ayrılmayan, çocuğuna sıkıca sarılan bir anne gibi ona sarılarak kederden yorulan yüreğinin bir başka köşesindeki acı ve korkuları yatıştırmaya çalışan sevgili Marlene'i de olmasa sabahın ilk ışıklarına ulaşması zor gibi görünüyor, duyguları, neredeyse şansız yaşamına onuruyla son verebilecek kadar cesur bir karara dönüşüyordu. "Ah, Eliza!" diye inliyordu. "Sevgili Albert'imin soylu ruhunu taşıyan zavallı kızım! Ağladığını biliyorum! Beni çaresiz bırakma anneciğim, lütfen ağlama! Yakında yanına gelip sana sımsıkı sarılacağım, yine birlikte olacağız! Bak, söz veriyorum, işte söz veriyorum bebeğim!"

Ahşap pencerenin iç pervazlarına gölge düşüren tan ışınları Marlene'in mavi gözlerinde biriken damlaları inciye çevirmişti. Yarı baygın sayıklayan Berta'nın neyi kastettiğini ürpererek anlamış, sayısız kahve içerek sabaha dek başında beklemiş, odada bir aşağı bir yukarı gezinmişti. Az sonra işine gidecek olan kocasına, üzerine marmelat süreceği tereyağlı kızarmış ekmek dilimiyle taze kahvesini hazırlamak için isteksizce mutfağa giderken bile birkaç kez ardına dönüp bakmayı ihmal etmemişti.

Alexandr Henz işine geç kaldığı için kahvaltısını ayaküstü yapıyordu.

"Yatağa gelmediğine göre bütün gece uyumadın galiba? Berta nasıl oldu?" diye sordu.

"Kusura bakma hayatım, seni yatakta yalnız bıraktım. Biliyorsun, Berta'nın başından ayrılamazdım. Durumu pekiyi değil, sayıklayıp duruyor. Şu öldürülme olayı onu çok sarstı. Biraz zor atlatacak gibi geliyor bana."

"Söylemek zorundaydım. Merak etme, Berta güçlü bir kadındır, atlatır."

"Umarım."

"Tamam, ben klinikte olacağım, bir şey olursa ararsın."

Doktor Henz aceleyle karısını öptü, paltosunu koluna takarak dışarı çıktı.

***

Bütün geceyi telefonun başında geçiren Aral, nihayet olanları kıyısından köşesinden öğrenince sabahı dar etmişti. Bizzat kendi daktilo ettikten sonra rahat bir anına denk getirerek Konsolos Bey'e imzalattığı resmi talep mektubunu cebine koyup Enstitü direktörü Profesör Hubmaier'in sekreterinden randevu almış, ardından yollara düşerek Henz'lerin kapısını çalmıştı. Berta Belkıs'ı karşısında ruh gibi görünce oldukça kaygılanmış, üzülmüştü. Onu teselli etmek için epey uğraşmak zorunda kaldı. Doktor Albert'in ölümündeki esrar perdesi aralanmaya başlamıştı. Karşılarında insanlık düşmanı sinsi bir güç vardı. Ama, ne yazık ki haklarını arayacak kapıların tümü kapalıydı. En iyisi, olanları sineye çekmek ve işlerini mümkün olduğu kadar çabuk halledip buralardan uzaklaşmaktı. Elindeki elçiliğin resmi talep mektubunu göstermiş, Belkıs'la Marlene'i de kendisiyle enstitüye gelmesi için ikna etmişti.

Yüksek ağaçlarla çevrili Tıbbi Araştırmalar ve Tedaviler Enstitüsü'nün koridorları, sanki içeride kimse yokmuşçasına sessiz ve tenhaydı. Sabahleyin klinikte buldukları beyaz önlüklü Dr. Henz'i de yanlarına alarak karantina bölümüne gitmişlerdi. Önlerini kesen görevli bir yere telefon edince karşılarına bölüm şefi olduğunu söyleyen, iri yarı, sivil bir adam dikildi. Karantinada bulunan cesetler yakınları dâhil kimseye gösterilmiyordu. Bölüm şefini ikna edemeyeceklerini anlayan Aral, şimdilik ısrardan vazgeçmeleri gerektiğini söylediyse de Marlene'e söz dinletemedi. Profesör Hubmaier'le olan randevu saati geçmek üzereydi. Çaresi kalmayınca, Alex'le Marlene'i orada bırakarak uğradığı düş kırıklığıyla sarsılan Belkıs'ın kolundan tuttu, Profesör Hubmaier'in ofisine giden koridora yöneldi.

Morg ve kadavra bölümüne inen merdivenlerin başındaki Marlene'nin suratı karışmış, kızarmıştı. Çok sinirliydi. Aral'la Berta'nın ayrılmasını bekledikten sonra:

"Ben gerçek bir Almanım ve haklarım var!" diye tersledi karşısındaki adamı. "Size gelince, kim olduğunuzu bilmiyorum, ama insan olduğunuzdan kuşkuluyum, bayım! Bir cesedin haftalarca karantinada kaldığı nerede görülmüş? Bizi neden engellediğinizi bilmek istiyoruz!"

Alex, Albert'in cesedini görmekte ısrar eden ve karşısına dikilen iri yarı adamı azarlayan karısının böylesine öfkelendiğine, mavi gözlerinin bu denli koyulaştığına ilk kez tanık olmuştu. Adamın ne yapacağını merakla beklerken kaygısını gizlemek için paltosunun düğmeleriyle oynadı. Marlene söyleyeceğini söylemiş, yinede içi rahatlamamıştı.

İri yarı şef, bilinçsizce kafa tutan bir kız çocuğuna bakar gibi hoşgörüyle baktı Marlene'e. Sinirlenmek bir yana, hoşuna gitmişçesine hafifçe gülümsedi.

"Gerçek bir Alman olduğunuz her halinizden belli, bayan. Hakaretinizi duymayacak kadar sizi sevimli bulabilirim. Ama ne yazık ki enstitümüzün kuralları ve ulusumuzun çıkarları, bu duygulara sahip olmamı engelliyor. Lütfen daha nazik olmaya çalışın. Tekrar söylüyorum, Doktor Mars'ın cesedi karantina altındadır. Araştırma sonuçlanıncaya kadar kimse göremez. Buna eşi ve enstitü doktorları da dâhildir. Gitmekte güçlük çekiyorsanız görevliler size yardımcı olabilir!"

Marlene kolay vazgeçmiyordu. Tam cevap verecekken durumun kötüye gittiğini gören Alex, özür diler gibi adama gülümsedi, karısının kolundan tutup hafifçe sıktı.

"Hadi sevgilim, gitmek zorundayız. Lütfen güçlük çıkarma!" dedi kısık bir sesle.

Marlene, bölüm şefiyle arasına giren kocasının ürkmüş gözleriyle karşılaşınca direnmekten vazgeçti, öfkesini engelledi. Kaşlarını çatarak adama baktı, kocasının yanında yürümeye başladı. Birlikte, geniş sahanlığın bekleme kanepelerinden birine oturup az önce yanlarından ayrılan Berta'yla Aral'ı beklemeye başladılar.

Alex, etrafta kimsenin olmadığına emin olunca karısının kulağına eğildi:

"O adam bölüm şefi falan değil!" diye fısıldadı.

Marlene, irileşen gözlerini kocasına çevirdi.

"Bölüm şefi değil mi? Kim o halde?"

"Bilmiyorum. Sivil giyinmiş bir subay ya da hükümet görevlisi! Her şey olabilir. Tek bildiğim, bizden biri olmadığı!"

Enstitü direktörünün odası, dökülmüş güz yapraklarıyla kaplı geniş bir terasa açılıyordu. Parlak ışınların artık ısıtamadığı serin havaya rağmen terasa açılan camlı kapı yarısına kadar açıktı.

Profesör Hubmaier, hafif şişman, ak düşmüş seyrek saçlı, yaşlı görünen bir adamdı. Üstü evrak ve kitaplarla dolu geniş maun masanın ardından karşısında oturanlarla göz göze gelmemeye çalışıyor, bir eliyle burnunun ucuna düşürdüğü gözlüklerini tutarak önündeki Almanca yazılı metni okuyordu. Türk Büyükelçiliği'nin amblemini taşıyan mektup, Türkle evli olduğu için yasalar gereği Türkiye Cumhuriyeti vatandaşı sayılan Müteveffa Doktor Albert Mars'ın cenazesinin, eşinin isteği ve şahsi başvurusu doğrultusunda Türkiye'ye nakledilebilmesi için enstitünün nazik izinlerini ve yardımlarını talep ediyor, resmi başvurunun Dışişleri Bakanlığı'na gönderildiği de ayrıca belirtiliyordu.

Profesör Hubmaier sıkıntılı bir şekilde parmağını kâğıda tıklattı.

"Bayan Mars, bir elçiliği işin içine katarak resmi başvuruya neden gerek duyduğunuzu anlayamadım," dedi. "Kuşkusuz, kocanızı dilediğiniz yerde defnetmeye hakkınız var. Ancak bu yazının muhatabı biz değiliz. Yurtdışına çıkarılıp çıkarılmayacağı konusu hükümetimizin bileceği bir şeydir. Bizim resmi bir yetkimizin olamayacağını tahmin etmeniz gerekirdi. Bakanlık emir verirse eşinizin cesedini bu uzun yolculuğa hazırlayıp size teslim ederiz. Bağışlayın, ama yapabileceğimiz sadece bu kadar."

Berta Belkıs'ın karşısında sessizce oturan, söze karışmayan Aral, direktörün yüksek ses tonuna anlam verememişti. Herkesin rahatlıkla duyabileceği bir odada bu kadar bağırmasına gerek yoktu. Belkıs hafifçe omuzlarını kaldırdı, özür diler gibi,

"Haklısınız, Profesör," dedi. "Ancak, zamanımız kısıtlı olduğu için sonradan yapmamız gereken bir şeyi öne almak istedik. Beni anlayacağınızdan eminim."

"Kuşkusuz sizi anlıyorum. Yalnız, ikinci bir sorunumuz daha var. Az önce karantina görevlileri cesedi tekrar görme isteğinizin geri çevrildiğini bildirdiler. Bundan da anlayacağınız gibi ceset üzerindeki otopsimiz henüz bitmedi. Tüm izinleri alsanız bile bir süre daha beklemeniz gerekebilir."

"Ama..." diyebildi Berta Belkıs, şaşkınlıkla. "Mektubunuzda yazmıştınız ki!"

"Evet, ne yazdığımı gayet iyi hatırlıyorum, Bayan Mars. Fakat sonradan bazı gelişmeler oldu. Daha doğrusu, karantinadaki arkadaşlarımız uyardı. Doktor Mars'ın, tıbbi bir deney sırasında öldüğünü, bunun basit bir rastlantı olmayıp yaptığı deneye bağlı bir şeyden kaynaklandığını düşünüyorlar. Bir bakteri, bir virüs, belki de başka bir şey! Kısacası, neden öldüğünü bilmemiz gerekiyor. Siz de takdir edersiniz ki Doktor Mars gibi aynı konularda çalışan birçok değerli bilim adamımız var ve onların da başına aynı şeyin gelmesini istemeyiz. Gerekli incelemenin ardından ceset size teslim edilecektir. Bundan kuşkunuz olmasın."

Berta Belkıs bir an ne diyeceğini bilemedi. Duyduklarına inanamıyordu. Nezaketi bir yana bırakarak bakışlarını kaçıran Profesör Hubmaier'e,

"Profesör, kocam haftalar önce öldü!" dedi sertçe. "Bu kadar zaman içinde inceleme dediğiniz şeyi bitirmiş olmanız gerekirdi! Başka bir amacınız yoksa kocamı teslim etmenizi istiyorum! "

"Ne demek istediğinizi anlayamadım, Bayan Mars. Tıbbi bir şeyden bahsediyoruz. Otopsinin ne kadar süreceğine uzmanlar karar veriyor, bizler değil. Keşke size daha fazla yardımcı olabilseydim! İzin verirseniz, işlerime dönmek istiyorum."

Aral araya girmek zorunda kaldı. Profesör'e dönerek,

"Bize zaman ayırdığınız için teşekkür ederiz, Bay Direktör," dedi. "Umarım en kısa sürede cevap verme lütfunda bulunursunuz."

Belkıs, Aral'ın neden acele ettiğini anlayamamıştı. Onun ayağa kalkıp gitmeye hazırlandığını görünce itiraz etmedi.

Profesör Hubmaier, ağzının içinde "Rica ederim," gibilerinden birşeyler geveleyerek her ikisini de odanın kapısına kadar uğurladı. Bir an önce gitmelerine sevinmişti.

Aral, hâlâ şaşkınlığını üzerinden atamamış olan Belkıs'ı kolundan tutup koridora doğru çekerken kısık bir sesle:

"Bitişik odada bizi dinleyen biri ya da birileri vardı!" dedi.

"Ne?" diye sordu Belkıs.

"Anlasana Belkıs. Adam, sesini birine daha duyurmak istercesine var gücüyle bağırdı durdu! Adamcağız kukladan başka bir şey değil, boşuna vakit kaybediyoruz. Hadi, buradan gidelim."

Alex, işine dönmek üzere karısının yanından ayrılmıştı. Bekleme salonunda oturmaktan sıkılan Marlene'i de yanlarına alarak bahçeye, oradan da elçilik arabasının park edildiği yere doğru yürüdüler.

"Albert'i görmemize izin vermediler hayatım!" dedi Marlene, yolda burnundan soluyarak. "Şef olduğunu söyleyen aşağılık adam aslında şef değilmiş meğer! Alex, onun subay ya da hükümet görevlisi olduğundan kuşkulanıyor!"

Enstitüye gelirken içini dolduran umutların yok olması, Aral'ın ya da Marlene'in söylediklerini anlamayacak kadar Berta Belkıs'ı yıkmıştı. Yalnız olsa hıçkırıklara boğulabilirdi.

Aral, ilk kez orada tanıştığı Marlene'in yapmacıksız davranışlarından, içten yüreği ve cesaretinden oldukça etkilenmişti. İkisini de kahve içmeye davet ettiyse de ne denli üzgün olduklarını görüp ısrarından vazgeçti. Zaten, öğleden sonra önemli bir toplantısı olduğu için ayrılmak zorundaydı. Gerçi kendisi toplantıya katılmayacaktı, ama tüm elçilik mensuplarının görevleri başında olması emredilmişti.

İkisini de Marlene'nin evine bıraktıktan sonra yola çıktı. Güneş bir bulutun ardına girmiş, hava giderek sertleşmiş, otomobilin içinde olmasına rağmen üşüdüğünü hissetmişti. Yıllarca severek giydiği yıpranmış paltosunu, geçen ilkyazı karşılayan yağmurlarda, her zaman yürüyüş yaptığı parkın kanepesinde ıslak giysileriyle uyumaya çalışan evsiz yaşlı bir adamın üzerine örtmüştü. Geçen bütün bir yaz boyunca yenisini almayı ihmal edince Berlin'in gittikçe sertleşen güzünü ince bir pardösüyle karşılamak zorunda kalmıştı. "Artık bir tane almalıyım," diye düşündü.

Kaldırımlarda yürüyen asık yüzlü insanlara takıldı gözleri. Korktukları bir gelecekten ve peşlerindeki hayaletlerden kaçmak istercesine seri adımlar atıyorlardı. Nasyonal Sosyalistlerin iktidara geldiği günü hatırladı. Her şey ne kadar hızlı değişmiş, sanki ülkeyi ölüm yönetmeye başlamıştı! Hemen her gün gökyüzünü kaplayan kara bulutlar bile bu iktidardan daha beyaz görünüyordu.

Onları seyredince birkaç gündür aklından bir türlü silip atamadığı şeyi hatırladı Aral yeniden. Doktor Mars'ı kolayca ortadan kaldıran tehdit Berta Belkıs için de geçerliydi. Berlin'de iz bırakmadan birini öldürmek hiç de zor değildi ve kimse kanıtlayamazdı. "Belkıs'ın aynı zamanda Türk vatandaşı olması neyi değiştirir ki? Onun da kocası gibi Yahudi olması Naziler için yeterli bir kusur sayılır!" düşüncesi tüylerini ürpertti. Onun elçilikte kalmasını sağlayabilirse kimse kılına dokunamazdı. Ama nasıl? Yasalara göre aynı zamanda Alman vatandaşı sayılan Belkıs'ın, artık kapısından içeri adım atmasa da kendine ait bir evi vardı. Henüz açık bir tehdit söz konusu değilken Büyükelçilik böyle bir şeye izin vermezdi. Zaten Belkıs'ın da buna razı olacağından pek emin değildi.

Canı sıkkın bir şekilde Tiergarten Caddesi'ne açılan çift kanatlı büyük demir kapıya vardığında elçiliğin silahlı koruma memurlarından biri yanına gelip selam verdi, otomobilin camına doğru eğilerek,

"Konsolos Bey sizi arattırıyor, Aral Bey. Çok acilmiş! Toplantı odasındalar," diye haber verdi.

Bahçe kapısından hızla geçip otomobili park etti, aceleyle binadan içeri girdi. İkinci kattaki toplantı odasına giden merdivenleri tırmanırken kafasındaki sorulara yanıt arıyordu. Ne olmuştu acaba? Dün akşam belirtilen toplantı saatine daha çok vardı. Üstelik Konsolos Bey, başvuru için bu sabah enstitüye gideceğini pekâlâ biliyordu, kendisi izin vermişti. Kapıyı çalmadan önce pardösüsünden kurtuldu. Üstünü başını düzeltti, odaya daldı. Uzun toplantı masasının başında oturan Büyükelçi'yi, müsteşarı, resmi kıyafetli askeri ataşesi ve elçiliğin üst düzey memurları çevrelemişti. Konsolos Bey, müsteşarın hemen yanında oturuyordu. Aral'ın daha önce hiç görmediği son derece şık giysili sivil bir adam ise Konsolos Bey'in yanındaki sandalyedeydi. Aral, hepsini birden saygıyla selamlayarak Konsolos Bey'e döndü,

"Buyurun efendim, beni emretmişsiniz?" dedi heyecanla.

Konsolos Bey, uzun bir süredir yanında çalışan delikanlıya belki de ilk kez sert bir şekilde baktı. Yüzünden akan uykusuzluğun ve gerilmiş sinirlerinin acısını memurundan çıkarmaya kararlı görünüyordu.

"Adolf Hitler ordusunu alıp sabahın köründe Polonya'ya gitti! Oysa öğle olmuş, bizim arkadaşımız evinden çıkıp elçiliğe kadar bile gidememiş! Bu saate kadar neredesiniz, beyefendi?" diye azarladı onu.

Nedense "Sizden izin almıştım ya efendim! Sabahleyin evden çıkıp enstitüye gittim," diyemedi. "Unutmuş olmalı," diye düşündü. Başkalarının, özellikle Sayın Büyükelçi'nin yanında bunu hatırlatmanın doğru olmayacağını hissedince özür diler gibi başını önüne eğdi, sesini çıkarmadı.

Sabırsız görünen Büyükelçi azarlamayı yarıda keserek araya girdi.

"Bunları sonra konuşursunuz. Evet, özellikle sizi ilgilendirdiği için bilmeniz gerekir diye tekrarlıyorum, Aral Bey. Arkadaşlara bahsettiğim gibi resmi başvurumuz üzerine Alman Dışişleri Bakanlığı, gönderdiği cevabi yazıda, görüşlerinin olumlu olup söz konusu cenazenin nakline izin verilmesi için ilgili yerlere talimat verildiğini, konunun hassasiyetinin İçişleri Bakanlığı'na da bildirildiğini ve ayrıca, dost bir ülkenin samimi bir arzusunun yerine getirilmesinin kendilerini mutlu edeceğini belirttiler. Açık bir şekilde iltifat eden yazıyı bu sabah aldık, beyler. Önemsiz bir konuda verdikleri sözü tutacaklarına inanıyorum. Böylece, artık kendi işinizle biraz daha fazla ilgileneceğinizi düşünebiliriz, değil mi Aral Bey?"

O kadar insanın içinde atılan bu haksız tokat, Aral'ın yüzünü kıpkırmızı yaptı, yine cevap veremedi. Büyükelçi, yanlış bir şey söylemediğine emin, rahat bir tavırla başka bir konuya girdi.

"Her neyse, biz asıl konumuza dönelim. Arkasına Duçe'yi alan Führer, etrafındaki prenslikleri birer birer ele geçirmeye başlayıp bakışlarını diğer ülkelere çevirdi. İngiltere, Fransa ve Rusya bazı toprakların işgalini resmen kabullendiler. İngiliz gazeteleri Führer'i bir kurtarıcı gibi gördüklerini belirterek alkışladılar. Şımaran Führer işleri daha da ileri götürünce aptalca alkışlamaktan vazgeçip sessiz kalmayı tercih ettiler. Bana göre, kabahatlerini anlamakta geciktiler ya, bakalım şimdi ne halt edecekler?" diyen Büyükelçi, Führer'in Türkiye'ye özel bir önem vermesini de yorumlayarak devam etti. "Önümüzde tuzaklarla dolu kritik bir dönem başlıyor, beyler. İşler kızışıyor yani. Bir ateş çemberinin tam ortasında kalabiliriz. Bizden gidecek haberler, hükümetimizin hayati kararını etkileyecektir. Bu nedenle sizden, üç beş saatlik uykuyla yetinmenizi, gerekirse yirmi dört saat uyanık kalmanızı rica ediyorum. Ülkemize olan borcumuzu ödemenin tam zamanı, göreyim sizi! Evet, delikanlı, görevinizin başına dönebilirsiniz. Biz biraz daha devam edeceğiz."

Arkasından kapattığı kapının önüne dikilen Aral, gözlerini kapatıp düşünmeye çalıştı. Olanlara bir anlam veremiyordu. Göreve başladığı günden bu yana ilk kez azar işitiyordu, hem de iki büyüğünden birden! Bunu hak etmemişti. Kaç yıldır, her sabah herkesten önce işinin başına geçmiş, görevini bir gün bile aksatmamıştı. Odasına yönelirken kızgınlığını unutacak kadar kırgındı.

O gece sabaha dek çalıştı, istenen belgeleri hazırladı. Sonra, kapanmaya başlayan göz kapaklarını açık tutamayacağını anlayınca, üzerine bir battaniye çekip çalışma odasındaki kanepeye uzandı ve birden kendini, karabasanlarla dolu bir düşün içinde buldu.

Karanlığı yararak Tiergarten'e düşen mucizevî ışık, evrenin en güzel, en masum yüzünü aydınlatıyor. İşte orada Berta Belkıs, mucizevî ışığın tam altında! Sevgili Aral'ına bir an önce kavuşmak için acele ediyor, ışık elbiseli bir melek gibi kollarını açarak ona doğru uçmaya başlıyor. Sonra birden kötü bir şey oluyor! Başının üzerindeki ışık paniğe kapılıyor, telaşla göklere doğru süzülüyor, uzayın derinliklerinde kayboluyor! Her yerde karanlık var! Ah işte, hâlâ orada Berta Belkıs! Bu kez uçamıyor, karanlıkta çırpınıyor! Elçiliğe sığınmak için tekrar ileri atılıyor, ama hiç şansı yok! Kendini izleyen kahrolası Alman askerlerinin acımasız kollarına düşüyor aniden! Yerlerde sürükledikleri Belkıs'la birlikte karanlığın içinde görünmez oluyorlar! Aral peşlerinden koşarak yetişmeye çalışıyor! Ama nafile, duyulmayan çığlığı, tıpkı mucizevî ışık gibi uzayın derinliklerinde kaybolup gidiyor! Ve geride ölüm sessizliği kalıyor!

Yerinden fırlar gibi kalktı, kanepede oturdu bir süre. Soğuk terler ayakuçlarına dek inmiş, sersemlemişti. Sarhoş adımlarla odadan çıktı, koridordaki tuvalete gitti, elini yüzünü yıkadı. Özel dolabından bir havlu aldı, odasına geri döndü. Ne yapacağını bilemiyor, hiçbir şey düşünemiyordu.

Uykusuz gözleri ve boş bakışlarıyla akşamı zor etti.

Konsolos Bey'in çağrı zili geldiğinde odacı Salim'in masasına koyduğu, fakat hiç el sürmediği yemek tepsisine, tuhaf bir cisme bakar gibi bakıyordu. Aceleyle kalkıp yanına gitti. Okuma gözlüklerini temizlemeye çalışan Konsolos Bey'in yanında, toplantı sırasında gördüğü şık giyimli sessiz adam vardı. Konsolos Bey yerinden kalkarak kapıda dikilen Aral'ın yanına geldi, elini omuzuna koydu. Dün memuruna sinirlenen sanki o değilmişçesine sevecen bir tavırla yanında ki adamı işaret etti.

"Seni Kemal Bey'le tanıştırayım," dedi. "Senden isteyeceği her şeyi harfiyen yapmanı istiyorum. Çok dikkatle dinle ve her şeyi aklında tut. Herhangi bir beceriksizliğin ya da yanlış anlamanın ülkemize telafisi imkânsız zararlar verebileceğini unutma."

Konuşması bitince geri çekildi, yerini yaklaşan adama bıraktı. Kemal Bey, orta yaşlarda biriydi. Hafif dolgun güler bir yüzü, masum baktığı halde insanı etkileyen kahverengi gözleri vardı. Tokalaşmak için elini uzattı. Güven veren sesiyle,

"Merhaba, Aral Bey," dedi. "Tanıştığımıza sevindim. Biraz yorgun görünüyorsunuz. Beni dikkatle dinleyebilecek misiniz?"

"Sorun değil efendim, alışkınım."

"Pekâlâ. İsterseniz bu faslı uzatmadan hemen konuya gireyim. Özür dilerim, tuhaf bir soru olacak belki, ama bilmek zorundayız. Normal izinli bir gününüzde ne yaparsınız?"

Aral soruya şaşırdıysa da belli etmedi.

"Genellikle hiçbir şey, efendim. Herkesin yaptığı sıradan şeyler işte. Tembel davranır, evden biraz geç çıkarım. Bazen bir kafeterya da kahvaltımı yapar, gazete okur, sonra da sağda solda gelişigüzel dolaşırım. Akşam olunca da genellikle bir tiyatroya ya da konsere giderim."

"Harika! Yarın da aynen böyle yapın. Yani, tıpkı izinli bir gününüzdeymiş gibi davranın. Sık ziyaret ettiğiniz herhangi bir arkadaşınız var mı? Bir erkek, bir kız?"

Aral elinde olmadan telaşla Konsolos Bey'e baktı.

"Hayır, dışarıdan bir arkadaşım yok. Sadece burada çalışanları tanırım," diye cevap verdi.

"Her neyse, önemli değil. Linden'deki opera binasını biliyorsunuzdur herhalde?"

"O binayı herkes bilir."

"Peki, operadan Branderburg kapısına giden yol üzerindeki Fritz kafeyi biliyor musunuz?"

"Duymuştum. Şu Fransız sefaretinde çalışanların gittiği yer değil mi?"

"Tebrik ederim, tam isabet! Sadece Fransızlar değil, bu kafeye farklı elçilik mensupları da gider, ama çoğunlukla Fransızca konuşulur. Bu arada, Sayın Konsolos, Fransızca bildiğinizi söyledi."

"Paris'te siyaset eğitimi alırken öğrenmiştim. Almanca kadar iyi değil."

"Birçok insandan daha iyi olduğuna eminim. Dikkatle dinleyin şimdi. Bu gece elçilikte değil, evinizde uyumanızı istiyorum. Çünkü size küçük bir zarf vereceğim. Cüzdanınıza sığacak büyüklükte olan bu zarfı kesinlikle açmadan muhafaza edeceksiniz. Yarın sabah, izinli bir gününüzdeymiş gibi evinizden çıkacak, dışarıda kahvaltı yapacak ve zamanınızı yine dışarıda, fakat dilediğiniz gibi geçireceksiniz. Ne yapacağınız, nereye gideceğiniz size kalmış bir şey. Ancak, akşamüzeri opera binasına gitmenizi istiyorum. Don Giovanni operasını sever misiniz?"

"Daha önce seyretmiştim."

"Ne yazık ki bir kez daha seyredeceksiniz. Çünkü adınıza bir bilet ayrıldı. Gişeden bileti satın alıp sanki vakit geçiriyormuş gibi Fritz Kafe'ye gideceksiniz. Buraya kadar iyice anladınız mı?"

"Evet, efendim, anlaşılmayacak bir şey yok."

"Çok güzel. Bu saatte orası kalabalık olacaktır. Fritz'e girince boş bir yer arıyormuş gibi sağa sola bakının ve en soldaki ikinci masaya oturun. Masayı boş bulacaksınız, çünkü o masa da sizin için ayrıldı. Oturduktan kısa bir süre sonra yanınıza gelen garson bayan, Fransızca ne arzu ettiğinizi soracaktır. Siz de yine Fransızca olarak bir kahve ve yanında arzu ettiğiniz başka bir şey sipariş edin ve son derece normal bir şekilde garson bayana, 'Buraya ilk kez geliyorum. Ne kadar güzel bir yermiş!' deyin. Garson alay edercesine 'İlk gelenler hep öyle zanneder,' diye cevap verecektir."

"Bunlar parola gibi şeyler mi, efendim?"

"Bravo! Sayın Konsolos, sizin çok zeki ve becerikli biri olduğunuzu söylemişti."

Aral, alay edip etmediğini anlamak için adamın gözlerinin içine baktı. Kemal Bey, kendini sorgulayan bakışlardan kaçmadı.

"Bunu içtenlikle söyledim, dostum," dedi. "Sizi seçmemizin iki nedeni var. Birincisi, verilen bir görevi yüzüne gözüne bulaştırmadan başarabilecek özellikte soğukkanlı ve zeki bir insansınız. Bu arada, geçmişiniz ve buradaki konumuz itibariyle karşı istihbaratın kuşku duyulabileceği en son insansınız. Size küçük bir sır vereyim, istihbaratçılar genellikle masa başı görevlilerden değil, aksine şoför, hizmetçi veya alışveriş yapan hareketli insanlardan kuşkulanırlar. İkincisi ise, anladığınızı tahmin ettiğim şekilde ülkemizin geleceğini etkileyecek olan çok gizli bir göreve hizmet etmiş olacaksınız. Sayın Konsolos, gözünü kırpmadan hayatını feda edebilecek kadar milli şuura sahip olduğunuzu söyledi."

Aral sinirlendi. Kendisinden bu şekilde bahsedilmesi hoşuna gitmemişti. Onun aniden asılan yüzünü dikkatle inceleyen Kemal Bey,

"Özür dilerim, niyetim sizden bahsetmek değil, seçilmenizin nedenini izah etmekti. Lütfen alınmayın," diye günah çıkardı. "Her neyse, şahsi meselelerle kaybedecek vaktimiz yok. Nerede kalmıştık?"

Yorgun göz kapaklarını kaldıran Aral, kasıtlı sorulan soruyu,

"Garson bayan, ilk gelenler hep öyle zanneder, diyor," diye yanıtladı.

"Tekrar tebrik ederim, konuya benden daha fazla hâkimsiniz! Evet, getirilen kahvenizi için, eğer sipariş verdiyseniz kurabiye, pasta ya da sandviçinizi afiyetle yiyin. Son derece doğal davranın, sonra hesabı isteyin. Çünkü operaya yetişeceksiniz, unutmayın. Garson bayan, hesabın yazılı olduğu fişi, deri kapaklı bir portföy içinde getirecek. Cüzdanınızda saklayacağınız kapalı küçük zarfı parayla birlikte o portföyün içine bırakın ve garsonu beklemeden kalkın. Oradan çıkınca gidin operayı izleyin ve evinize dönerek rahat bir uyku çekin. Ertesi sabah sizi burada bekleyeceğim. Tekrar etmemi istediğiniz bir şey var mı?"

"Hayır efendim. Çok karışık bir şey değilmiş."

"Anlaştık o halde. Yarın görüşmek üzere."

"Bir soru, Kemal Bey?"

Aral, her ikisinin de meraklı bakışını üstünde hissedince rahatsız oldu.

"Herhangi bir aksilik olursa?" diye sordu.

Kemal Bey rahat bir tavırla gülümsedi.

"Sizce olur mu?"diye soruya soruyla cevap verdi.

Konsolos Bey'in odasından çıkan Aral, adamı düşündü. Ne kadar da kendine güvenen bir hali vardı. İstihbarat servisiyle organik bir bağının olduğu su götürmezdi. Fakat işin o yanını fazla merak etmek yerine, yapacağı bu şey için kendisini seçmesine sevinmişti. Nihayet palto alabileceği, belki de Belkıs'ı tekrar görebileceği boş bir günü yakalamıştı!

RSHA*

Barok mimarisinin en güzel örneklerinden biri olan ve her zamanki hareketliliğini yaşayan RSHA Karargâh binasındaki büyük salonun koyu desenli mermer tabanı, sivil giysili memurların yanı sıra üniformalı subayların çizmelerinden çıkan ökçe seslerini, karmaşaya asla yer vermeyen akustik bir döngüye çeviriyor, herkes birbirini son derece saygılı bir şekilde selamlayarak ellerindeki evrakla odalara girip çıkıyordu.

Bordo halı döşeli merdivenleri tırmanan SS binbaşı, emrinde çalıştığı adamın oldukça geniş ve lüks döşenmiş odasına girdiğinde yemek saatiydi. Obergruppenführer** ofisine bağlı SS Gruppenführer*** Müller, masanın önüne kadar gelerek selam veren binbaşıya aldırmadan önündeki domuz bifteği ve püresini iştahla yemeye devam etti. Özel yapım kırmızı şarabından bir yudum aldı, peçetesiyle dudaklarını sildi, başını kaldırmadan sordu:

"Evet, binbaşı, neler söyleyeceksin bakalım?"

Bakışlarını, diktiği karşı duvardan ayırmayan binbaşı, özellikle sertleştirdiği asker tonuyla,

"Herr Gruppenführer. Bir dosya ile ilgili üç günlük raporumu hazırladım. İzin verirseniz sunmak istiyorum," dedi.

"Tabii ki okuyacağım. Ama sonuç kısmını birkaç kelimeyle anlatırsan beni sevindirirsin, binbaşı."

"Emredersiniz Herr Gruppenführer. 122 nolu dosyada bazı gelişmeler var."

---

* Bütün istihbarat ve gizli servislerin bağlı olduğu en üst kurum.

** Gruplar üstü şef (Tepe yöneticisi).

*** SS İstihbarat grup şefi.

Gruppenführer Müller, postane memurluğundan alınıp bu göreve getirildikten sonra gittikçe gelişen belleğini şöyle bir yokladı.

"122 nolu dosya? Aha, yanlış hatırlamıyorsam şu Yahudi doktorun dosyası. Evet, ne değişmiş bakalım?"

"Doktor Albert Mars'ın ölümü sandığımız kadar sessiz kalmayacak gibi görünüyor, Herr Gruppenführer."

"Ne gibi?"

"Türkiye Büyükelçiliği, Dışişleri Bakanlığımıza resmen başvurdu. Cesedin Türkiye'ye nakli için izin istiyorlar."

"Konudan haberim var. Başka ilginç bir şey var mı?"

"Bu konuyla oldukça yakından ilgilenen bir elçilik görevlisi var. Adı Aral Tigin. Tespitlerimize göre, doktorun eşi Berta Belkıs Mars'ın çocukluk arkadaşıymış. Elçiliği devreye soktuğuna göre konuyla gereğinden fazla ilgileniyor demektir. Bu da başımızı ağrıtacak gibi görünüyor. Raporumda detayları var, Herr Gruppenführer."

"Ya? Raporunu hemen okuyacağım. Yalnız, Führer'imiz bugünlerde Türkiye'ye özel bir önem veriyor. Şu lanet cesedi teslim etmemizi isteyebilir."

"Evet, Herr Gruppenführer."

"Oysa biz, henüz teslim etmek istemiyoruz, değil mi binbaşı? Sanırım, sen de böyle düşünüyorsun?"

"Evet, Herr Gruppenführer. Aynen böyle düşünüyorum. İnsanın içini okuyorsunuz!"

Gruppenführer Müller, binbaşının iltifatını duymazlıktan geldi.

"Peki, ne yapmalıyız ki Türkler bu işin peşini bıraksın? Biliyorsun, polemiğe girip Führer'imizi sinirlendirmenin hiç sırası değil. Ben postaneye geri dönerim, sen de apoletlerine veda edersin!"

"Evet, Herr Gruppenführer. Aklıma gelen tek çare var, izniniz olursa?"

"Söyle bakalım binbaşı, benim aklıma gelmeyip de senin aklına gelen bu çare neymiş?"

Binbaşı bunu daha önce de düşünmüştü, ama nasıl söyleyeceğini bilememiş, üstlerine akıl vermek gibi bir hataya düşmek istememişti. Şimdi tam sırasıydı.

"Emredersiniz," dedi. "Doktorun eşi, kocasının cesedini istemekten vazgeçerse Türkler de işin peşini bırakır. Zaten kendi sorunları kendilerine yetiyor! Sonuçta doktor onların değil, bizim vatandaşımız."

"Haklısın. Peki, bunu nasıl başaracaksın? Gidip kadına peşimizi bırak mı diyeceksin?"

"Kadın ortadan kaybolursa?"

Gruppenführer Müller, bakışlarını duvardan ayırmadan konuşan binbaşıyı süzdü, bir an düşündü.

"Kesin çözüm olabilir," dedi. "Fakat karşımıza yine Türkler çıkacaktır. Vatandaşımıza ne oldu diye soracaklardır."

"Biz nereden bilelim, Herr Gruppenführer? Size kasıt taşımayan binlerce masum ölüm sayabilirim!"

Müller gülümsedi.

"Her şeyi benim gibi düşünüyorsun, bu hoşuma gitti. Görev yine senin. Şimdi git, yüzüne gözüne bulaştırmadan işi bitir. Fakat unutma, sen apoletlerini, ben de koltuğumu henüz kurtarmış sayılmayız!"

Binbaşı cevap yerine selam verdi, çıkmak için hazırlandı. Müller birden,

"Binbaşı!" diye seslendi.

"Emredin, Herr Gruppenführer!" diye bağıran binbaşı yüzünü ona döndü.

"Benim iznim olmadan dosya hakkında kimseye bahsetmeyeceksiniz! Himmler'e bile, Heydrich'e bile!"

"Emredersiniz, Herr Gruppenführer!"

Binbaşının odadan çıktığını gören sivil bir görevli, yemek tepsisini almak için içeri girdi. Gruppenführer Müller, kristal kadehindeki şarabından bir yudum daha aldı, koltuğunda geriye yaslandı. Kafasında sıraya soktuğu sorulara yine aynı sırayla cevap aramaya başladı.

O sırada Binbaşı, Heydrich'in kapısını çalıyordu.

***

Marlene, bir Uzakdoğu gezisi sırasında aldığı el oymalı ahşap tepsinin içindeki iki fincan kahveyi sehpaya koyarken Berta'ya, akşam pişirdiği kekten bir dilim arzu edip etmediğini sordu.

"Teşekkürler Marlene, hayatım, kahvaltı yetti bana," diye cevap verdi Berta.

"Geldiğinden beri doğru dürüst bir şey yemedin, güzelim. Böyle giderse hortlaklara döneceksin. Kahveyi içmek zorunda değilsin. İstersen sana biraz şarap vereyim. Belki iştahın açılır."

"Hayır, teşekkür ederim. Asıl içim hortlak gibi, Marlene. Artık dayanamayacağımı hissediyorum."

"Hadi canım sen de! Benim tanıdığım Berta güçlü bir insandır. Yıllar önce beni teselli ederken neler söylediğini hatırlasana! Eliza'yı düşün, geleceğini düşün. Kocanın alçakça bir cinayete kurban gittiğini ve ne kadar üzüntülü olduğunu biliyorum. Keşke böyle olmasaydı, ama oldu işte, elimizden bir şey gelmiyor. Çok sevsen de ölen biriyle birlikte ölemezsin, güzelim. Hayat devam ediyor. Kendine yeni ve mutlu bir yuva kurabilecek kadar genç ve güzelsin!"

Berta Belkıs cevap vermedi. Onun, kabul edilemez bir şeyi istemeyerek söylediğini, kendisini rahatlatmaya çalıştığını biliyordu. Kahvesinden bir yudum alarak Marlen'e sevgiyle baktı. "Sevgili Marlene, dünyanın onda biri senin gibi olsaydı, ne iyi olurdu," diye geçirdi içinden. Daha dün mutlu bir yuvası vardı. Oysa şimdi her şey paramparça olmuş, geride anılarla dolu dayanılmaz bir hüzün kalmıştı. Bunun nedenlerini, nasıllarını soramayacak kadar kendini yorgun hissediyor, içinde çözülemeyen şu yumak, soluk almasına izin vermiyordu. Çıkıp tek başına sokaklarda dolaşmak, ırmak kenarında oturmak ya da ıssız bir ormanda avazı çıktığı kadar bağırmak istiyordu. Beklemek, sonunu bilmeden çaresiz bir şekilde beklemek, cehennemin tarifine uyan günlerini sonsuz bir çıkmaza taşıyordu.

Kapının zili çaldı. Endişeli bir şekilde birbirlerine baktılar.

"Kim olabilir acaba?" diye sordu Marlene, merakla. "Kimseyi beklemiyordum."

Zil bir kez daha çaldı. İkisi de kaygılı bakışlarını kapıya giden hole dikmişlerdi. Sonunda Berta,

"Bakman gerek Marlene," dedi, korkusunu belli etmemeye çalışarak.

Marlene kalkıp kısa adımlarla hole doğru yürürken,

"Kimseyi beklemiyorum. Belki komşulardan biri, belki postacıdır," diye söylendi.

Birkaç dakikalık sessizlik Berta Belkıs'a birkaç yıl gibi geldi. Sonra Marlene'i gördü. Yüzünde şaşkın bir gülümseme vardı.

"Berta, Bay Tigin geldi, seni görmek istiyor," dedi.

Salondaki kaygılı hava yerini ortak bir sevince bıraktı birden. Berta heyecanla ayağa kalkıp hole yönelirken elindeki kahve fincanını sehpaya bırakmayı unutmuştu. Onu şaşkınlıkla izleyen Marlene, tam yanından geçerken uzanıp kahve fincanını elinden aldı. Berta Belkıs bir an durakladı, utanmıştı. Gözlerini kaçırarak "Belki önemli bir haber getirmiştir!" diyerek kendini savunmaya çalıştı.

"Tabii, öyledir!" dedi Marlene, gülümsedi. "Hadi, adamcağızı kapıda bekletme, hayatım."

Aral dış kapının eşiğinde kımıldamadan bekliyordu. Yeni aldığı koyu füme paltonun altından görünen açık gri gömleğine, bordo çizgili gri bir kravat bağlamıştı. Berta Belkıs'ı görünce heyecanını belli etmemeye çalışarak,

"Günaydın Belkıs," dedi Türkçe. "Sizleri rahatsız ettiysem özür dilerim."

"Hayır, ne münasebet! Marlene için de bir sakınca yoktur sanırım."

"Yakından geçiyordum, bir uğrayayım dedim de.."

"Ah, ne kadar iyi yapmışsınız. Bir saniyenizi alabilir miyim?"

"Tabii, lütfen."

Berta Belkıs holde ilerlerken Marlene'e seslendi.

"Marlene, Bay Tigin'i içeri alabilir miyim?"

"Berta, aptallar gibi konuşma! Burası senin de evin sayılır. Dilediğini yapabilirsin."

Tekrar dış kapıya gitti, Aral'a,

"İçeri gelip bir kahve içmek ister misin? Marlene'in taze kahvesi var da," diye sordu.

"Bunu dışarıda yapmayı düşünüyordum. Bütün öğleden sonra boşum. Her ikiniz de bana katılırsanız sevinirim."

"Ben isterim. Ama Marlene'e de sormalıyım."

"Burada bekliyorum, Belkıs."

Belkıs tekrar salona geçip Marlene'e, hep birlikte dışarı çıkıp çıkamayacağını sordu.

"Hadi Berta, sen git," dedi Marlene, kararlı bir şekilde. "Biraz açılırsın. Benim kendime göre işlerim var. Evde olacağım."

"Emin misin, hayatım? Gelsen iyi olurdu."

Marlene mavi gözlerini kısarak öfkelenmiş gibi baktı,

"Hadi Berta, kafamın tasını attırma!" diye mahsustan çıkıştı.

Aral, mantosunu giyip kepini takan Berta Belkıs'la birlikte Hardenberger'e doğru yürüdü. Geldiği gün beraber oldukları kısa süreli yemekten sonra onunla ikinci kez yalnız kalıyordu. Bu haliyle ne kadar güzel göründüğünü düşündü. Heyecandan içi içine sığmıyor, nasıl davranacağını kestiremiyordu.

Belkıs farkında olmadan kendi evine giden yola sapmıştı. Sokağın başına geldiklerinde birden durdu ve dairesinin bulunduğu binaya baktı. Onun yüzündeki değişimi yakalayan Aral da aynı binaya baktı.

"Eviniz mi?" diye sordu.

Belkıs uykudan uyanmış gibi başını salladı,

"Evet. Nasıl anladın?"

"Bakışlarından. Ayrıca bu yol üzerinde olduğunu kendin söylemiştin. Gitmek ister misin?"

"Hayır, şu anda istemiyorum."

"Tamam, yürüyelim o halde."

Henüz yağmur olasılığı yoktu. Kaldırımlar kupkuru ve temizdi. Arada bir yüzünü gösteren güneş hiç umut vermeden hızla beyaz bulutların arkasına saklanıyor, yerini grimsi soğuk bir aydınlığa bırakıyordu. Bir süre hiç konuşmadan yürüyüp ufak bir kasaba meydanını andıran daha kalabalık bir yere çıktılar. Küçük marketlerin, manavların, giysi ya da ayakkabı satan dükkânların önünden geçtiler. Sessizliği Belkıs bozdu.

"Albert'le buraya çok sık gelirdik," dedi hüzünle.

"Ben ilk defa geliyorum. Güzel ve şirin bir yermiş."

"Evet, haklısın. Ayin Meydanı diyorlar buraya. Pazar ayininden sonra satıcılar tezgâh kuruyor. İhtiyacın olan her şeyi bulabilirsin. Eczanemiz bile var. Lazım oldukça Albert ilaçları oradan alırdı."

"Tanıdık falan mı?"

"Kampustan tanıdığı bir eczacı arkadaşı. Albert hiçbir ücret almadan evlerine giderek hasta annesini muayene ederdi. Hemen şurada, bak!"

Belkıs'ın işaret ettiği yerde küçük pencereli, ahşap kepenkli bir dükkân vardı. Birden hızla o yana doğru yürüdü. Aral da hızlanarak onu izledi. Birlikte kapalı gibi duran dükkânın önüne geldiler. Belkıs kahverengi boyalı ağaç kapının ziline uzanıp iki kez kısa aralıklarla çaldırdı. Çok uzun sürmeyen bir bekleyişin sonunda kapı açıldı. Beyaz gömlekli, oldukça şişman bir bedenin üstünde gülümseyen, çocuksu bir surat merakla onlara bakıyordu. Belkıs onu görünce küçük bir özlem çığlığı atarak,

"Eczacı Ulrich! Beni hatırladınız mı? Doktor Albert'in eşi, Berta!" dedi.

Eczacının yüzündeki gülümseme sivilceleriyle birlikte dondu. Bir an hiç bir şey söylemeden bekledi. Sonra homurdanarak öcü görmüş gibi geri çekildi, tek kelime etmeden kapıyı yüzüne kapattı.

Bu kez donma sırası Berta Belkıs'a gelmiş, henüz tamamlamadığı bir sözcük varmış gibi ağzı yarım açık kalmıştı.

Olanları sessizce izleyen Aral her şeyi anladı. Belkıs'ın kolundan tutarak birkaç adım geri çekti.

"Hadi Belkıs, yürümeye devam etmeliyiz," dedi sessizce.

" Ama? Ama?" diye kekeleyen Belkıs, sorusuna cevap beklercesine yanındaki adama baktı.

Aral onun yürümesine yardımcı olurken öfkeli bir fısıltıyla,

"Sevgili Ulrich, yabancıları aslında pek sevmediğini hatırlamış gibi görünüyor!" diye söylendi. Sonra teselli etmek için ekledi:

"Aldırmamalısın. Bugünlerde Alman olmayan herkese aynısını yapıyorlar!"

Belkıs bir an tereddüt edermiş gibi durdu, sonra ona dönerek,

"Lütfen beni yanlış anlama," dedi birden. "Koluna girmeme izin verir misin? Kendimi pek iyi hissetmiyorum da."

Aral sonsuz mutluluk uçuşuna çıkmış gibi göklerde hissetti kendini. Faşist ruhlu Eczacı Ulrich'e duyduğu kızgınlık bir anda geçmişti. Hatta ona minnettardı! Sitem edercesine kolunu araladı.

"Belkıs! Neden samimi davranmıyorsun? Biz arkadaş değil miyiz?"

"Tabii ki... Kusura bakma, kafam çok karışık. Her şey öylesine üst üste geldi ki! Seni de yoruyorum diye üzülüyorum. İşini gücünü bıraktın, benimle uğraşıyorsun!"

"Böyle konuşmaya devam edersen ben de üzüleceğim ama!"

Belkıs, eve dönünceye kadar her yere Aral'ın kolunda gitti.

Yakındaki bir hayvanat bahçesinin parkında gelişigüzel dolaştılar bir süre. Sonra metroya, ardından bir otobüse binip Berlin'in birkaç durak güneyine gittiler.

Rouge Patisserie, villalarla dolu lüks bir semtte, yapay bir göleti çevreleyen, gözlerden uzak bir parkın içindeydi. Aral, geçen yıl uzaktan görmüştü, ama içine girmemişti. Tam bir Fransız mimarisi olan iki katlı, kırmızı kiremit duvarlı bir binaydı. Büyük ceviz kapının hemen girişine konmuş ayaklı levhada günün mönüsü ve pasta çeşitleri sıralanmıştı. Aksanından, Fransızca konuşan bir Alman olduğu kolayca anlaşılan nazik bir garson, koluna astığı kırmızı peçetesiyle karşıladı onları. Sadece birkaç ailenin birşeyler atıştırıp sohbet ettiği oldukça aydınlık, lüks bir salona geçtiler. Mavi desenli, kırmızı saten örtülü masaların, siyah deri koltuklara uyum sağladığı salonun girişinde garson, nasıl bir masa arzu ettiklerini sordu. Aral, Belkıs'a baktı. Seçimi onun yapmasını istiyordu. Belkıs, boydan boya yarı çıplak ağaçlara ve soluk yeşil çimlerin sardığı küçük gölete bakan pencere kenarını işaret etti.

Aral, et yemek istemeyen Belkıs'ın istediği mantarlı yağsız sebze tabağından kendisi için de sipariş etti. Yemeklerini beklerken Türkiye'deki ailelerinden söz ettiler. Belkıs, babasının tek kardeşi olan Mikail amcası, yengesi ve iki kuzeninden başka kimseyle görüşmüyordu. Okul arkadaşlarını arayacak zamanı olmamıştı. Kızı Eliza, dört yaşını geçmişti ve şu anda Mikail Amcasının evindeydi.

Aral'ın ise unuttuğu ya da hiç tanımadığı bir yığın akrabası vardı. İyice yaşlanan annesiyle babası ve kocasından boşanan kız kardeşi, Balgat'ta satın aldıkları küçük bir çiftlikte yaşıyordu. Babası, tavşan, ördek ve güvercinlere çok meraklıydı.

Belkıs'ın bu konulardan sıkılmaya başladığını hisseden Aral, sözü Almanya'ya getirdi, savaşın kapıda olduğundan bahsetti. Formaliteleri bir an önce bitirmeleri, aksi halde kötü olasılıkları da kabullenmeleri gerektiğini anlattı. Eğer arzu ederse, Berlin'deki evine ait eşyaları paketleyip İstanbul'a gönderebilirdi. Belkıs bunu nazikçe reddetti. Bir gün her şey normale dönse bile orada yaşayamayacağını biliyor, ama Albert'in büyük bir özenle dayayıp döşediği evini dağıtmayı bir türlü kabullenemiyordu. Oysa Aral, Berlin'de artık hiçbir şeyin eskisi gibi olmayacağını, muhtemelen birkaç hafta içinde haddini bilmez bazı insanların evini yağmalayabileceğini savunuyor, teklifinde ısrar ediyordu. Lokantadan ayrılıp da geri dönüş için bindikleri iç hatlar otobüsünde asıl baklayı ağzından çıkardı.

"Gestapo veya SD bir gece ya da bir sabah kapına dayanabilir! Alex ve Marlene'in de elinden bir şey gelmeyebilir. Durum düzelinceye dek elçilikte misafirimiz olur musun lütfen? Senin güvenliğin için. İçlerinde banyosu olan özel konuk odalarımız var. Seni en iyi şekilde rahat ettireceğimizden emin olabilirsin."

Belkıs şiddetle karşı çıktı bu öneriye. Otobüsün penceresinden dışarı dalmıştı, bir süre konuşmadı. Sonra söylediklerinden utanmış gibi Aral'a dönerek,

"Özür dilerim, seninle bir ilgisi yok. Hiçbir şeye kolay alışamıyorum," dedi ve ardından, "Gerçekten durum o kadar berbat mı?" diye sordu.

"Maalesef, evet," diye yanıtladı Aral. "Seni korkutmak istemem, ama her şey tahminimizden de kötü olabilir."

"Biraz düşünmem gerekiyor."

"Tabii ki düşün. Ama çok uzamasın. Geç kalmaktan korkuyorum."

Onlar konuşurken geride, birkaç koltuk arkadaki uzun boylu iki gençten biri yerinden kalkarak yürüdü, tam hizalarında durdu. Sırtındaki kalın yün kumaş montunun yakalarını kaldırmış, cam renkli gözlerini onlara dikmiş tuhaf bir şekilde bakıyordu. Aral onu fark etmişti. Tepki vermeden dışarıyı seyreder gibi yaptı. İri yarı genç kıvırdığı diziyle Aral'ın koluna dokundu, otoriter bir tavır takınarak,

"Hey! Siz hangi dili konuşuyorsunuz öyle?" diye sordu. Ağzı içki kokuyordu.

Berta Belkıs da fark etmişti genci. Omzunun üstünden endişeli bir şekilde ona baktı. Her an başlarına böyle bir şeyin gelmesini beklediğinden olmalı, Aral şaşırmadı. Fakat bulaşmamak için tepkisiz davransa da sonunda gençle göz göze gelmek zorunda kaldı. Sakin bir şekilde başparmağını kendi göğsüne çevirerek,

"Bize mi sordun, arkadaşım?" diye sordu Almanca.

Genç küstahça sırıttı,

"Burada sizden başka yabancı var mı?" diye konuştu alaylı bir dille.

"Bak, dostum. Sen kendi işine bakar mısın lütfen! Sarhoşsun ve bizi rahatsız ediyorsun!"

Ayaktaki genç arkada oturan arkadaşına döndü,

"Olaf, onları rahatsız mı ediyorum sence?" diye alaylı konuşmasına devam etti.

"Bence ediyorsun!" dedi arkadaki arkadaşı. "Çabuk özür dile ve buraya gel!"

İkisi birden kahkahayla güldüler. Otobüsteki çok az yolcu başlarını çevirerek bir an kayıtsızca onlara baktılar, sonra, böyle olaylara alışkın bir tavırla tekrar önlerine döndüler.

Aral soğukkanlı bir şekilde ayağa kalktı. Ceketinin gözlük cebinden iki adet kimlik çıkardı. İkisini de yan yana tutarak gencin burnuna doğru uzattı,

"Bak delikanlı, bu kimliklerden biri benim ülkeme, yani Führer'inizin büyük önem verdiği Türkiye Cumhuriyeti'ne aittir. Diğerine gelince Reichsführer'in* imzasıyla verilmiş dokunulmazlık kimliğidir. Eğer terbiyeni takınıp bizden özür dilemezsen bu geceyi sorgu odalarından birinde geçirebilirsin. Tercih senin!"

Ardından sessizlik geldi. Motorun sesinden başka bir şey duyulmaz olmuştu. Afallayan genç, cam gözlerini kimliklerden güçlükle ayırıp karşısındaki adama çevirdi yeniden. Sırıtmayı kesmişti.

---

* Şef yönetici, Hitler'in baş yardımcısı.

"Sizden özür diliyoruz, bayım," dedi istemeden, küfreder gibi. "Yani..."

Sonra sözünü bitirmeden gerisin geriye koltuğuna döndü. Yolcular bir kez daha başlarını çevirip sakin bir şekilde yerine oturan yabancıyla yanındaki kadına merakla baktılar.

Belkıs, arkadaşının koluna girdi tekrar, sıkıca sarıldı. Isınmanın da ötesinde birşeyler gelip derin bir soluk alan yüreğine yerleştiğinde başını onun omuzuna dayamış, gözlerini kapamıştı.

***

Ertesi sabah, elçiliğe gelir gelmez istihbaratçı Kemal Bey'e sözlü raporunu sunan Aral, kimsenin haberi ve izni olmadan banyolu konuk odasını hazırlattırmış, Belkıs için temiz havlular koydurmuştu. Belki de azarlanacaktı. Böyle bir talepte bulunsaydı kuşkusuz, "Savaşın giderek ısındığı böyle bir zamanda şahsi meselelerle uğraşamayız!" diyecekler, başlarından savacaklardı. Ama ne olursa olsun, her şeyi göze alarak kararını vermişti. Belkıs'ı muhtemel bir tehlikenin ortasında yapayalnız bırakamazdı. Elçilik yerine kendi evini teklif etmeyi düşünmedi değil. Fakat SD veya Gestapo'dan korkuyordu. Lanet herifler, dokunulmazlığı olan bir elçilik mensubunun evine girerler miydi? Tabii ki ellerini kollarını sallayarak resmen kapıyı çalmazlardı. Fakat bir yolunu bulup Belkıs'a zarar vereceklerinden emindi.

Yoğun bir çalışmayla geçen o gün hiçbir şey olmadı. Yanıtsız soruların, içine doluşan kaygıların uyutmadığı geceyi izleyen sabahın erken saatlerinde Konsolos Bey, Aral'ın odasına hışımla girdi. Masasında oturan genç memurunu görmemiş gibi pencerenin önüne gitti, ellerini arkasında kenetleyerek dışarıyı seyretmeye koyuldu. Burnundan soluduğu o kadar belirgindi ki ayağa kalkıp saygıyla bekleyen Aral onun her an patlayacağını hissetmişti. Bu anı bekliyordu zaten.

"Aral!"

"Emredin, efendim."

"Âşık mısın?"

"Anlayamadım, efendim?"

"Âşık mısın diye sordum. Soru açık değil mi?"

Aral'ın dili tutuldu sanki. Hep korkuyla beklediği hesap zamanı gelmişti işte! Yalan söylemek istemiyordu.

"Emin değilim," diyebildi sadece. Oysa artık emindi.

"O kadının dışarıda olması seni kaygılandırıyor sanırım."

"Evet efendim, kim olduğunu biliyorlar. Başına her an bir şey gelebilir."

"Peki, ortada hiçbir işaret yokken böyle bir vehme neden kapıldın? İçine mi doğdu?"

Konsolos Bey onun yanıtını beklemeden ansızın geri döndü. Gözbebeklerinde küçük kıvılcımlar vardı. Ellerini kenetlemekten vazgeçip askılı pantolonunun ceplerine soktu. Sesindeki öfkeye biraz şefkat karışmış gibi,

"Bak, evladım," dedi. "Bu binada olup biten her şeyden haberimiz var. Hatta Berlin'de, hatta bütün dünyada! Şu özel konuğun geldiği günden beri fevkalade değiştin, işini gücünü bıraktın onunla ilgilenmeye başladın! Sana bir görev verdik, söylenenleri yapmak yerine kalkıp, Almanların peşinde olduğunu söylediğin bir kadını ziyarete gittin! Bu yetmiyormuş gibi onu bütün gün gezdirdin, Kış Parkı'ndaki bir lokantaya yemeğe götürdün! Böylesine önemli bir görevde seni yalnız bırakacağımızı mı sandın? Bunu nasıl hafife alırsın, anlamıyorum! Şimdi bana doğru dürüst cevap ver. Berta mı, Belkıs mı, adı her neyse, bu bayana âşık mısın?"

Demek kendisini izlettirmişlerdi! Bunu nasıl akıl edemediği için kendi kendine kızdı. Mazereti yoktu ve artık olanları inkâr edemezdi.

"Doğrusu bilemiyorum. Ne söylesem yalan olur, efendim," dedi güçlükle. "Görevim konusunda düşüncesiz davrandığım için de özür dilerim."

"Pekâlâ, inkâr etmediğine göre tahminim doğru demektir.

Flört etmene bir diyeceğim yok, ama kocasını yeni kaybetmiş bir kadınla flört etmeyi düşünecek kadar aklını ve ahlakını yitirmeyeceğine göre sen safiyane âşık olmuşsun! İşte ben de bundan korkuyordum! Aşk başka bir şeydir, evladım, bir çıkmazdır. Seni hangi zorlukların beklediğinin farkında mısın? Üstelik Musevi bir kadına âşık olmak, hem kendi dinine ve törelerine, hem de onunkilerine ters düşmektir. Sonunda, her ikisiyle de savaşmaktan yorulur, âşık olduğuna pişman olursun. Bu ruhsal bir yıkıma bile neden olabilir ve, ve parlak geleceğini etkileyebilir. Kusura bakma, ama bütün bunlara izin veremem!"

Aral, damarlarındaki kanın çekilmesine engel olamadı. Suratı bembeyaz kesildi. Dili çözüldü birden, sesi titrekti.

"Benim için özel bir duygu olduğunu itiraf ediyorum, efendim," dedi. "İlk kez böyle bir şeyi yaşıyorum ve gerçekleşeceğini sanmıyorum. Kaldı ki Belkıs Hanım'ın hiçbir şeyden haberi yok. O, kocasına âşık ve bir çocuğu var. Bunları duyarsa, bir daha benimle görüşmez, ömrü boyunca beni affetmez! Görevimi aksattıysam bağışlayın, bir daha olmaz. Hakkımda yanlış şeyler düşünmenizi istemem!"

"Ben bağışlarım, evladım. Fakat hislerin, hezeyanların bağışlamaz, seni hep rahatsız ederler! Henüz işin başındayken kurtulursan, az bir zarar görür, sonra unutur gidersin. Çok istiyorsan git, dengeli ilişki kuracağın doğru dürüst birini bul! Ama bu bayanla olmaz! Üstelik aynı binada kalmanız durumu daha da zorlaştıracaktır, eminim! Bu nedenle... Bu nedenle, seni kısa bir süre için buradan uzaklaştıracağım. Bayan için endişelenmene gerek yok. Benden izin almadan hazırlattığın odada kalabilir. Onun güvenliği ve izin sorunu ile bizzat ben ilgileneceğim. Bunları senin iyiliğin için yapıyorum. Bugün olmasa bile gelecekte bir gün beni anlayacağından eminim."

Bu karar, Aral'ın başına gelebilecek en kötü şeydi! Belkıs'ı yapayalnız bırakıp ortadan kaybolmak, kendi duygularına ve onun umutlarına ihanet etmek kadar kötüydü!

"Beni uzaklaştırmanıza gerek yok, efendim," diye inledi. Artık ilgilenmeyeceğime söz veriyorum."

Ellerini çaresizlikle iki yana açan Konsolos Bey,

"Bu keşke senin elinde olsaydı," diye konuşmasını sürdürdü. "Ama hayır, dediğim gibi, başını derde sokmana izin vermeyeceğim. Eşyalarını hazırla, birkaç gün içinde yeni görev yerini bildireceğiz. Hepsi bu kadar!"

Konsolos Bey öfkesini yenmişti. Ama, hayırsız oğluna çözüm arayan bir babanın evhamıyla ve asla yapmak istemediği bir şeye karar vermiş olmanın üzüntüsüyle başını iki yana salladı, odadan çıktı.

Aral koltuğuna çöktü. Uçurumdan düşmüş gibiydi.

Birden çekmecesini çekip aynasını çıkardı, yüzüne baktı. "Düştüğün şu duruma bak! Bak, Konsolos Bey de açık açık söyledi, sen aklını ve ahlakını yitirmiş aşağılık bir sefilsin! Art düşünceli, onursuz bir adamsın!" diye kızdı kendine. Ama her şey göründüğü gibi değildi.

Böyle olmasını kendi istememişti ki! Her şey iradesinin dışında gelişmiş, yüreğini yerinden oynatan, beynini esir alarak bilincini kapatan her neyse, onu içinden atmak için günler, geceler boyunca az mı uğraşmıştı. Asla ulaşamayacağı bu yer, basit bir tutkunun renkli dünyası olamazdı. "Tutkuyla aşkı karıştırmamak gerek," diyen adam ne kadar haklıydı. "Tutku, insanın ulaşmakla huzur ve mutluluk bulmayı umduğu masum bir hedef, aşk ise yanlışıkla içine düştüğü halde kurtulmayı asla istemediği bir bataklık, hatta kendi kendine eziyetten zevk aldığı bir işkencedir!"

Kalkıp pencerenin önüne gitti, biraz rahatlamak için camları açtı, oldukça serin havayı sonuna kadar ciğerlerine çekti. Ne yapacağını düşünmeliydi. Görevini aksatmayacağı konusunda Konsolos Bey'i ikna etmeli, her şeyin eskisi gibi olacağına dair söz vermeliydi. Tek yapmak istediği, çocukluk arkadaşına yardım etmekti. Konsolos Bey bunu anlayışla karşılamalı ve bilmeliydi ki arkadaşının sorununu çözmeden Berlin'i terk edemezdi.

Oysa Konsolos Bey'in bugüne kadar verdiği kararları değiştirmediğini, onun verdiği kararlara ise büyükelçinin ya da müsteşarın asla müdahale etmediğini çok iyi biliyordu. Bunu sağlamanın tek yolu, artık yaşlanıp Ankara'da köşesine çekilen babasına ulaşmaktı. Postaneden gizlice telefon edebilir ya da telgrafla durumu anlatarak yardım isteyebilirdi. Peki, ona ne diyecek, olanları nasıl izah edecekti? Babasının, kesinlikle Konsolos Bey'den yana çıkacağına adı gibi emindi. Zaten böyle bir şeyi, yıllardır kendisine dostça davranan bu adama karşı yapamazdı. Sonra onun yüzüne nasıl bakardı? Sorununu yine kendi başına çözmek zorunda olduğunu açıkça hissediyordu. Çözemezse, geriye kalan tek çare istifa etmekti!

***

Günler geçmiş, Belkıs'ın İstanbul'dan gelirken yanına aldığı para çok azalmıştı.

Marlene'le birlikte üniversiteye gitmiş, Profesör Hubmaier'i tekrar ziyaret ederek kocasının almaya fırsat bulamadığı maaşını istemişti. Enstitü direktörü bizzat muhasebeye telefon ettiyse de veraset ilamını alıncaya dek paranın ödenemeyeceği, yasal formalitelerin bitmesi gerektiği cevabını aldılar.

Oradan ayrılırken Marlene,

"Tek varisi olduğunu ispat için mahkemeye başvurmayı unuttuk," dedi. "Berta, bir an önce başvurunu yap. Bu arada biz sana borç verebiliriz. Eline para geçince ödersin."

"Yeteri kadar var, hayatım," dedi Berta. "Zaten burada çok kalacağımı sanmıyorum. Aral Bey, formalitelerin yakında tamamlanacağını söyledi. Bakanlıktan onaylandığına dair resmi bir yazı bile almışlar. Hatta gerekli işlemlerin tamamlanması için iç güvenlik şefine talimat bile verilmiş."

Marlene, onu ciddiye almış gibi sahte bir şekilde sevindi. Bu işin olabileceği konusunda endişeleri vardı. Resmen kabul etmiş görünseler de işi uzatacakları belliydi. İlk ziyaretlerinde Profesör Hubmaier buna benzer birşeyler ima etmemiş miydi? İsteseler o kadar çok bahane bulabilirlerdi ki! Belki de hiç izin vermeyeceklerdi. Keşke elinden bir şey gelseydi.

"Ne güzel Berta, hayatım," diye cevap verdi Marlene. "Gazeteler, Türkiye'nin bizden yana olduğunu yazmış. Alex söyledi. Dost kalmak istedikleri bir ülkeyi kırmazlar, diyor. Hem öğleden sonra Albert'le ortak hesabınızın olduğu bankaya da uğrarız. Paralarını orada biriktirdiğini söylemiştin. Belki hesabı bloke etmemişlerdir, istersen gidip bir bakalım."

Öğleden sonra banka memuru, hesaptaki yüklü miktarın, Doktor Mars tarafından bizzat ve tamamen çekildiğini bildirmiş, imzasının olduğu dekontu göstererek her ikisini de şaşırtmıştı. Berta Belkıs, Marlene'e,

"Birşeyler sezmiş olmalı. Tüm parasını neden çeksin ki?" dedi üzüntüyle.

Marlene ise,

"İstersen evinize bir bakalım. O kadar parayı üstünde taşımayacağına göre belki bir yerlere saklamıştır," dedi onu teselli etmek için.

Berta Belkıs nemli gözlerini yürüdüğü kaldırıma dikti.

"Bakarız. Fakat paranın canı cehenneme! Eminim Marlene, eminim," diye hıçkırdı. "Parasını çektiğine göre buradan ayrılmaya karar vermişti! Başaramadı Marlene, düşünebiliyor musun? Çok feci! Albert'i yalnız bıraktım! Ne kadar kötü biriyim!"

Marlene'in de gözleri nemlendi.

"Berta, kendini boşuna suçluyorsun. Senin gitmeni o istemişti, hatırlasana!"

Birlikte Berta'nın evine gittiler. Dört katlı bir binanın ikinci katındaydı ev. Geldiği günden beri açmadığı kapıdan içeri giren Berta, burada geçirdiği o mutlu beş yılın tüm eşyalara sinen güzel anılarının, insana hüzün ve acı veren sessiz gölgelere dönüşmesinden boşuna korkmamıştı. İşte hepsi karşısındaydı! Aslında anıları taşımaktan başka günahı olmayan bu sessiz gölgeleri sadece ıslak göz çukurlarından aşağı süzülen damlalarla selamlayan Berta Belkıs, sanki yasakmışçasına hiçbirine el sürmedi.

Her şey çok düzenliydi. Albert'i öldürenlerin bu eve de girip birşeyler araştıracağından kuşkusu olmayan Marlene bile şaşırdı.

"Berta, eve dokunmamışlar galiba, her şey normal görünüyor," dedi.

Öteki acıyla güldü.

"Eve girmişler!" dedi. "Albert dışarı çıkarken hiçbir zaman perdeleri sıkı sıkıya kapatmayı sevmezdi, yarım açık bırakırdı. Yatak odasına bak, yastıkları örtünün altına koymuşlar. Hiç yapmadığımız bir şey! Bir iki farklı şey daha var. Kesinlikle girip aramışlar burayı! Para falan bulacağımızdan emin değilim."

"Mümkündür. Yalnız bir şey aklımı kurcalıyor. Sen olsan, yani bankadan bütün paranı çekecek kadar endişeli olsan, onu herkesin bulabileceği bir yere mi koyardın? Doğrusu bana hiç mantıklı gelmiyor. Belleğini bir yokla, Albert nereye saklamış olabilir?"

"Aklıma bir yer gelmiyor ki! Çok büyük bir ev değil burası, her şey ortada zaten."

Odadan odaya hayalet gibi girip çıkan Berta'dan umudunu kesen Marlene dip köşeyi tek başına araştırmak zorunda kaldı. Çekmecelerden dolap içlerine, yatakların altından, yorganların içine, ayakkabı kutularından valizlere, ayaklı lavabonun arka boşluğundan rezervuarın su hazinesine dek bakmadık yer bırakmadı. Paradan eser yoktu. Marlene iyice yorulunca bir kanepeye çöküp birkaç dakika soluklanmaya çalıştı.

"İyi ki seni burada yalnız bırakmamışız," dedi ona. "Tek başına dayanamazdın."

"Haklısın Marlene, dayanamazdım."

"Bak ne diyeceğim, bu akşam bir sinemaya gidelim. Hepimizin değişikliğe ihtiyacı var. Ne dersin?" diye teklif ettikten sonra onun yanıtını beklemeden kalktı, mutfağın girişinde gördüğü telefona doğru gitti. Telefon hâlâ çalışıyordu. Kocasını aradı, tekrar salona döndü.

"Biraz kafa dağıtırız, hayatım," diye devam etti. "Geçen gün afişini gördüm. Bir İtalyan komedisi galiba. Amerikalılar gibi değil belki, ama İtalyanlar da pekâlâ güzel film yapıyorlar. Sinema salonunu hatırlıyorsun değil mi? Birkaç kez hep beraber gitmiştik. Ferah bir salondur, ben çok severim."

"Hatırlamaz mıyım? Ben de sinemayı severim, ama Albert hiç sevmezdi. Benim hatırım için katlanırdı zavallı!"

Berta bu fikre itiraz etmemişti. Aslında, dört duvar arasında düşleriyle boğuşmaktan yorulmuştu, ufak bir değişiklik iyi gelebilirdi. Henz'lerin evine dönünce duşunu alarak Marlene'in kendisine hediye ettiği büzgülü eteğin üzerine yakalı beyaz bir gömlekle pembe hırkasını giydi.

Alex'le sinemaya çok yakın bir restoranda buluştular. Yemek paralarını, karşılaştığı sert dirence rağmen Berta ödedi. Paltolarını vestiyere bıraktıktan sonra arkalarda bir masaya geçip oturdular. Restoran tenha sayılırdı. Çok uzakta olmayan zor günlerin kokusunu alan Alman halkı, her ihtimale karşı parasını harcamamakta kararlı görünüyordu.

Restoran gibi sinema salonu da tenhaydı. Işıklar sönüp dönen film makaralarının sesi duyulduktan bir iki dakika sonra perdede Propaganda Bakanlığı'nın hazırlattığı, Führer'e hayatlarıyla bağlı kahraman askerlerin eğitimleri ve yemin törenlerini gösteren, şiirsel anlatımlı kısa metrajlı bir film başladı. Sesi gereğinden fazla yüksek hoparlör, seyircilerin kulak zarlarına basınç yapmaktan başka bir işe yaramıyordu. Panzerwagen'leri, uçakları ve yeni geliştirilen tankları izlediler. Ve nihayet çığlıklarıyla gırtlaklarını zorlayan on binlerce coşkulu kalabalığın önünde ilahlaşan Führer'in etkili konuşması başladı. Adolf Hitler, Alman halkının yüce, arî bir ırka mensup olmakla tüm insanlığın efendisi olduğunu, kendisinden beklenen görevi en kısa zamanda yerine getirerek kirlenmiş dünyayı kurtaracağını ima eden sözlerle konuşmasına son verdi. Sinema salonundaki az sayıda seyirci, perdenin coşkun kalabalığıyla birlikte alkışladı liderlerini. Her yerde herkesin izlendiğinden kuşku duymayan, hatta emin olan Alex, Gestapo'yla başını derde sokmamak için Marlene'i dürterek alkışlamaya başladı. Berta Belkıs dehşete düşmüştü. Aral'ın sözleri aklına geldi ve hemen oracıkta Türk Büyükelçiliği'ne taşınmaya karar verdi. Marlene ve Alex, ona olağanüstü iyi ve dostça davranıyorlardı. Ama, Aral'ın dediği gibi onların da elinden bir şey gelmeyebilirdi. Kızı Eliza'yı düşündü. Sevgili kızının bu dünyada yapayalnız kaldığını hayal edince tüyleri diken diken oldu. Faşizm kokan bir komediyi işleyen İtalyan filminin nasıl başlayıp nasıl bittiğini anlayamadı. Marlene'in kimi kahkahayla, kimi de sessizce izlediği, arada bir de sezdirmeden Berta Belkıs'a kaçamak bakışlar attığı karanlık salon yeniden zayıf ve titrek ışıklarla aydınlanınca, yıpranmış koltukları terk ederek hep birlikte dışarı çıktılar.

"Nasıldı Berta? Beğendin mi?" diye sordu Marlene.

"Hı, hı," diye onayladı Berta, isteksizce.

"Eh işte, der gibisin. Ama haklısın hayatım, çok da iyi değildi. Bizimkiler onlardan daha kötü! İngilizler ve Amerikalılar bu konuda oldukça iyiler. Ne yazık ki uzun zamandır filmleri gelmiyor. Politik bir karar herhalde."

Marlene, Alex'e döndü.

"Alex, bize turta ısmarlar mısın?"

"Neden olmasın?" dedi Alex. "Julius'un yerini hatırlıyor musun? En iyi turtayı orada yapıyorlar. Az ileride."

"Ah, bence de en iyi turtayı o yılışık serseri satıyor! Gerçi ben yapıyorum diyor, ama inanmıyorum. Kesin karısına yaptırıyordur!"

Berta Belkıs, sessiz sedasız izledi onları. Evet, elçilikte kalmalıydı. Hem Marlene'e de epey yük olmuştu. Onları üzmeden söylemenin bir yolunu bulmalıydı. Ama nasıl?

Julius'un turta salonu binaların arasına sıkışmış, beş-altı masayı geçmeyen ufak, şirin bir dükkândı. Cam kenarında daracık bir yere sıkıştılar. Bir Almandan çok Hintliye benzeyen kumral saçlı, ince kemikli Julius, gevşemiş önlüğünün iplerini sıkılaştırarak onların yanına geldi.

"Hey Doktor, epeydir görünmüyordun!" diye bağırdı hafifçe. "Ne o, yoksa artık turtalarımı beğenmiyor musun?"

"Yapma Julius!" diye yanıtladı Alex. "Her zaman beğendiğimi bilirsin. Oldukça yoğun günler geçiriyoruz. Ancak fırsat bulduk."

"Ah, Marlene, güzelim! Suratı gülmeyen bu sırık gibi adamda ne buluyorsun, anlamıyorum doğrusu! Benim gibi hayat dolu biri dururken, değil mi ama?"

"Hadi oradan, yılışık sen de!" dedi Marlene, gülerek. "Sen kendi çirkinliğine bak! Kırk yıl evde kalsam sana pas vermezdim!"

"O halde yanındaki güzel bayanı tanıştır bana."

"Eğer bu gece karın kırmazsa, senin kafanı ben kıracağım, serseri! Kaybol şuradan, gözüm görmesin seni!"

Julius, kalçalarını oynatarak içten bir kahkaha attı. Berta Belkıs'ı şöyle bir süzdü, soru soracakmış gibi durdu, sonra vazgeçti.

"Evet hanımlar, ne istiyorsanız çekinmeden söyleyin, dükkân sizin! Anladığım kadarıyla paraları bu akşam doktor ödeyecek, değil mi doktor?"

"Belki iyi bir tarafına gelir de sen ikram edersin diye gelmiştik, Julius," dedi Alex gülümseyerek.

"Aa! Doktor da bizim gibi gülebiliyormuş meğer! Yine de hiç şansın yok, bizim kocakarı turtaları tek tek sayıyor. Hadi paraları hazırla da siparişleri alayım artık. Vakit geç oldu, canavar evde beni bekliyordur. Canıma okuyacağı kesin!"

Siparişler verildi. Berta sadece kahve ısmarladı. Marlene buna razı olmayıp ona da ufak bir turta söyledi. Berta birden kararını verip başını öne eğdi hafifçe, masanın kahverengi puanlı örtüsünü çekiştirerek,

"Alex, Marlene, size bir şey söylemek istiyorum, ama nasıl söyleyeceğimi bilemiyorum," dedi.

“Hayırdır, Berta?” diye sordu Marlene, ona merakla bakarak.

“Size her konuda teşekkür etmek istiyorum.”

Marlene bir sinek kovarmışçasına elini havada salladı.

“Hadi canım sen de!” dedi ciddiyetle. “Söyleyeceğin bu muydu? Ne teşekkürüymüş o öyle?”

“Sözümü kesme Marlene, zaten zor konuşuyorum. Evet, teşekkür etmek istiyorum. Bana inanılmaz derecede yardımınız oldu. Sizin gibi dostlarım olduğu için çok mutluyum. Bana kapınızı açtınız, beni korudunuz. Ama... Ama artık size daha fazla yük olmak istemiyorum. Üstelik benim yüzümden siz de tehlikedesiniz. Buna razı olamam.”

“Ne tehlikesi? Böyle bir şey yok, Berta,” dedi Alex. “Nereden çıkarıyorsun bunları?”

“Çok güçlü bir his bu, Alex. Kör değilim, görebiliyorum. Aral, Albert'i Türkiye'ye götürmek istediğim için nedense Almanların çok kızgın olduğunu, böylece hem benim, hem de sizin risk altında olduğunuzu söyledi ki son derece haklı. Gestapo bu işin peşini bırakmayacak. Zaten onların sevmediği biriyim. Bir gece kapınızı çalabilirler.”

“Ama Berta!”

“Hayır, Marlene, benim gerçek arkadaşım. Kararımı verdim.”

“Kendi evinde kalmayı düşünmüyorsun herhalde?” diye araya girdi Alex. “Kuşkulandığın her neyse, seni koruyabiliriz. Bunu da içtenlikle istiyoruz.”

“Biliyorum. İstesem de kalamam artık. Aral, elçilikte kalmamın daha doğru olduğunu söyledi. Böylece her an güvencede olurmuşum. Bana özel banyosu olan konuk odası bile vereceklermiş.”

Marlene, birden hayret etmiş gibi Berta'ya döndü.

“Ah, tahmin etmeliydim!” dedi. “Şu meşhur arkadaşın ve koruyucun!”

Berta, onun son sözlerinde gizli bir anlam olup olmadığını

anlamak için gözlerine baktı. Marlene düzeltmek zorunda kaldı.

"Yani seninle çok ilgileniyor da..."

"Evet," dedi Berta, utanarak. "Daha önce de söylediğim gibi çocukluktan beri tanışıyoruz. Sadece bir arkadaş. Hepsi o kadar, sen de biliyorsun."

"Tabii, söylemiştin, hatırlıyorum. Neyse, bu geceyi kötü senaryolarla mahvetmeyelim. Bunları evde konuşuruz."

Julius bir tepsi içinde kahveleri ve turtaları getirince sustular, önündekileri yiyerek oyalandılar. Sonra Alex, Berta'nın teşekkürüne, "Her zaman zevkle, Berta," diyerek hesapları ödedi.

***

Berta Belkıs, Marlene'den izin isteyerek elçiliğe telefon ettiğinde sabahın dokuzuydu. Telefondaki adama adını vererek Aral Tigin Bey'le görüşmek istediğini söyledi.

Aral'ın sesi sevinç doluydu.

"Belkıs, nasılsın, neler yaptın? Dün gecen nasıl geçti?"

"Fena değildi. Akşamüstü Alex bizi sinemaya götürdü."

"Ya? Film güzel miydi?"

"İtalyan filmi. Doğrusu ben pek bir şey anlamadım. Ama Marlene beğendi."

"Bugün ne yapmayı düşünüyorsun?"

"Aral Bey..."

"Hani, sadece Aral diyecektin?"

"Tamam, özür dilerim. Evet Aral, elçilikte kalmaya karar verdim. Kısa bir süre için."

Aral sevinçten hiçbir şey söyleyemedi.

"Böyle istediğini sanıyordum. Rahatsız etmezsem..."

"Belkıs, beni ne kadar mutlu ettiğini tahmin edemezsin! Odanı hazırlattım bile. Bugün Konsolos Bey'le konuşup seni almaya geleceğim."

"Ancak yarın sabah hazır olurum."

"Bence de uygun. Yarın sabah erkenden gelirim."

"Tamam, görüşmek üzere."

"Geleceğim, Belkıs. Görüşmek üzere."

Telefonu kapatan Aral, kalbinin çarpıntılarını durdurmanın bir yolunu aradı. Ne olacaktı şimdi? Koltuğunda oturamadı, kalkıp odanın içinde dolaşmaya başladı. Sonra konuk odasına gidip etrafı inceledi. Belkıs için küçük müydü, rahat edebilir miydi acaba?

Daha sonra ceketini giyip üstünü başını kontrol etti. Durumu Konsolos Bey'e bildirmeli, geçici tayin emrini almadan önce Belkıs'ı elçiliğe yerleştirmeliydi. Bir iki gün içinde evrakları eline tutuşturup onu bir yerlere postalayacaklardı! Her şey o kadar ani olmuştu ki gideceğini henüz Belkıs'a söyleyememişti. Âşık olduğu kadını bırakıp gidemezdi. "Gerekirse, istifa ederim," diye düşündü yeniden.

Kapının vurulduğunu ve açıldığını duymamıştı. Odacı Salim kapıya dikilmiş, arkası kapıya dönük adamın "Efendim?" demesini bekliyordu. Hiçbir hareket göremeyince açık kapıya tekrar vurdu.

Aral aniden geri döndü, Salim'e merakla baktı.

"Sayın Büyükelçi sizi istiyor, efendim," dedi Salim, bozuntuya vermeden.

"Ha?"

"Sayın Büyükelçi toplantı odasında, sizi çağırmamı söyledi de," diye yineledi.

"Tabii... Biraz dalmışım. Hemen geliyorum."

Koridorda yürürken düşündü. Önemli olmasa Büyükelçi onu bizzat çağırmazdı. Tayin emrini mi bildirecekti yoksa? Ama bunu yapsa yapsa Konsolos Bey yapardı. Toplantı odasının kapısını tıklatmadan önce bir kez daha üstünü başını kontrol etti.

Büyükelçi, diğer günlere kıyasla bugün daha dinç görünüyordu. Aslında onu asık suratlı görmemişti hiç. İşinin ağırlığına ve ciddiyetine rağmen rahat ve samimi tavırlarıyla kendini sevdiren, saygı uyandıran bir havası vardı hep. Her toplantıda olduğu gibi üst düzey memurlar masanın kenarlarına dizilmişlerdi. Büyükelçi önemli biri gelmiş gibi ayağa kalkıp yanına geldi. Şaşırtıcı bir biçimde elini uzattı.

"Gel bakalım, evladım," dedi. "Şu sandalyeye oturabilirsin."

Aral düş gördüğünü sandı bir an. Konsolos Bey'le göz göze geldi, sonra bakışlarını odada gezdirip kendine gösterilen sandalyeye çevirdi. Oturup oturmamakta tereddüt ettiğini gören Büyükelçi yineledi:

"Otur evladım, çekinme."

Aral çekinerek sandalyeye oturdu. Bir saniyeden daha kısa bir süre içinde tekrar Konsolos Bey'e baktı. Konsolos Bey kayıtsız görünüyordu. Herhalde geçici tayin emrini resmen tebliğ edeceklerdi. Büyükelçi'nin, Belkıs'a olan aşkından haberi var mıydı acaba? Belki bununla ilgili birşeyler söyleyecek, nasihat edecekti. Ama hayır, Konsolos Bey emrinde çalışanların kişisel sırlarına saygı gösterecek kadar sağlam biriydi, öylesine ulu orta bahsetmezdi herhalde. Kaldı ki bu kadar insanın arasında konuşulacak bir konu değildi bu.

Pencerenin önüne giden Büyükelçi, bel ağrısı çekiyormuş gibi iki elini beline dayayarak geriye büküldü, pencerenin kenarına dayandı.

"Evet, Aral," dedi. "Seni neden çağırttığımı merak ediyorsundur sanırım."

Aral " Evet, efendim," dercesine saygıyla Büyükelçi'ye baktı.

"Şu sıralarda trajik gelişmeler olduğunu hepimiz biliyoruz." dedi Büyükelçi. "Adolf Hitler, çılgınca bir cesaretle bazı ülkeleri fiilen sınırlarına, birçoğunu da hayallerine kattı. Atatürk'ün önderliğinde bağımsızlık savaşı veren ulusumuza ait topraklar, henüz bu hayallerin içinde görünmese bile, gelecekte de görünmeyecek anlamına gelmez. Sayın Cumhurbaşkanımız, kurmaylarıyla fevkalade toplantılar yapmaktadır ve sanırım bizim kadar uykusuzdur. Avrupa'nın bu deli köylüsü, Ankara'yı kendi tarafına çekmek için özel temsilciler göndererek aklınca İsmet Paşa'ya baskı yapıyor.

Ama bizimkiler her türlü baskı ve tuzağa hazırlıklılar."

Büyükelçi derin bir soluk aldı. Dayandığı pencere kenarından ayrılarak masanın başına geldi, koltuğuna oturdu.

"Size bunları anlatmamın sebebi, gerçekleri yakından bilmeniz gereğidir. Çünkü dün gece ulaştırılan bir emir gereği kısa bir süre için Sayın Müsteşarla birlikte Ankara'ya gidiyorum. Ben dönünceye kadar yerime Sayın Konsolos vekâlet edecek. Evet, Aral, sana gelince. Ankara'ya kadar bana eşlik edeceksin. Sayın Konsolos senin başka bir yerde daha yararlı olacağına inansa bile ben buna katılmıyorum. Ankara'da bana daha yararlı olabilirsin. Cuma günü, Alman temsilci ile birlikte bizi İstanbul'a götürecek olan bir uçağa bineceğiz. Bu uçağı, sanırım Hitler'in bilgisi dâhilinde Mareşal Göring tahsis etti. Durup dururken böyle bir şey yaptığına göre özel bir amacı olduğu kesin. Diğer bilgileri ve talimatları Sayın Konsolos'tan alacaksınız. Hepsi bu kadar beyler. Allah hepinizin yardımcısı olsun."

Aral, Hızır gibi yetişen Büyükelçi'ye minnettar olduğunu düşünürken Konsolos Bey'le göz göze gelmemeye çalıştı. Aslında iki nedenle sevinmişti. Kaç yıl oldu, İstanbul'a, Ankara'ya gidememişti. Berlin'e gelemeyecek kadar yaşlanmış olan babasını ve annesini ziyaret edebilecek, kız kardeşini, yüzlerini unuttuğu akrabalarını görebilecekti. İkincisi, tayin işi durmuştu, Berlin'de kalacaktı. Tek kaygısı Belkıs'tı. Elçilikte güvende olacaktı gerçi, fakat kısa bir süre için bile olsa onunla kim ilgilenecekti? Henz'leri görmek ya da bir işini halletmek için dışarı çıkmak isteyebilirdi. Elçilik personeli o kadar azdı ki yanına birini nasıl vereceklerdi? Gerçi Konsolos Bey, bizzat ilgileneceğini söylemişti, ama bir yığın işin arasında bunu nasıl yapacaktı?

Önünde düşünebileceği iki tam gün olması içini biraz olsun rahatlatmış, yarın sabah Henz'lerin evinden alacağı Belkıs'ı tekrar görebilmenin heyecanı, onu karamsar düşüncelerden uzaklaştırmıştı.

***

Berlin soğuk gri gününü yağmurla tamamladı. Meteoroloji kentte ilk kar yağışının beklendiğini bildirmiş, ama yanılmıştı. Adolf Hitler, yabancı ülke temsilcilerine verdiği balonun orta yerinde konukları ağırlama işini kısa bir süre için Eva Braun'a bırakarak görkemli sarayın kütüphane salonuna çekilmişti. Bu, doğrudan kendisine bağladığı gizli servisin bulduğu özel bir taktikti. Böylece, Almanya'nın tepedeki liderlerini bir araya getiren hayati bir toplantıdan kimsenin haberi olmayacaktı. Mareşal Göring ve SS Reichsführer Himmler dâhil bütün şefler ve kuvvet komutanları baloya davet edilmiş, bu gizli toplantıdan, kendilerine meyve suyu ikram eden garson bayanların peçete arasında ellerine sıkıştırdığı kâğıtla, o anda haberleri olmuştu. Uzun masanın etrafına dizilen herkes, kendilerine iltifatlar yağdıran liderlerine merakla bakıyorlardı.

Pek sıklıkla yapmadığı şekilde altın ve ipek kartallarla bezenmiş, imparatorluğunu ve başkomutanı olduğu orduları simgeleyen altın logolarla işli, gamalı haçın kolunda parladığı üniformasını giyen Führer keyifliydi. Bu, Hitler'in sevdiği rahat bir tarz olmasa da, korku ve saygı uyandıran ilahi bir tasarım olduğu ve kendisine çok yakıştığı gerekçesiyle, o anda salonda hazır bulunan Bakan Göbbels'in ısrarıyla giyilmiş bir üniformaydı. Adolf Hitler, bu işlerden anlayan zeki biri olduğunu artık kabullendiği bakanının dediklerini uygulamaya çalışıyordu. Göbbels beğendikten sonra terzilerinin diktiği elbiselere bazen aynada bakma gereğini bile duymuyordu. Bu son üniforması, korku ve panikten elleri titrediği için prova iğnesini yanlışlıkla omuz başına batıran terzi yardımcısı bir kadının hayatına mal olmuştu. İğnenin ucunda zehir olup olmadığını inceleyen Gizli Servis kadını konuşturamamıştı. Devreye RSHA ve Gestapo girmiş, kadının kocası ve yakınları günlerce sorgulanmış ve sonunda zavallı kadın, gerçekte neyle suçlandığını bilemeden kurşuna dizilmişti.

Hitler boyunu biraz daha yukarıya çekmek ister gibi omuzlarını havaya kaldırarak iyice kıstığı gözleriyle salonda toplananları sırayla süzdü. Birden, hepsini kucaklamak istermişçesine kollarını iki yana açtı, sesine heyecan katarak,

"İşte asil ve gerçek Germen Halkının temsilcileri!" diye konuştu. "Hepiniz özenle yaratılmış insanlarsınız ve yüzyıllardan beri süregelen yanlışları düzeltmek ve Kutsal Avrupa'yı yönetmemizi sağlamak üzere özel olarak seçildiniz. Kutsal idealimizi anlayan ve hizmetimize giren diğer uluslar, üstünlüğünü kabul ettikleri Germen ırkının önünde eğildiler. Bakın demeçlere! Krallar, Prensler, Başkanlar, hepsi bağlılıklarını bildiriyorlar. Dünya bizi alkışlıyor, baylar!"

Sustu. Kısılmış gözleri salondakilerin üzerinde dolaştı. İki elini beline dayarken aşağı taralı bıyıkları birden yukarı kalkar gibi titredi. Deminki Führer değildi.

"Kutsal Germen ulusunun bizden sabırsızlıkla beklediği müjdeyi vermenin zamanı geldi artık!" diye devam etti. "Fakat... Sadakatlerinden şüphe duymadığımız halde bizden ayrı düşünen birkaç dostumuzun varlığını bilmek, beni endişelendirmekten çok üzüyor! "

Salon ölüm sessizliğine bürünüp herkes kuşkuyla birbirine bakarken Himmler, hayretle sadece Führer'e baktı. Kimse bu suçlayıcı çıkışa anlam verememişti. Kimden bahsediyordu acaba? Tam bir oy birliği vardı ve her şey yolundaydı işte! Almanya'nın düşleri iyice bezenmiş, planlar, hazırlıklar yapılmıştı. Hava timleri, SS Birlikleri, Panzer tümenleri, Piyadeler ve diğerleri tam teçhizat donatılmıştı. RSHA, Gestapo, SD olağanüstü işler başarmıştı. Kısacası her kes görevinin başındaydı ve emir bekliyordu.

Himmler, arkada sessizce duran RSHA Şefi Heydrich'den şüphelendi. El altından yine yalan yanlış birşeyler sızdırmış, Führer'i doldurmuş olmalıydı! Ya da Führer'le Heydrich'in bildiği, ama onun bilmediği birşeyler vardı!

Führer, kasılan tedirgin yüzlerden ses çıkmayınca amacına ulaştığından emin bir şekilde ses tonunu biraz indirerek ortamı yumuşatmaya çalıştı.

"Evet, baylar... Zaferimize tanık olduktan sonra söz konusu arkadaşlarımızın da bizi onaylayacağından eminim. Şimdi hepinize, içinde bazı talimatlar bulacağınız birer sayfa verilecek. Okuduklarınızı aklınızda tutacak ve kâğıtları hemen burada imha edeceksiniz. Gidin ve üstünüze düşen görevi onurunuza yakışır bir şekilde yapın!" dedi. Bu sözler, artık beklenen zamanın geldiğine dair en açık işaretti.

Çok kısa süren toplantı bitmişti. Herkes kendine verilen sayfayı belleğine yerleştirip parçalara bölerek yanan şöminenin içine attı ve liderlerini selamlayarak balo salonuna geri döndü. Arkada, kimsenin el sürmediği kitap raflarının köşesinde kımıldamadan bekleyen Heydrich, Himmler'in dikkatinden kaçmamıştı. Kendisini hiçe sayan bu iğrenç tilkiden, çıkarken hesap sormaya karar verdi.

Herkes çıktıktan sonra Heydrich bulunduğu yerden öne çıkıp selam verdi.

"Bir konuyu danışmak ve emirlerinizi almak için izin istiyorum, Yüce Führer'im."

Führer kaşlarını çatarak hayretle Heydrich'e baktı,

"Burası yeri mi sence, Heydrich? Konuklarım beni bekliyor."

"Acil bir karar vermemiz gerekiyor, Yüce Führer'im."

"Pekâlâ, seni dinliyorum. Çok kısa olsun. Umarım önemlidir."

"Türkiye Cumhuriyeti Büyükelçiliği bir Yahudinin cenazesiyle yakından ilgileniyor ve onu Türkiye'ye nakletmek için resmen izin istiyor!"

"Bir Yahudinin cenazesi mi? Ya? Kimmiş bu?"

"Deneylerimize engel olmaya çalışan Alman Vatandaşı bir doktordu. Gereken yapıldı, Yüce Führer'im. Ancak, aslında Türk Vatandaşı olan eşi İstanbul'dan gelerek cenazesini almak istedi."

"Ne önemi var, verip kurtulun. Daha iyi değil mi?"

"Bağışlayın Yüce Führer'im. Gerçi Yahudi Doktor, hak ettiği cezaya çarptırıldı. Ben de önce vermekten yanaydım. Böylece kutsal topraklarımız daha az kirlenmiş olacaktı. Ama sonradan, üzerinde gizli deneyler yapıldığı için vücudunda hâlâ izler taşıyan cesedin başkaları tarafından görülmesinde bazı sakıncalar olabilir diye düşündük. Nasıl bir deney üzerinde çalıştığımız ortaya çıkabileceği gibi hakkımızda da yanlış propaganda yapabilirlerdi."

"Demek öyle? Türkler neden bu cesetle ilgileniyor?"

"Aslında işleri başından aşkın Türk Büyükelçiliği'nin umurunda değil. Fakat Yahudinin eşiyle yakın arkadaş olan bir elçilik memuru işin içine girince durum değişti. Elçiliği devreye sokan da bu memur olmalı."

"Her neyse, beni basit şeylerle meşgul etme! Yani bütün işleri bırakıp bir cesetle mi ilgileneyim? Tabii ki ulusal çıkarlarımız her şeyden önce gelir, gereken neyse yapın!"

"Emredersiniz, efendim. Yalnız, sizin Türkler konusundaki hassasiyetiniz, bizim de hassas olmamızı gerektiriyor. Bu nedenle yüce izninizi almak istedim."

Hitler gözlerini kısarak Heydrich'e aşağılar gibi baktı.

"Bu konuda haklısın. Ufak tefek şeyleri gurur meselesi yapan duygusal insanlar bunlar! Ne yaparsanız yapın, ama çok ihtiyacım olduğu bir sırada Türkleri küstürmeyin Obergruppenführer! Yoksa o Yahudinin akıbetine uğrarsınız! Şimdi çabuk gidin, konuklarım beni bekliyor."

Heydrich ayaklarını çarparak, "Heil Führer'im!" diye bağırdı, kütüphaneyi terk etti. Güvenliğin başındaki adam fena halde bozulmuştu. Almanya'nın ideallerine, Adolf Hitler'den daha yararlı olduğuna inanıyordu.

***

Berta Belkıs kendi kendinden nefret ettiği hissine kapılıyor, hissettiklerinin gerçek olmaması için dualar ediyordu. Marlene'nin ikide bir imalı laflar çarptırmasına üzülüyor, Aral'a karşı arkadaşlığın dışında herhangi özel bir şey beslemediğine yemin ediyordu. Yüce Tanrı tanığıdır, sonsuza dek susan Albert onun tek aşkıydı ve öyle kalacaktı. Ama gel de Marlene'e anlat bunu!

Berta Belkıs kanepeye oturmuş, dirseklerini dizlerinin üstüne, avucunu da düşünceli bir şekilde çenesine dayamıştı. Sabahın erken saatiydi. Bugün Aral gelip onu alacak, elçiliğe götürecekti. Henüz daha çok zamanı vardı, ama sabırsızdı, elbiselerini giymiş, paltosuyla beresini yanına koymuştu.

Marlene, az pişirdiği yumurtaları seramik yumurtalıklara koyarak içeri girdiğinde Alex pencereye dalmış, dışarıyı seyrediyordu.

Marlene sıkıntılı bir şekilde,

"Berta hayatım, daha çok var, gitmeden önce birşeyler yemelisin," diye seslendi.

"Hiç iştahım yok, yemesem olmaz mı, Marlene?" diye kaçmaya çalıştı Berta.

"Kahvaltı yapmadan bu evden çıkamayacağını çok iyi biliyorsun. Hadi, mızıkçılık yapma da masaya gel!"

"Tamam, senden kurtuluş yok! Aral nerede kaldı acaba?"

"Gelecektir, tasalanma. Boş adam değil ya, işi gücü vardır."

Deminden beri elinde piposu, pencereyle salon arasında gidip gelen Alex, bir an kaşlarının altından şöyle bir baktı, sonra gelip masadaki yerine oturdu.

Marlene, yerinde duramayan kocasını merakla süzdü.

"Alex, bu sabah pek keyfin yok galiba. Bir sorun mu var?" diye sordu.

Kocası cevap vermedi. Sadece "hayır" der gibi kafasını salladı.

"Emin misin? Sen kahvaltıdan önce pipo içmezdin de! Ah, Berta'nın ayrılmasına üzülüyorsun! Tabii, nasıl anlamadım? Hayatım, ben de çok üzgünüm. Ama o burada, hâlâ Berlin'de. Birbirimizi yine göreceğiz, değil mi Berta?"

Berta Belkıs, hep hüzünlü bakan güzel gözlerini Marlene'e

çevirdi, kirpikleriyle onaylarken, "Marlene! Sen ne iyi dostsun!" diye düşündü tekrar.

Zil çalınca hepsinin yüreği kalktı. Alex, pipoyu tutan elinin titremesine engel olamadı. Her ikisi de birbirlerine "Hah, geldi işte!" dercesine bakan kadınlar son bir kez üst başlarını kontrol ederek heyecanla kapıya doğru yürüdüler. Kapıda fötr şapkalı, uzun pardösülü biri duruyordu.

"Doktor Alexandr Henz'in evi mi?" diye sordu yabancı.

Hepsinden önce kapıya koşan Berta Belkıs öndeydi. Yabancıyı görünce yerini Marlene'e vermek için telaşla geri çekildi.

"Ben Bayan Henz. Ne istemiştiniz?"

"Madam, Bayan Berta Belkıs Mars sizinle birlikte mi kalıyor?"

"Evet, neden sordunuz?"

"Kendisini görebilir miyim, Bayan Henz?"

Marlene kafasını çevirerek Berta'ya baktı, başını sallayıp ona yol verdi. Berta tekrar öne geçti, konuşmadan bekledi.

"Bayan Mars siz misiniz?" diye sordu adam, nezaketle.

"Evet," dedi Berta Belkıs. Sesinde korku vardı.

"Doktor Robert Mars'ın eşi Berta Belkıs Mars siz misiniz?" diye tekrar sorarak onay bekledi.

"Evet. Siz kimsiniz? Bunları neden soruyorsunuz?"

"Bayan Mars, ben İçişlerinden memur Eicke. Eşinizin cesedini teslim konusunda bazı belgeleri imzalamanız için sizi ofisimize götürme emri aldım. Benimle gelebilir misiniz?"

Berta Belkıs dönüp iri gözlerle Marlene'e baktı. Yüzündeki korku yerini şaşkınlığa, hatta çığlığa dönüşmemek için kendini zor tutan bir sevince bırakmıştı.

Marlene "Nihayet! Yola geldiniz sonunda!" diye mırıldansa da içinde tuhaf bir his vardı.

"Bir saniye bekler misiniz Memur Eicke?" diye seslendi, Berta Belkıs'ın ardından. Koridoru geriye dönüp Alex'in yanına gitti. Alex salonda, tekrar pencerenin önüne dikilmiş, sessizce dışarı bakıyordu.

"Alex?" diye seslendi Marlene.

"Efendim?"

"Alex, hayatım, adamın biri gelmiş, bazı belgeleri imzalaması için Berta'yı ofisine götürmek istiyor. Ne dersin?"

Alex dönüp karısına bakma gereği duymamıştı. Sesi boğuktu.

"Tabii, hayatım."

"Yani izin verelim mi?"

"Neden olmasın? Bizim isteğimiz de bu değil miydi?"

"Senin canın mı sıkkın, Alex?"

"Yoo, neden sordun?"

"Bilmem, bana öyle geldi de. Bugün üzerinde bir tuhaflık var senin. Neyse sonra konuşuruz. Ben Berta'yla beraber gidiyorum. Bay Tigin gelince ona bir kahve ikram et ve durumu anlat, bizi beklesin."

Alex telaşla karısına baktı.

"Bu resmi bir iş. Senin orada olman gerekmez," dedi. Sesi yine boğuktu.

Marlene kocasının sözlerine bir anlam veremedi. Mantosunu sırtına atarak hiçbir şey söylemeden tekrar kapıya gitti.

"Memur Eicke, mantolarımızı giymemiz için bize birkaç dakika verir misiniz?"

"Tabii, bayan. Burada bekliyorum."

Marlene, Berta Belkıs'ın kolundan tutarak içeri çekti.

"Hadi, Berta, mantonu giy. Ben de seninle geliyorum."

Berta Belkıs henüz şaşkınlığını atamamıştı.

"Duydun mu Marlene? Sonunda kabul ettiler," dedi sevinçle.

Marlene mutlu olmuş gibi görünse de tedirgin bir şekilde, "Göreceğiz," dedi.

"Marlene."

"Evet, güzelim?"

"Kahvaltını yapmadın ama! Benimle gelmek zorunda değilsin."

"Kahvaltının canı cehenneme! Hadi hazırlan, gidip şu belgeleri görelim."

Kruppsstrasse'den ana yola çıkarken uzun bir demir köprüden geçtiler. İri burunlu, ciddi biriydi Memur Eicke. Gerekmedikçe konuşmuyor, soğukluğu insanı rahatsız ediyordu. Mercedes'i ustalıkla kullandığını düşünen Marlene,

"Kuzeye mi gidiyoruz, Memur Eicke?" diye sordu.

"Şimdilik evet, Madam. Sonra Batı'ya, Albacks yoluna döneceğiz," diye cevapladı Memur Eicke.

Marlene'in bildiği kadarıyla güneye saptılar. Genç kızlığında buraya, önlerinde uzanan ağaçsız kırlara geldiğini, küçük bir gölün kıyısında okul arkadaşlarıyla piknik yaptığını hatırlıyordu. Kent dışına çıkıyorlardı. Evet, güneye giden karayoluydu bu!

"Memur Eicke?" diye sordu, elinde olmadan.

"Buyurun, madam?"

"İçişleri merkezde değil mi?"

"Evet, öyle."

"O halde neden kent dışına çıkıyoruz?"

"Kent dışına çıkmıyoruz. Biraz sonra merkeze döneceğiz."

"Bana pek öyle gelmedi!"

"Yanılıyorsunuz madam. İleride yol tamiratı olduğu için bu yolu kullanıyorum."

Berta Belkıs, Marlene'in kuşkuyla gerilen yüzünü görmekten uzaktı. "Seni almaya geliyorum, sevgilim! Özür dilerim, geç kaldım!" diye içinden geçirip şükran duaları ediyordu. Yüce Tanrı sonunda merhametini göstermiş, ona acımıştı!

Kısa bir süre sonra toprak bir yolu geçip gün ışığı almayan ormanlık bir alana girdiler. Marlene korkunun soğuk dokunuşunu hayatında ilk kez, o an yüreğinde hissetti.

***

Aral, ziline dokunduğu kapının hemen açıldığını görünce şaşırdı.

Alexandr Henz irileşmiş gözlerini ona dikmişti. Aral,

"Özür dilerim, Doktor Henz. Fazla geç kalmadım umarım," dedi.

Alexandr Henz gergin bir sesle ve sanki beklemediği birini görmenin verdiği şaşkınlıkla,

"Ah, siz miydiniz?" dedi. "Marlene sandım bir an."

"Eşiniz yok mu? Daha önceden haber verdiğim gibi Bayan Berta Belkıs Mars'ı almaya geldim. Sizce bir sakıncası yoksa."

"İkisi birlikte çıktı. İçeri gelmek ister misiniz?"

"Hayır, teşekkür ederim. Doktor Henz. Bayan Mars geleceğimi biliyordu, beni bekleyecekti. Ne zaman dönecekleri konusunda bir fikriniz var mı?"

"Ah, evet, geleceğinizi bize söyledi. Hatta valizini bile hazırladı."

"Yakın bir yere mi gittiler?"

"Hayır. Aslında söylemek istediğim şu. Sizden az önce İçişlerinden biri geldi. Cenazenin teslim evraklarını imzalamak üzere Berta Belkıs'ı ofisine davet etti. Marlene'le birlikte gittiler."

Aral kafasına bir şey düşmüş gibi garip bir sesle,

"Eyvah!" diye Türkçe bağırdı.

Alexandr Henz şaşırmıştı.

"Anlayamadım Bay Tigin, bir şey mi dediniz?"

"Doktor Henz! Nasıl biriydi bu?" diye sordu Almanca.

"Sivil bir görevli, bildiğimiz memurlardan. Arabasıyla gelmişti."

Başından aşağı kaynar sular dökülen Aral,

"Doktor Henz, korktuğum başıma geldi!" diye inledi. "Bu evde kaldığını nereden biliyorlar? Üstelik İçişleri, cenazeyi teslim etmek için bir adam ve bir araba göndermez! Gestapo veya SD'den biriydi bu! Keşke izin vermeseydiniz. Ona nasıl inandınız?"

Alexandr Henz kollarını iki yana açarak,

"Ne yapabilirdim ki, Bay Tigin!" dedi. "Karşımdaki resmi bir görevliydi. Kuşku duymayı gerektiren bir şey göremedim. Üstelik Marlene de yanında gitti. Sanırım birkaç saat sonra gelirler. İsterseniz içeri gelip bekleyin."

"Hayır! Sadece şey... Hayır, teşekkür ederim. Ben tekrar uğrarım."

Alexandr Henz dudaklarını bükerek,

"Siz bilirsiniz. Geldiğinizi söylerim," dedi ve gereksiz bir şekilde aceleyle kapıyı kapattı.

Aral kapının önünde bir an durakladı. Kaşlarını çattı, içindeki kuşkuyu dışarı atmanın bir yolunu arıyormuş gibi kafasını önüne indirdi. Tuhaflığın kokusunu solumak istemedi. Kuşkularında yanılmış olabilir miydi? "İnşallah öyledir!" diye umutlandı. Tek rahatlatan şey, Marlene'in de onunla birlikte olmasıydı.

Arabasını almadan kendini puslu sokaklara bıraktı.

Birkaç kez Henz'lerin evine giden Aral tam umudunu kesmiş geri dönerken sivil bir araba Marlene'i getirip evin kapısına bıraktı, hızla uzaklaştı. Olanları pencereden gören ve telaşla dışarıya çıkan Doktor Henz, bitkin görünen karısının yanına koştu. Marlene ayakta zor duruyordu. Kocasını ve hemen onun birkaç adım ardında duran Aral'ı tanımıyormuş gibiydi. Doktor Henz içeri taşımak için karısının koluna girerken yardım etmek isteyen Aral'a öfkeyle baktı.

"Bay Tigin, lütfen bizi yalnız bırakın!" dedi sert bir dille.

Aral onun tepkisine şaşırmıştı. Geri çekildi, hareketsiz kaldı.

Doktor Henz karısını içeri taşıyarak yatağına yatırdı, elbiselerini çıkarıp muayene ettikten sonra aceleyle hazırladığı şırıngayı Merlene'in kolundaki ince damara boşalttı. Uzun bir süreyi başında bekleyerek geçirdi. Birden dışarıdaki adam aklına geldi. Merakla pencereye gidip perdenin aralığından dışarı baktı. Berta'nın arkadaşı oradaydı. Elleri paltosunun cebinde, çiselemeye başlayan yağmurun altında arabasına sırtını dayamış bekliyordu. Doktor Henz kapının önüne çıktı, el sallayarak seslendi.

"Hey, Bay Tigin!"

Aral onu duymuştu. Kapıya doğru yürüdü, yanına geldi.
"Gittiğinizi sanıyordum," dedi Doktor Henz.

"Özür dilerim ama, neler olduğunu öğrenmeden gidemem."

"Demin söylediklerim için beni bağışlayın. İçeri gelip bir kahve içer misiniz? Üşümüş olmalısınız."

"Evet, biraz üşüdüm. Teklifinizi kabul etmek zorundayım."

Doktor Henz, saatlerdir sıcak tuttuğu kahveden bir fincan alıp getirdi, oturma odasındaki masanın üzerine koydu. Sonra sabırsızca bakınıp duran Aral'a,

"Marlene'i ve Berta'yı soracaksınız herhalde?" dedi. "Neler olduğunu tam bilmiyorum. Marlene sanki uyuşturulmuş gibiydi, konuşamadık. Onu rahatlatacak bir iğne yaptım. Sanırım birkaç saat sonra kendine gelir. Ancak o zaman neler olduğunu öğrenebileceğiz. Bay Tigin, kahvenizi için ve işinize dönün. Sizden rica ediyorum, evin önünde dolaşmayın lütfen. Birkaç saat sonra telefon ederseniz bildiklerimi size de anlatırım. Söz veriyorum."

"Tabii, Doktor Henz. Eşinizin iyi olduğuna sevindim."

"Umarım Berta da iyidir. Belki henüz işleri bitmedi. Ya da Marlene kendini iyi hissetmediği için evine erken gönderdiler."

"Uyuşturucu vererek mi, Doktor Henz?" diye sordu Aral. "İkimiz de gördük, Bayan Henz'i yarı baygın kapının önüne atarak hiçbir şey izah etmeden hızla uzaklaştılar. Berta Belkıs onların elinde Doktor Henz! Kimbilir nereye götürdüler? Ama kocasına yaptıklarını ona yapmalarına izin vermeyeceğim! Gerekirse bütün Almanya'yı ayağa kaldırırım!"

"Bunu neden yapsınlar ki? Belki de tahmininizde yanılıyorsunuzdur."

"Umarım öyledir. Beni içeri aldığınız için teşekkürler," dedi Aral, ayağa kalkarak. "Şimdilik gidiyorum. İki-üç saat sonra sizi ararım. Marlene'e geçmiş olsun dileklerimi ve saygılarımı iletin lütfen."

"Söylerim. Sizi yolcu edeyim."

"Gerek yok. Yolu biliyorum. Siz Marlene'le ilgilenin."

Elçiliğin üç arabasından birini almış, çabuk döneceğini söylemişti. Arabayı teslim etmeliydi, her an lazım olabilirdi. Ani bir kararla düşündüğünü yaptı. Sonra kimseye görünmeden bir taksiye atlayıp geri döndü. Henz'lerin evinden fazla uzaklaşmak istemiyordu. Yağmur şimdilik durmuştu. Daha önce Belkıs'la birlikte yürüdüğü Hardenberg caddesine çıkarak yüzünü yalayan ıslak soğuğa rağmen bir süre sokaklarda dolaştı, düşünmeye çalıştı. Tabelası eğilmiş bir bar görünce içeri girdi. Hem vakit geçirmek hem de bir kadeh içkiyle sakinleşmek iyi gelebilirdi. İçeride masalarla uğraşan yaşlı bir adamla barın arkasında bardakları dizmekle meşgul iri yarı, şişman bir barmenden başka kimse yoktu. Barmen, pek gözünün tutmadığı müşterinin bar taburesine oturmasını bekledikten sonra,

"Ne içersiniz?" diye kayıtsızca sordu.

"Sert bir şeyiniz var mı?"

"Sert olarak elimizde sadece kanyak var!"

"Fark etmez, onu verin."

Garson başıyla onayladı, raftaki kanyak şişelerinden birini kaparak doldurduğu kadehi önüne itti.

Aslında içkiye alışık değildi. Bazı önemli yemeklerde sadece şarap içmişti. Üstelik sabahtan beri bir şey yememişti. Şişeden doldurup bir solukta kafasına diktiği bardaktan boş midesine inen kanyak önce boğazını, sonra boş midesini yaktı, yüzünü buruşturdu. Belkıs'ı ve olanları düşünürken giderek içinde kabaran endişe kalbini sıkıştırmaya başladı. Sabahleyin geç kaldığı için kendi kendini affedemiyordu. Korktuğu başına gelmişti işte! Aşağılık herifler ondan önce davranmışlardı! Kimbilir neredeydi şimdi? Bunu öğrenmenin tek yolu Marlene'di, fakat onun kendine gelmesini beklemek zorundaydı. Kocasının cesedini ısrarla isteyen Yahudi kadını susturmaya çalışacaklarına emindi. Fakat baştan beri yanıtını bulamadığı şey, basit bir cesedi neden kimseye göstermedikleri, neden eşine vermekten kaçınmalarıydı. Onları korkutan neydi? Acaba,

Doktor Mars'ın cesedinde göstermek istemedikleri bir şey mi vardı? Alex kemik kırıkları ve morartılar görmüştü. İşkence gördüğü apaçık ortadaydı, ama neden sadece bu olamazdı. Sakladıkları başka bir şey vardı mutlaka!

Aklına Büyükelçi'yle birlikte çıkacağı yolculuk gelince kalbinin atışları daha da hızlandı. Ne olursa olsun, Belkıs'ı bulmadan hiçbir yere gidemeyeceğini hissediyor, hatta biliyordu. İstifa etmesi gerekse bile artık Berlin'den ayrılamazdı.

Hafifçe başı dönse de aldırmadı. Barmene işaret ederek kadehini tekrar doldurmasını istedi. Dertli insanlara alışık deneyimli barmen, kanyağı bira gibi içen bu adama da şaşırmadı. Kadehi yeniden doldurmak yerine şişeyi önüne koydu. Aral, önündeki şişeye şöyle bir baktı, sonra "Neden olmasın?" der gibi omuzlarını kaldırdı, şişeye uzandı.

Saatine baktı. Telefon etmek için ayağa kalkarken sendelemeye, başı iyice dönmeye başlamıştı. Garsonun gösterdiği duvara asılı telefona güçlükle ulaştı. Artık ezberlediği numarayı dikkatle çevirmeye çalıştı. Dakikalarca çalan zile kimse cevap vermedi. Ahizeyi yerine koyup tekrar kaldırdı, numarayı bir kez daha çevirdi. Yine karşılıksız çaldı zil. Paniğe kapıldı birden.

Aral'ın verdiği parayı alan barmen kemerine asılı çantasını açarak paranın üstünü vermek için hazırlandı, tam uzatmak üzereyken onun hızla uzaklaştığını gördü. " Bana ne!" der gibi bozukları çantasına atarak tekrar işine döndü.

Ev sağır ve dilsizdi. Aral kapıyı yumrukladı, ama açan olmadı. Başının daha çok döndüğünü hissetti, bir elini kapının yanındaki duvara dayayıp öne eğildi, kusmaya çalıştı, ama boş midesinde kusacak bir şey yoktu, ağzından biraz acı su çıktı sadece. Kendini toparlamaya çalıştıysa da başaramadı. Çevresindeki her şey kafasının içinde döndü, ıslak eşiğe yığılıp kaldı.

Korkunç baş ağrılarıyla kendine geldiğinde Alex'i yanı başında gördü. Kanepeye yatırılmış, alnına küçük bir buz torbası konmuştu.

"Bay Tigin, kendinize ne yaptınız böyle?" diye sordu Alex.

Aral kızarmış boş bakışlarını tavandan kaydırarak ona çevirdi.

"Neredeyim ben?" diye sordu.

"Benim evimdesiniz," diye izah etti Alex. "Bir kova dolusu içki içmiş olmalısınız! Ağzınız leş gibi kokuyor. Kapının önünde sızıp kalmışsınız."

"Öyle mi? Hiç hatırlamıyorum!"

Aral, kafasındaki torbayı bir kenara koyup güçlükle doğrulurken Alex,

"Bu halinizle berbat görünüyorsunuz," diye konuştu, sıkıntıyla. "En iyisi gidip size koyu bir kahve getireyim."

Alex mutfağa giderek kahve hazırladı, getirip onun eline sıkıştırdı. Hâlâ boş gözlerle bakan Aral, bunları aceleci bir sıkıntıyla yapan Alex'in "Hadi kendine gel de bir önce çek git!" demek istediğini anlayacak durumda değildi. Kahveden bir yudum alırken,

"Teşekkür ederim," dedi peltek bir dille.

"Önemli değil. Birazdan kendinize gelirsiniz," dedi Alex, karşısındaki koltuğa çökerken.

"Bayan Henz iyi mi?" diye sordu Aral, Belkıs'ı unutmuş gibi.

Yüzünün şekli bir anda değişen Alex, cansız bir sesle, "Kendinde değil!" diye söylendi ve beklenmedik bir şekilde az önce oturduğu koltuktan kalktı, pencerenin önüne giderek kollarını göğsünde birleştirdi, perdenin aralığından dışarı bakmaya başladı.

"Sizi rahatsız ettiğimi biliyorum," diye özür diledi Aral. "Defalarca telefon ettim, cevap alamayınca buraya geldim."

Göğsündeki kollarını çözmeden dönüp ona bakan Alex'in dudakları, söylemek isteyip de söyleyemediği bir şey varmış gibi bir kasılıp bir gevşedi. Sonunda kollarını çözüp ellerini pantolonun ceplerine sokarken bakışlarını da Aral'a dikti.

"Telefona cevap alamazdınız. Çünkü Marlene'i uyuttuktan sonra ben de dışarı çıktım," dedi, sonra "Size bir açıklamada bulunmak istiyorum. Bir özür de olabilir..." diye ekledi.

Bu sözlere anlam veremeyen Aral, onun kararsız dudaklarından çıkacak diğer kelimeleri bekledi.

"Ne yazık ki kuşkularınızda haklıydınız ve olanları başkaları da biliyordu!" diye devam etti öteki.

"Başkaları mı? Neden bahsettiğinizi anlayamadım!"

"Nasıl anlatacağımı bilmiyorum. Berta'nın her gün ne yaptığı, nereye gittiği, kimlerle görüştüğü gibi şeyler... Hepsini biliyorlardı!"

"Kimler, Doktor Henz?"

"Kim olduklarını tahmin edebilirsiniz!"

Ağzı bir karış açılan Aral, ayakta dikilen Alex'e bakakaldı. Onun ne demek istediğini aşağı yukarı anlamıştı.

"İşin içinde siz de mi vardınız, Doktor Henz?" diye sordu.

Doktor Henz soruya yanıt vermedi. Yüzünü kaçırmak için pencereye dönerken,

"Böyle olacağını bilemezdim," dedi. "Sadece basit bilgiler istediler benden. Vermediğim takdirde başımızın derde gireceğini söylediler. Özellikle Marlene için!"

"Eşinizin haberi var mıydı?"

"Hayır, hiçbir şey bilmiyor."

"Anlıyorum... O halde, bu sabah Berta'yı alıp elçiliğe götüreceğimi de söylediniz onlara, değil mi?"

"Üzgünüm, böyle olmaması gerekiyordu! Berta'yı götüreceklerini bilseydim..."

Aral tamamen kendine gelmişti. Kafasındaki ağrı daha da artmıştı ve bu kez içkiden değildi. Güçlükle ayağa kalktı. İğrenç bir şeye bakıyormuş gibi yüzünü buruşturarak Alex'i süzdü.

"Ya ne olmasını bekliyordunuz?" diye sertçe onun sözünü kesti. "Siz, bir dostunuza ihanet etmişsiniz, Doktor Henz! Berta'yı kendi elinizle teslim etmişsiniz!"

Alex geri dönmeden kısık bir sesle,

"Beni tehdit ettiler! Tek isteğim Marlene'i korumaktı!" dedi yutkunarak, suçunu bağışlatmak istermişçesine.

"Şüphesiz, karınızı koruyacaktınız!" diye onayladı Aral, alayla gülümseyerek. "Hiç olmazsa, Berta'yı kimlerin götürdüğünü söyleyin. İçinizde biraz olsun iyilik kalmıştır herhalde?"

Alex geri döndü, Aral'la yüz yüze geldi. Gözbebekleri küçülmüş, suratı bembeyaz olmuştu.

***

O kadar olaydan sonra Aral'ın istifa mektubunu elinde tutan Konsolos Bey çılgına dönmüştü. İşte bundan korkuyordu! Aptal çocuk duygularını yenememişti, kendini ve geleceğini sokağa atıyordu!

Obergruppenführer Heydrich'in sözlü şikâyetinin Büyükelçiliğe ulaşmasından iki gün sonraydı. Bizzat Büyükelçi'yle konuşan Heydrich, elçiliğe mensup Aral Tigin isimli bir memurun RSHA binasında olay yarattığını, birimin asla ilgisi ve haberi olmadığı kayıp bir kadın konusunda RSHA'yı suçlayarak tehdit ettiğini bildirmiş, temayüllere uymayan bu davranışı, henüz üst makamlara bildirmediklerini, her iki ulusun da eskiye dayalı sarsılmaz dostluğunun hatırı için örtbas ettiklerini ve nihayet tekrarlanmayacağını umduklarını eklemişti. Büyükelçi ertesi sabah Türkiye'ye uçacaktı, kafası karışıktı. Elçilik adına Heydrich'ten özür diledi, ilgili memur hakkında derhal soruşturma açılacağını, böylesine müessif bir olayın ise bir daha tekrarlanmayacağı garantisini vererek telefonu kapattı ve kapıdaki memuruna, Aral'ı odasına getirmelerini emretti. Büyükelçi boşuna bekledi. Aral hiçbir yerde yoktu. Ertesi sabah, yanına başka birini alarak uçağa bindi, Türkiye'ye gitti.

Konsolos Bey'i çileden çıkaran bu değildi. Günlerdir ortalarda görünmeyen Aral, nihayet elçiliğe dönerek odasına kapanmıştı. Memurunun döndüğü haberini alıp asık bir suratla kapısına dayanan ve "Sen kendini ne sanıyorsun, aptal! Neler yaptığının farkında mısın?" diye bağıran Konsolos Bey'e, görmeyen bakışlarla bakmış, hazırladığı istifa mektubunu uzatarak taş gibi sessiz kalmıştı.

Konsolos Bey durumun ciddi olduğunu görünce ses tonunu indirdi.

"Kendinde olmadığın belli. Toparlanınca yanıma gel," diyerek odadan çıktı.

Birkaç kez daha haber göndererek odasına çağırdıktan sonra karşısına dikilen hayalet adamı daha dikkatle inceledi. Sonra, birden şaşırtıcı biçimde eski babacan tavrına döndü.

"Bu durumda müstafi addedilmene rağmen erken bir karar vermek istemiyorum ve istifanı kabul etmiyorum," dedi yumuşak bir sesle. "Sayın Büyükelçi Türkiye'den dönünceye kadar bekleyeceğiz. Senin hakkındaki kararı kendisi verecek. Ve yine Sayın Büyükelçi dönünceye kadar buralardan uzaklaşmaman kaydıyla sana mecburi izin veriyorum. Dilerim kendini toparlarsın. Aksi halde yardım edemem artık!"

Konsolos Bey, bu genç adamın kovulmasını ya da istifasını kabul etmek istemiyordu. Onun bir kadına âşık olmasını ve aptalca şeyler yapmasını engelleyememişti belki, ama sırf bu yüzden geleceğini tehlikeye atmasına gönlü razı değildi.

Aral odadan çıkar çıkmaz yazıcısını çağırarak Alman Dışişleri Müsteşarlığı'na yazdırdığı resmi mektubunda şöyle diyordu:

> "Sayın Müsteşar,
>
> Emin kaynaklardan alınan bilgilere göre Türkiye Cumhuriyeti vatandaşı Bayan Berta Belkıs Mars'ın üç günden beri kayıp olduğu tespit edilmiştir. Söz konusu vatandaşımızın hayatından endişe etmekteyiz. Olayın hassasiyeti nedeniyle ivedi davranılması ve vatandaşımızın mutlak surette bulunarak elçiliğimize teslim edilmesini arzu etmekteyiz. Değerli zamanınızı ayırmak suretiyle arzumuz lehine davranacağınıza en ufak bir şüphemiz yoktur.
>
> Yüksek Makamınıza ve bilgilerinize arzederiz."

Altına elçilik vekili olduğunu beyanla ünvanını yazdırıp kaşe ve imzasını attıktan sonra mektubun resmi kayıtlara geçirilerek derhal ve bizzat elden teslim edilmesini emretti.

Sonra, ellerini başının arkasında kenetleyerek koltuğunda geriye yaslandı. Temayüllere uymayan sert bir mektup yazdığının farkındaydı. Aslında, sevdiği bir memura arka çıkmanın ötesinde, içini rahatsız eden o kemirgen duygudan kurtulmak istiyordu. Aral'ın yaşamını alt üst etse bile, bir vatandaşı kayıptı ve geç kalınmıştı. Bunun sorumlusu da işin önemini fark edemeyen, genç memurunun uyarısına kulak asmayan kendisiydi!

Ne yapabileceğini bilemiyordu. Adolf Hitler'in ya da Himmler'in özel bir kararı yoksa Dışişleri Müsteşarı'nın, İçişleri dâhil hiçbir güvenlik birimine söz geçiremediğini herkes biliyordu. Ama resmen başvurabileceği başka bir yer de yoktu. Son çare Führer'in bizzat kendisi olabilirdi ki bunu da ancak bir Büyükelçi yapabilirdi.

***

Aral ayaklarını zorlayarak bedenini otobüs durağına zor attı. İki durak değiştirdikten sonra kendini RSHA Merkezi'nin önünde buldu. Bahçe kapısının önünde kımıldamadan duran silahlı iki asker ve onlarla şakalaşan sivil bir görevli vardı. Sivil olanı, onun karargâha yaklaştığını görünce önünü kesti.

"Yardımcı olabilir miyim, bayım?" diye sordu.

Ellerini, bir yakası eğrilmiş paltosunun ceplerinden çıkarmayan Aral, kuru bir sesle,

"Şefinizi görmek istiyorum," diye cevapladı.

Sivil memur, mükemmel Almanca konuşsa bile bir yabancı olduğu belli olan bu genç adamı dikkatle inceledikten sonra,

"Kim görmek istiyor, bayım?" diye yeni bir soru sordu.

Aral elçilik kimliğini çıkararak gösterdi.

"Adım bu işte. Şimdi bana izin verin, şefinizi görmem gerekiyor!"

"Randevunuz var mıydı, Bay Tigin?"

"Hayır, randevuya ihtiyacım yok. Beni şefinize götürür müsünüz lütfen?"

"Hangi şefimizle görüşmek istiyorsunuz?"

"RSHA'nın şefiyle."

"Hımm, pekâlâ," dedi sivil memur. "Kollarınızı kaldırır mısınız?"

Aral, üstünü aramaları için kollarını kaldırdı.

Arama bittikten sonra birbirlerinin ardı sıra yürüyerek büyük bir kapıdan içeri, geniş ve kalabalık bir hole girdiler. Merkezin içi dışından daha görkemliydi. Barok sütunların oturduğu mermer holü geçip sağda, sade döşenmiş, iki masası ve birkaç sandalyesi olan boş bir odaya girdiler.

Sivil memur sandalyelerden birini işaret ederek,

"Sizi bir kaç saniye yalnız bırakacağım. Şimdi dönerim," dedi.

Aral'ın oturmasını bekledikten sonra kapıyı ardından kapatarak dışarı çıktı.

Birkaç dakika geçmemişti ki kapı tekrar açıldı, oldukça kısa boylu, kemikleri görünen zayıf suratlı biri girdi içeri. Yanında, koruma olduğu belli iri yarı bir başkası daha vardı. Zayıf olanı elini uzatarak, ayağa kalkan Aral'ın elini sıktı, boş masanın ardına geçti. Son derece nazikti.

"Bay Tigin, size nasıl yardımcı olabilirim?"

"Kapıdaki arkadaşınıza da söyledim, şefinizi görmek istiyorum."

"Hangi şefimizi? Burada birkaç tane şef var da?"

"Reinhard Heydrich! Onu görmek istiyorum!"

"Hangi konuda, Bay Tigin? Buraya resmi bir görevle mi geldiniz?"

"Hayır, buraya şahsi geldim."

"Randevunuz olmadığını söylemişsiniz. Obergruppenführer

son derece meşgul biridir. Özel konularla ilgileneceğini sanmam. Konuyu bize anlatırsanız size yardımcı olabiliriz."

Aral'ın suratı kaskatı kesilmeye başlamış, sinirleri iyice gerilmişti. Karşısındaki bu çelimsiz ukalaya ters ters baktı. Kendini kaybetmeden sinirli bir şekilde,

"Onu görmem gerekiyor! Bu konu sadece ikimizin arasında!" dedi ısrarla.

Köşede, ellerini önünde kavuşturmuş bir halde bekleyen iri yarı koruma ile çelimsiz adam hayretle Aral'a baktılar. Bir an düşünen ufak tefek adam nezaketini bozmadan,

"Demek ısrar ediyorsunuz?" diye sordu ve cevabını beklemeden ayağa kalktı. "Beni burada bekleyin, bayım. Bakalım ne kadar şanslısınız?"

Aral karşısındaki korumayla birlikte epey beklemek zorunda kaldı. Neleri doğru, neleri yanlış yaptığının ayrımına varamadığı o karmaşık, o zehir gibi düşünce damarlarında dolaşıyor, saatlerdir kendini toparlayamıyordu. Arkadaşını ele veren ve onu Almanlara teslim eden Doktor Henz'e kızamamıştı. Marlene'e her ne olduysa, ona bile üzülememişti. Berta Belkıs Mars! Bu isim, anlamsız karanlık dünyasını aydınlatan inanılmaz bir ışık seli gibi girmişti yaşamına. Altında yıkanmak istediği bu seli durdurmaya, yok etmeye çalışıyorlardı! Belkıs'ı kollarının arasında tutamayacaksa, en küçük hücresini bile ayağa kaldıran o bakışlarını bir daha göremeyecekse ve sonunda dünyası tekrar karanlığa gömülecekse, onu da tutuklasınlar ya da bir köşede ölüme terk etsinler, ne fark ederdi!

Ufak tefek adam aniden içeri girerek Aral'a,

"Şanslı gününüzdeymişsiniz, Bay Tigin," dedi gülümseyerek. "Obergruppenführer sizi kabul edecek. Lütfen beni takip edin."

Birlikte tekrar hole çıktılar. Resmi üniformalıların, sivil adamların arasından geçerek halı döşeli, parlak tırabzanlı merdivenlerden yukarı tırmandılar. Onu, büyük bir odaya aldılar. Pahalı antika eşyalarla, nadir bulunan çiçeklerle donanmış odanın ortasındaki maun masanın arkasında sivil giysileriyle şişman bir adam oturuyordu. Sırtı, boydan boya uzanan kalın perdeli pencerelere dönüktü. Karanlıkta kalan yüzü pek iyi seçilemiyordu. Katı, ama insanı rahatsız etmeyen bir sesle,

"Benimle karşılıklı görüşmek istemiş ve bunda ısrar etmişsiniz, Bay Tigin. Sizin için önemli olan bu konu, dileyelim benim de ilgimi çeksin. Aksi halde zamanımı boşa harcamış olacaksınız. Ki bu benim pek hoşuma gitmez. Evet, sizi dinliyorum," dedi.

Obergruppenführer Heydrich bunları söylerken yerinden kımıldamamıştı.

Aral, yanında sessizce bekleyen ufak tefek adama baktı bir an, sonra Heydrich'e döndü, tehdit eden kuru bir tonla,

"Nedensiz yere tutukladığınız masum vatandaşımız Bayan Berta Belkıs Mars'ı serbest bırakmanızı istemeye geldim, Obergruppenführer!" dedi.

Bu sözler Heydrich'in masasına bir bomba gibi düştü. Masanın arkasındaki adam bir süre sesini çıkarmadı. Neden sonra sert bir sesle,

"Berta Belkıs Mars mı? Kimmiş o?"

"Kim olduğunu gayet iyi bildiğinize eminim, Obergruppenführer! Onu buralarda bir yerde tuttuğunuzu biliyorum! Bir Türk vatandaşına bunu yapmaya hakkınız yok!"

Masanın arkasındaki adam soğukkanlılığını bozmuştu. Ama yine de oturduğu yerden kalkmadı. Sadece ellerini yumruk yaparak,

"Küstahlaşmayın!" diye bağırdı. "Buraya resmi bir sıfatla gelmediğinize göre sizi Alman makamlarına hakaretten tutuklayabilirim. Ama bunu şimdilik yapmayacağım. Aklınızın başınızda olmadığı belli. Söylediğiniz kişiye gelince, böyle birini tanımıyorum. Burada olsaydı benim mutlaka haberim olurdu. Şimdi, fikrimi değiştirmeden bu odayı terk edin ve bir daha buraya gelmeyin sakın!"

"Obergruppenführer, söylediğinize kendiniz de inanmıyorsunuz!"

Aral sözünü tamamlayamadı. Heydrich aniden ayağa kalkarak ufak tefek adama döndü.

"Bu sersemi dışarı atın!" diye bağırdı.

Birden kapı açıldı, az önceki iri yarı Alman içeri girerek iri pençeleriyle Aral'ın koluna yapıştı, onu kapıya doğru sürükledi.

Herkes çıktıktan sonra odaya açılan başka bir kapı açıldı. Heydrich denen adam o tarafa döndü. Ayaklarını çarparak elini havaya kaldırdı,

"Durumu arz etmek isterim, Obergruppenführer!" dedi.

Yeni gelen sıkı bir kahkaha attı. Masanın arkasında ki adamın saygıyla terk ettiği koltuğa geçip otururken,

"Biliyorum, biliyorum, gerek yok," diye konuştu, gülmesini sürdürerek. "Hepsini gördüm ve duydum. Seni tiyatroya göndermek lazım, dostum. Benden daha iyi Heydrich oldun! Şimdi gidebilirsin."

Adam çıkar çıkmaz Obergruppenführer Heydrich telefona sarılıp Türk Büyükelçisi'ni aradı. Kafasında tilkiler dolaşıyordu.

***

Aral, otelde sızıp kalmıştı. Sabah saat on birden önce uyanamadı. Başındaki basınç, midesindeki kramplar bir süreliğine kaybolmuş gibiydi. Karnının aç olduğunu hissedince kalkıp tıraş oldu, duş aldı. Odadan çıkıp lobiye indi. Bir sokak arasında, beş-on odalı küçük bir oteldi burası. Birkaç gündür burada kalıyordu. Konsolos Bey'in ısrarlarına rağmen ne elçiliğe dönmüş, ne de kendi evine gitmişti. Kaçmaya çalıştığı kötü düşler yakasını bırakmamış, her geceyi dar etmişti.

Oteli işleten orta yaşlı kadının dindar olduğu, işlem yaptığı ufak bankonun hemen yanındaki duvara astığı kocaman haçtan belliydi. Haçın altındaki yüksek komodine bir Meryem Ana heykelciği koymuştu. Koyu kumral saçları artık eski canlılığını yitirmişti belki, ama hafif çizgilerin yerleştiği yüzünde genç kızlığından kalma güzelliği hâlâ varlığını sürdürüyordu. Birkaç gündür otelinde kalan içine kapanık yabancının, kahverengi halıyla kaplanmış ahşap merdivenlerden indiğini görünce saçlarını şöyle bir düzeltip toparlandı. Onun bir elçilik mensubu olduğunu kimliğinden biliyordu. Yabancılara karşı her zaman kayıtsız kalsa bile nedense bu adam ilgisini çekmiş, hatta birkaç kez sohbet etmeyi düşünmüş, fakat ortamını yakalayamamıştı.

Bankonun önüne gelen Aral,

"Madam, bir kahvaltı yapma şansım var mı?" diye sordu.

"Benim adım Hedi, Bay Tigin. Söylediğimi hatırlıyorum."

"Ah, özür dilerim Bayan Hedi. Biraz dalgınım da."

"Tabii ki var, bayım. Kendi ellerimle hazırlarım. Arzu ederseniz taze kahvem de var."

"Size minnettar kalırım. Ben masada bekleyeceğim."

Otelin beş-altı masa alan ufak lobisi, sokaktakilere de servis yapacak şekilde düzenlenmiş, dışarıya, bunu belirten bir tabela asmışlardı. Aral temiz örtülü masasında fazla beklemedi. Bayan Hedi, elindeki tepsiyi masaya koyarken,

"Kusura bakmayın. Yardımcım bugün izinli, işler bana kaldı," dedi.

"Size zahmet verdim, Bayan Hedi. Bilseydim..."

"Yapmayın lütfen. Benim için zevkti. Üstelik sizi ilk kez kahvaltı yaparken görüyorum."

"Evet, Bayan. Nedense bu sabah aç olduğumu hissettim."

"Size afiyet olsun. Kahvenizi şimdi getiriyorum."

Gerçekten günlerdir ilk kez kahvaltı yapıyordu. Kadıncağızın getirdiği peyniri, hindi jambonu ve salatayı çabucak bitirdi. Kahvaltısında hep çayı tercih ederdi, ama o sabah kahveyle yetindi. Gözlerinin ucuyla otelci kadını izledi. İyi biri olduğuna karar verdi. Tüm güçlüklere karşın temel duyguları sarsılmamış dürüst insanların içtenliği vardı üzerinde.

Bayan Hedi, genç adamın kahvaltısını bitirdiğini görünce tepsiyi almak için o tarafa yöneldi. Tam almak için uzanırken Aral birden atıldı,

"Bayan Hedi, vaktiniz varsa ve sakıncası yoksa biraz konuşabilir miyiz?" diye sordu.

Kadın soruyu anlayamamış gibi kaldı bir an. Sonra, birkaç kez düşünüp vazgeçtiği sohbeti yakalamanın verdiği istekle,

"Hiçbir sakıncası yok, Bay Tigin," diye cevapladı. "Zaten şu anda başka müşterim de yok. İzin verirseniz, şu tepsiyi bırakıp geleyim."

Sakin bir şekilde tepsiyi mutfağına bırakıp geldi, genç adamın karşısına oturdu.

Aral boğazını temizlemeden, kekelemeden girdi konuya.

"Bayan Hedi, ben Türk Büyükelçiliği'nde görevliyim ve çok önemli bir sorunum var. Ne yapacağımı bilemiyorum. Size akıl danışmak istesem, bana yardım eder misiniz?"

"Pek akıllı biri değilim. Ama elimden bir şey gelirse, memnuniyetle yaparım."

"Beni tuhaf bulduğunuza eminim."

"Bunu gizlemeyeceğim. Dün gece perişan halde geldiniz. Odanıza kapanıp dışarı çıkmıyorsunuz. Bir derdiniz olduğu belli. Bir kadından akıl istediğinize göre bunun işinizle bir ilgisi yok. Sorun nedir, Bay Tigin, birine âşık mı oldunuz? Erkeklerin çözemediği en önemli sorun bu olmalı bence."

Aral başını salladı, onayladı.

"Bir Alman mı?" diye başka bir soru geldi Bayan Hedi'den.

Aral başıyla "hayır" dedi. Bayan Hedi, "Ee, kim peki?" diye sorarcasına ellerini iki yana açtı.

"Siz de bir Almansınız, hoşunuza gitmeyebilir," dedi Aral. "Benim ülkemden birine, Yahudi bir bayana âşık oldum."

"Almanlar konusunda biraz önyargılı gibisiniz, Bay Tigin. Yahudi olması sadece politikacıları ilgilendirir, beni değil!" diye sitemle yanıtladı Bayan Hedi.

"Çok açık konuşuyorsunuz. Özür dilerim, sanırım konuya yanlış girdim."

"Bazen, ben de açık konuşmakta zorlanırım. Her neyse, sorunuza dönelim. Bu bayan sizinle beraber olmak istemiyor mu?"

Kadının rahatlığı Aral'ı de rahatlatmıştı.

"Hayır, sorun o değil. Özür dilerim, size bir aşktan bahsetmek istemiyorum. Sadece nasıl başlayacağımı bilemiyorum. Bu kadının kocası Yahudi asıllı Alman vatandaşı bir doktordu ve şu anda izah edemeyeceğim nedenler yüzünden öldü. Daha doğrusu birileri tarafından öldürüldü. Kocasının cesedini almaya gelen karısını ise tutuklayıp götürdüler. Büyük bir ihtimalle aynı kişilerdir. Sadece Gizli Servisten olduklarını biliyorum."

"Gizli Servis mi? Onlar işin içinde olduğuna göre ciddi bir şey demektir. Neden tutuklamışlar peki?"

"Kimse bilmiyor. Zaten Yahudi olması yeterli bir neden."

Bayan Hedi, yılların kırıştırmakta zorlandığı alnını çizgi çizgi yaparak Aral'a baktı. Devam etmesini bekliyordu. Yüzünde, insanı heyecanlandırmayan sıradan bir hikâye dinlermiş gibi sakin bir ifade vardı.

"Bayan Hedi, ben ne yapmalıyım?" diye sorarak devam etti Aral. "Kafam öylesine karışık ki! Bu konuyu kimseyle konuşamıyorum."

"Bu günlerde böyle şeyler çok sık oluyor. Yöneticilere başvurdunuz mu?"

"Evet. Her şeyi denedim. Dün RSHA'nın merkez binasına gittim. İlgileri olmadığını söyleyip beni kovdular."

Bayan Hedi birden doğruldu.

"Kadının çocuğu var mı?"

"Evet, küçük bir kızı var. Şu anda İstanbul'da."

"Herr Tigin, size bir kahve daha ikram edebilir miyim? Ben de içeceğim."

"Çok incesiniz. Zahmet olmazsa eğer..."

Bayan Hedi, ince bedeniyle mutfağa gidip acele etmeden kahve yaptı. Doğrusu, canı kahve istememiş, sadece bir an olsun düşünme gereğini hissetmişti. Sonra küçük bir tepsiyle geri geldi,

Aral'ın karşısına oturdu tekrar.

"Sizin yapabileceğiniz pek bir şey yok," dedi kararlılıkla. "Korkarım size akıl verecek durumda değilim."

"Führer'e çıkmayı bile düşündüm."

"Belki. Ama onunla görüşmek imkânsız gibi bir şeydir. Elçiliğinizi devreye sokup görüşmeyi başarsanız bile sizin kişisel sorununuzla ilgilenmeyecektir. Bakın ne diyeceğim. Kızım, SS generallerinden birinin ofisinde sekreter olarak çalışıyor. Ne yapabileceğini bilmiyorum. Ancak, belki işinize yarar birşeyler bulabilir. Bir bilgi, bir haber, ne dersiniz?"

Aral'ın gözlerine ışık geldi birden. Gökten inerek elini uzatan bir meleğe benzeyen kadına minnettarlıkla baktı.

"Ne kadar iyisiniz," dedi içtenlikle. "Gerçekten bunu yapar mısınız?"

"Galiba yaparım. Üstelik neden yaptığımı bilmeden yaparım. Bir denemekten zarar gelmez. Sizi rahatlatmaktan çok günahsız bir çocuğun annesiz kalmasını engellerim belki! Neyse, ben işime döneyim. Size haber veririm."

Aral Bayan Hedi'yle birlikte ayağa kalktı, onun elini alıp dudaklarına götürdü.

"Size nasıl teşekkür edeceğimi bilemiyorum," dedi sevinçle.

"Acele etmeyin, söz vermedim. Sadece deneyeceğimi söyledim. Tanrı yardımcınız olsun."

"Teşekkür ederim, Bayan Hedi. Bana değer verdiniz, çekinmeden konuştunuz ve zorunlu olmadığınız halde tanımadığınız bir kadına yardım etmeyi teklif ettiniz. Çok iyi birisiniz. Gerçekten teşekkür edebilmeyi çok isterdim."

Bayan Hedi arkasını dönüp yürümeden önce "Önemli değil!" der gibi elini salladı. Yine de attığı adımlar, bir işe yaramış olmanın kişisel gururunu kimseye göstermeden, kendi kendine yaşamak ister gibiydi. Onun ardından yürüyen Aral, bankonun üzerine kahvaltı ücretini bırakırken ve otelin çiçek dekorlu siyah demir kapısını ardından yavaşça kapatırken içindeki umudun giderek sevince dönüştüğünü hissediyordu.

***

Gestapo şefi Müller, etiketini hep gizli tuttuğu İngiliz kumaşlı ceketinin özenle dikilmiş omuzlarını övünçle biraz daha yukarı kaldırdı. Heyderich'e reddedemeyeceği bir akıl vermişti nihayet!

"Bana pek inandırıcı geldi, Gruppenführer. Sizi kutlarım. Yalnız, İngilizlerle Türkleri nasıl inandıracağız?" diye sordu Heyderich.

"Hiçbir şey kolay değildir, Obergruppenführer, ama inandıracağız. Size birkaç dakika içinde yüzlerce delil bulabilirim. İnanacaklardır," diye yanıtladı Müller, gururla.

"Pekâlâ, gereğini yap. Yalnız dikkatli olmanı tavsiye ederim. Bu hassas bir konu. Şu kovduğumuz salak adam bizi yine rahatsız edebilir. Yeni birşeyler karıştıracağından eminim. Her şeyi berbat etmesine izin verme!"

"Hiç merak etmeyin Obergruppenführer. Her şey kontrolümüz altında olacak!"

Gruppenführer Müller, şu aşağılık Heyderich'in odasından aylardır ilk kez başı dik çıkıyordu. Üstelik midesi de bulanmamıştı. Hiç yapmadığı bir şeyi yaptı. Parmaklarını şaklatarak elindeki evraklarla koşturan bir sekreterin şaşkın bakışları arasında yanağından makas aldı, sonra aceleyle koşturup odasına kapandı. Bir kâğıda, resmi kanaldan gönderilmek üzere daktilo edilmesi için şunları yazmaya başladı:

> "Yukarıda verilen tarih ve referanslı yazınız üzerine yapılan incelemede;
>
> Söz konusu Türk Vatandaşı Berta Belkıs Mars'ın, ölen kocası Doktor Robert Mars ile birlikte İngiltere lehine casusluk yapan Berta Belkıs Mars'la aynı kişi olduğu anlaşılmıştır. Bizzat kendi ifadesi ve imzasıyla Almanya ve Yüce Führer'imiz aleyhine

komplolar kurduğunu itiraf eden şahıs tutuklanarak yargılanmak üzere gözetim altına alınmıştır. Soruşturma tamamlanıncaya ve mahkemeye çıkarılıncaya kadar tutuklu kalacağı, gizlilik gereği daha fazla bilginin verilemeyeceği..."

Sekreterini çağırarak yazıyı bizzat kendi odasında daktilo ettirdi, imzaladı, zarfına koydurup mühürledi ve "Çok Gizlidir" kaşesini vurdurarak ajanlarından biriyle İçişleri Bakanlığı'na elden gönderdi.

***

Konsolos Bey birkaç gündür pek ümidi olmadığı cevabı bekliyordu. Bayan Berta Belkıs Mars hakkında henüz bir cevap alamamıştı. Alman Ordularının Polonya işgalinden iki ay sonra Rusların Finlandiya'ya girmesi elçilikte olağanüstü hal ilan edilmesine neden olmuş, Konsolos Bey'in kesin emri üzerine Aral elçilikteki odasına yerleşmiş, tekrar evraklarla boğuşmaya başlamıştı. Pencerenin hemen önünde, ufak komodinin üstünde, sesi kısılmış küçük, elektrikli bir pikaptan Safiye Ayla'nın duygulu sesi yükseliyordu. Ceviz gövdesinin üzerinde duran ızgaranın altında küçük bir hoparlörü olan bu kullanılmış elektrikli pikabı, geçen yılki bira festivalinde, bir sokak tezgâhından satın almış, bir yıl boyunca çok sevdiği Vivaldi'yi dinlemişti. Sonra bir gün, yıllardır ayrı kaldığı ülkesinden gelen tüccar bir akrabası, ziyaretine eli boş gelmemek için Safiye Ayla ile Müzeyyen Senar'ın yeni plaklarını getirdi. Usulen teşekkür etse de, kolayca alışamayacağı bu plaklara büyük bir coşkuyla sevinemedi. Ama sonra fikrini değiştirdi. Canı sıkıldığı bir gün laf olsun diye dinlediği içli şarkıların aslında Belkıs'a olan aşkını anlattığını fark edince Vivaldi'yi bir kenara atıverdi. Artık varsa yoksa onlardı. İkisi de en iyi arkadaşları olmuş, onun hüzünlü anlarını paylaşmaya başlamışlardı.

Tekrar göreve döndüğünün ikinci gününde Odacı Salim kapısını çaldı.

"Soyadını tam anlayamadığım bir bayan telefonda sizi bekliyor, efendim," dedi.

"İsmi neymiş?"

"Hedi gibi bir şey söyledi galiba."

Aral oturduğu masadan fırlarcasına kalktı. Kapıdan hızla çıkarken,

"Şunu baştan çabucak söylesene be adam!" diye sinirlendi.

Odacı Salim onun neye sinirlendiğini anlayamamıştı. Arkasından bakakaldı.

Bayan Hedi'nin telefondaki sesi sakindi.

"Bu akşam bana uğrayabilir misiniz? Sanırım size önemli bir haber vereceğim."

"Tabii, Bayan Hedi. Saat beş uygun mu? Ancak o saatte çıkabilirim."

"Benim için fark etmez. Ben hep buradayım."

Telefonu kapatan Aral'ın yüreği biraz daha hızlı atmaya başlamıştı. Acaba önemli haber neydi? Bayan Hedi'nin kızı mutlaka birşeyler bulmuş olmalıydı. Çok iyi bir haber beklemiyordu gerçi, ama çok da kötü olmaması için dua etti.

Sabırsızlanan Aral, henüz hava kararmadan elçilik sekreterine nereye gideceğini not ettirip kendini sokağa attı. Kentin üstünü ak bulutlar bir çember gibi sarmıştı. Berlin bu haliyle, tepesi kelleşmiş kır saçlı bir adama benziyordu. Önce metroya inip iki durak gitmeyi düşündü. Sonra, Bayan Hedi için bir çiçek almak geldi aklına. Genellikle bu saatte her yer kapalı olurdu. Az ötede, elçiliğin çiçek ihtiyacını karşılayan, her tarafı camla kaplı ufak çiçekçi dükkânına doğru, açık olması için dua ederek yürüdü. Neyse ki çiçekçi açıktı. Hep "yakışıklı oğlum" dediği delikanlı askere alınınca dükkânı Ruth işletmeye başlamıştı. Mektuplarını aldığı oğlunun kahramanlıklarını anlatmayı seven bir kadındı. Kocası ilk savaşta sakat kalınca maaş bağlanarak evde oturmaya mahkûm edilmiş, böylece bütün işler ona kalmıştı. Elçiliğin birçok personelini adıyla tanırdı.

"Merhaba, Ruth," dedi Aral samimiyetle, içeri girerken.

Kadın, bir çiçeği porselen bir saksıya yerleştirmeye çalışıyordu. Aniden gelen sese döndü.

"Oo, iyi akşamlar sevgili Aral, nasılsın?"

"Fena sayılmaz, Ruth. Bana bir demet gül, ya da karanfil gibi bir şey verir misin?"

"Karanfil olabilir. Güllerin mevsimi çoktan geçti. Bulsan da çok pahalı. Ne için? Kız arkadaşına falan mı?"

Aral, raflardaki çiçek örneklerini şöyle bir gözden geçirdi.

"Hayır, kız arkadaşım değil, ama senin gibi saygıdeğer bir leydi için."

"Ah, teşekkür ederim evlat. İltifatların da her zaman cebindedir! Bakalım, bu saygıdeğer leydi için ne yapabiliriz?"

Ruth, karanfillerden vazgeçip, Hollanda türlerinden karışık bir demet yaptı. Gerçekten güzel görünen çiçeklerin isimlerini tek tek sayan kadını duymayan Aral'ın aklı önemli haberdeydi. Parasını ödeyip teşekkür ettikten sonra çiçek demetini sıkıca tutarak metroya yöneldi. Bayan Hedi'ye yakın bir yerde metrodan çıkıp otele doğru heyecanla yürüdü. Tam binanın kapı tokmağına uzanırken kapı açıldı. İzinli olduğu her halinden belli üniformalı genç bir asker, koluna sımsıkı yapışmış melez bir kızla dışarı çıktı. Aral bir adım geri çekilerek onların geçmesini bekledi, sonra içeri girdi.

Bayan Hedi, bankosunun ardında birşeyler karalıyordu. Kapının açıldığını hissedince başını şöyle bir kaldırıp baktı. Elinde çiçek demetiyle Aral'ı görünce dudaklarını anlamlı bir şekilde kıvırdı.

"Merhaba, Bay Tigin!"

"İyi akşamlar Bayan Hedi, nasılsınız? Bu çiçekleri sizin için getirdim. Kabul ederseniz mutlu olurum."

Bayan Hedi, kendine uzatılan demeti eline alarak havada şöyle bir çevirdi, gülümsedi.

"Ah Bay Tigin, çok incesiniz. Ne kadar zarif çiçekler!" dedi.

"Biliyorsunuz, hiç biri sizin kadar güzel değil," diye içtenlikle iltifat etti Aral.

"Bu can sıkıcı sözlere gerek yok!" dedi kadın, kaşlarını çatarak.

Kendini birden kötü hisseden Aral, kırgınlığını gizlemedi.

"Beni yanlış anlamanıza üzüldüm. Sadece içimden geçenleri söylemek istedim!" diye açıkladı.

Kadın söylediklerine pişman olmuştu. Onu düşürdüğü güç durumdan kurtarmak için,

"Bazen böyle kötü espriler yaparım, lütfen alınmayın," dedi. "İsterseniz masanıza geçin. Şimdi kahveyle geliyorum."

Bayan Hedi'nin en son müşterisi, demin yanındaki kızla çıkan asker olmalıydı. Sokağa bakan tek şanslı masaya geçip oturdu. Üç köşede yanan duvar aplikleri, lobiden çok insanın yalnızlığını aydınlatıyor gibiydi.

Bayan Hedi, ayağındaki terliğe benzeyen düz ayakkabıları ve askılı saten elbisesiyle bankonun yanındaki mutfaktan çıkarak doğruca Aral'ın masasına yöneldi. Tek bir fincan koyduğu küçük bir tepsi vardı elinde. Aral, onu görünce ayağa kalkmak için yeltendi. Bayan Hedi,

"Lütfen kalkmayın," diye uyardıysa da oturmadığını görünce aceleyle karşısındaki sandalyeye geçti.

"Siz içmiyor musunuz?" diye sordu Aral.

"Bugün çok içtim. Sanırım bir fazlasını içemeyeceğim," diye yanıtladı kadın.

Pervazları artık iyice eskimiş pencerenin dışındaki soluk ışık, yerini tam bir karanlığa bırakmıştı. Bayan Hedi, dışarı bakıp da dalarmış gibi yaptı. Aral'ın, konuya girmesini sabırsızlıkla beklediğini biliyor, ama ilk cümlesini nasıl kuracağını bilemiyordu. Çok uzatmadı.

"Bay Tigin, size iyi bir haber veremeyeceğim için üzgünüm. Bayan Mars'ın başı iyice dertte sanırım. Carla, yani benim kızım, pek zorluk çekmeden bazı bilgiler edinmiş. Bilirsiniz bu gibi yerlerde çalışanlar birbirlerini iyi tanırlar."

"Biliyorum, Bayan Hedi."

"Her neyse, konuya dönelim. Bayan Mars, RSHA karargâhının altında, Gestapo'ya ait gözlem odalarından birinde tutuluyormuş. İngiltere'nin casusu olmakla suçlamışlar onu. Üstelik ölen kocası Albert Mars'la birlikte!"

Aral, duyduğu sözcükleri sıraya sokmakta güçlük çekiyormuşçasına kadının ağzına bakakaldı. Buğday teni bir anda şaşılacak bir hızla renk değiştirirken ne diyeceğini bilemedi. Sonunda kekeleyerek,

"Casus mu? Bunu nasıl iddia edebilirler?" diye sordu.

"Bal gibi ederler, Bay Tigin. Şu senin arkadaşın itiraf kâğıdını imzalamış bile!"

"Açıkça bir komplo bu, Bayan Hedi!" diye bağırdı Aral. "İtiraf kâğıdı ha? Zorla imzalatmışlardır! Bayan Mars'ı yasal yoldan kurşuna dizmek istiyorlar! Hayatında İngiltere'yi görmemiş biri nasıl casusluk yapar!"

Yüksek sesle konuşulmasına alışık olmayan Bayan Hedi, içine kapanık bu nazik adamın soğukkanlılığını böylesine yitirebileceğini tahmin etmemişti. Tam uyarmayı düşünürken Aral kendiliğinden susuverdi. Başını önüne eğerek,

"Özür dilerim, Bayan Hedi," dedi. "Lütfen bağışlayın, bir an kendimi kaybettim."

Bayan Hedi, onu uyarmaya gerek kalmadığına memnun oldu.

"Önemli değil genç adam," diyerek özrü kabul etti. "Sizi pekâlâ anlıyorum ve inanıyorum. Bayan Mars'ın suçsuz olduğunu kabul etsek bile ortada ciddi bir suçlama var. Ne yapmayı düşünüyorsunuz?"

Aral pencereden dışarı, karanlığa daldı. Sonra tekrar önüne dönüp soğuyan kahvesinden bir yudum aldı.

"Ne yapabileceğimi henüz bilmiyorum, Bayan Hedi," dedi

usulca. "Onu öldürdüklerini söyleseydiniz bu kadar şaşırmazdım! Tam bir şok oldu benim için. Şu anda hiçbir şey düşünemiyorum. Tek bildiğim, size hep minnettar kalacağım."

Kadına teşekkür edip kendini dışarı atarken, metroya kadar yürürken, elçilikteki odasına kapanırken kafasında tek bir gerçek vardı. Böylesine olağanüstü durumlarda casusları fazla bekletmeden kurşuna dizerlerdi! Belkıs'dan kurtulmanın bu yasal çözümü hangi aşağılık herifin aklına gelmişti? Neden böyle bir gerekçeyle ortaya çıkmışlardı? Bir yerde öldürüp cesedini çukura atsalar ve suçu sokak serserilerine yükleseler, kim ne diyebilirdi ki? Bunda bir iş vardı, ama bir türlü bulamıyordu. Aklına gelen tek şey, bir taşla üç kuş vurmaktı. Belkıs'tan kurtulacaklar, Yahudilere karşı halkı biraz daha tahrik edecekler ve nihayet nazik düşmanları İngiltere'ye karşı ellerinde bir koz bulunduracaklar. Hayır, oldukça uzak bir ihtimaldi bu. Bunun için pekâlâ yüzlerce aday bulabilirlerdi. Taraflarına çekmeye çalıştıkları bir ülkenin vatandaşı mantıklı bir aday olamazdı. Ama ne?

Kahrolası baş ağrısı yeniden başlamıştı. Uzun bir süre odadan dışarı çıkmadı. Kendini dünyanın en çaresiz insanı sanıyor, ne yapacağına karar veremiyordu.

***

Ankara'dan dönen Büyükelçi ilk toplantısını Konsolos Bey'le baş başa yapmış, Aral'ın içinde bulunduğu durumu sessizce dinlemişti.

"Siz ne düşünüyorsunuz?" diye sordu.

Konsolos Bey, fikrini açıkça söyledi. Müstafi addedilmesinden yana değildi.

"Siz emrederseniz sadece uyarı cezasıyla yetinelim derim, efendim," dedi.

"Pekâlâ, bildiğin gibi yap. Yalnız bu durumu emsal teşkil etmeyecek şekilde ayarlayın. Başka bir şey yoksa biraz dinlenmek istiyorum."

Konsolos Bey çıkmak üzere hazırlanırken parmaklarıyla saçlarını kaşıyan Büyükelçi,

"Sizce bu çocuğa ve arkadaşı bayana yardım etmemiz gerekmiyor mu?" diye sordu.

Konsolos Bey toparlayıp hizaya sokmaya çalıştığı evrakları elinden bırakmadan Büyükelçi'ye minnettarlıkla baktı.

"Evet, efendim, bence de gerekiyor," dedi. "Bu konuda yetki verirseniz Kemal Bey'i devreye sokmak istiyorum. Başka çaremiz kalmadı."

"Yetki sizin, elinizden geleni yapın. Bizim sevdalı çocuğumuz en azından bu kadarını hak etti diye düşünüyorum."

"Emredersiniz efendim."

Konsolos Bey, usulca kapıyı çekip çıktı.

***

Masanın önünde saygıyla oturan Kemal Bey, nezaketinin altında yatan, daha çok konuşurken kendini belli eden bilgili ve zeki tavrıyla insanı çabucak etkileyen biriydi. Elçiliğe ticari ataşe olarak atanmasından kısa bir süre sonra herkesin kuşkuyla karşılamaktan öteye geçemediği görevinin gerçek yüzünü ise ancak iki kişi biliyordu.

"Planlarımızı bozabilecek bu genç adamı olaydan uzak tutmaya bakın, Sayın Konsolos," dedi Kemal Bey. "Aklı henüz başında değil. Gerektiği zaman onu kullanacağız."

"Ne yapmayı düşündüğünüzü sormayacağım. Sadece, Bayan Berta Belkıs Mars'ı bu beladan kurtarın ve bir an önce Türkiye'ye gönderin. Tek isteğim bu."

"Ne kadarını başarabileceğimizi birlikte göreceğiz. Şu anda zekice tasarlanmış bir planın içindeyiz. Söz konusu bayan sadece Türkiye lehine casuslukla suçlansaydı işimiz daha kolay olacaktı. Ama İngiltere işin içine girince durum değişiyor. Bu işle hiçbir ilgisi olmayan İngiliz Hükümeti büyük bir ihtimalle duruma müdahale etmeyecek, hatta notalara cevap bile vermeyecektir. Bu da Almanlar için artı puan demektir."

"Böylece, Türk vatandaşı da olsa bizim doğrudan müdahale hakkımızı elimizden almış oluyorlar, öyle mi?"

"Çok doğru! Karşımızda tilki gibi Heydrich var! İşimiz kolay olmayabilir. Ama elimizden geleni yapacağız. Kaygılanmakta acele etmeyelim."

"Beni rahatlattığınız için teşekkür ederim, Kemal Bey. Benden istediğiniz bir şey var mı?"

"Sizin özel dosyalarınızdan birini incelememe izin verirseniz sevinirim, Beyefendi."

"Dosya mı? Hangisini?"

"Cumhuriyetten kaçıp halen Almanya'da yaşayan eski yurttaşlarımızdan birkaçının oldukça özel dosyaları sizin kasanızda olmalı. Planlarımıza bir faydası olacağını sanıyorum."

Konsolos Bey, bir an düşündü, sonra yerinden kalkarak hemen yanı başında duran kilitli mavi bir kasanın önüne gitti. Özel bir anahtarla açtığı kasanın içinden sarı kapaklı kalın bir dosya çıkardı. Getirip Kemal Bey'in önüne koydu. Düşünceliydi.

"Bu dosyadan nasıl haberdar olduğunuzu da sormayacağım. İşinizin anlaşılmaz diğer yanı herhalde. Yalnız, dosyanın bu odadan dışarı çıkmasını istemiyorum. İsterseniz benim koltuğuma oturup inceleyebilirsiniz. Ben birkaç dakika için çıkıyorum. Ancak bu kadar vaktiniz var."

HİTLER'İN HEDİYESİ

Adolf Hitler, soylu bıyığının uzayan sapkın kıllarını kesmek için epeydir bekleyen berberini el işaretiyle yanına çağırarak sandalyesine oturdu.

Yıllarca tıraş ettiği bu adamın yanına girerken her defasında aynı güvenlik kontrolünden geçmek berberi bıktırmıştı, ama yine de katlanıyordu. Führer, aylardır köşküne kapattığı berberine, özlediği evini ziyaretine izin vermese bile gönlünü almak için ailesine oldukça yüklü paralar gönderiyor, gizli servisin ısrarlarına rağmen sevdiği bu adamı değiştirmeye yanaşmıyordu. Berber rahat bir tavırla yanına yaklaştığı Führer'in önünde hafifçe eğildi, selam verdi.

"Nasılsın bakalım?" diye sordu Führer. Bugün neşesi yerindeydi.

"Sizin yanınızda kendini iyi hissetmeyenin kalbi fesatlıkla doludur Führer'im!"

Adolf Hitler kısık bir kahkaha attı. Saygısını gösteren, ama pervasızlığını da esprilerin içinde gizleyen bu yaşlı adamı gerçekten seviyordu. Onun, çantasını açarak aletlerini özenle çıkarmasını izlerken,

"Ama senin de fesat olduğunu söyleyenler var!" dedi gülmesini sürdürerek.

"Doğrudur Yüce Führer'im. Ama yalnızca karıma karşı!"

Führer, daha yüksek ve özgür bir kahkaha attı. Güne iyi başlamıştı.

Berberini gönderdikten sonra peşini bırakmayan uşağı Bay Krause'yle birlikte banyoya gitti. Güzel bir duş alarak bornozunu çıkarmadan yatak odasına yöneldi. Eva'nın hâlâ uyuduğunu görünce onu öpmekten vazgeçip başka bir odada uşağının yardımıyla üstünü giydi. Muhteşem donatılmış kahvaltı masasında çok kısa oturdu. Hizmetçi kızın uzattığı küçük ıslak havluyla ellerini sildi, uşağının hazırladığı, gümüş simler işlenmiş, içi kürklü gri paltosunu giyerek karargâhına gitmek üzere ön bahçeye çıktı. Zırhlı Mercedes'i kara bir elmas gibi parlatılmış, yanı başındaki özel sekreteriyle birlikte efendilerini bekliyordu. Koruması ayaklarını çarparak kapıyı açtı. Führer, sekreterini de yanına alarak büyük bir gururla arka koltuğuna oturdu. Mercedes, arkasına takılan araçlarla parke yoldan yavaşça süzülerek özel armasının bulunduğu rölyefli demir kapıdan dışarıya çıktı. Yalnızca Adolf Hitler'e ayrılan, çiçekli çitlerle bezenmiş ana yola girdi.

Bugün önemli kararlar alacaktı. Uzun bir süredir kafasını meşgul eden bazı planlarını kurmaylarına açıklayacak ve Alman ordularına hazır olmaları için emir verecek, böylece tarih, Germen halkının lideriyle birlikte şahlanışına tanık olacaktı. Bir kokteylde, İtalyan gazetecinin "Sizin için Almanya'nın kaderini değiştiren lider diyorlar," sözüne gülmüş, gazeteciyi küçümser bir tavırla süzdükten sonra "Sadece Almanya'nın mı?" diye cevap vermişti.

Berlin'in en iyi korunan bölgesinde taş ve etten duvarla çevrili görkemli karargâh binasına gitmeleri uzun sürmedi.

Toplantıdan önce çalışma odasında Stalin'in özel temsilcisini kabul etti. Bir süre baş başa görüşerek onu savdıktan sonra bizzat kendi el yazısıyla kaleme aldığı konuşmayı tekrar gözden geçirdi. Artık ezberlediği talimatlar dizisini içeren kâğıdı birkaç parçaya bölerek yanan şömineye attı. Saat dokuzu geçmişti.

Heinrich Himmler, gizlemeye çalışsa da Hitler'in gözünden kaçmayan asık suratıyla odaya girdi.

"Geç kaldın, sorun nedir?" diye sordu Führer.

"Özür dilerim Führer'im. Pek sorun sayılmayacak bir şey," dedi Himmler, sıkıntıyla. "Ana kapıdan içeri girmeye çalışan biriyle ilgili. Israrla sizi görmek istediğini söylüyormuş! Kapı subayı haber verdi."

"Kimmiş bu küstah?" diye sordu Hitler, kaşlarını çatarak.

"Tam bilmiyoruz," dedi Himmler. "Kimliğinden, Türk Elçiliğinde sıradan bir memur olduğu anlaşıldı."

Adolf Hitler daha da şaşırmıştı. Bir elini beline dayayarak,

"Türk Elçiliğinde çalışan sıradan bir memur ha! Enteresan! Peki, siz ne yaptınız?"

"Sert bir şekilde uyarmalarını, sonra da uzaklaştırmalarını emrettim."

"Reichsführer, bir elçilik memurunun birçok engeli aşarak kapımıza dayanması sizce ne anlama gelir? Olağan bir şey mi bu? Ne istediğini öğrenebildiniz mi?"

Hayır, Führer'im. Sadece sizinle konuşacakmış. Akıl hastası olmalı! Az önce koridorda gördüğüm Heydrich, aynı adamın RSHA karargâhında da taşkınlık yaptığını bildirdi."

Adolf Hitler, belleğini zorlayarak bir şeyi anımsamaya çalıştı. Gözlerini kısarak bir süre öyle kaldı. Sonra aniden başını kaldırdı, gözleri parlıyordu.

"Heydrich! Şu bizim Heydrich!" diye söylendi. "Geçen toplantıda Yahudi bir kadınla ilgilenen elçilik memuru hakkında birşeyler anlatmıştı!"

Himmler'in canı biraz daha sıkıldı. Heydrich! En basit konularda bile kendini atlayarak doğrudan Führer'e çıkması affedilir gibi değildi! Çizmeyi çoktan aşan bu aşağılık serseriyi birkaç kez uyarmasına rağmen hâlâ uslanmamıştı! Führer, en çok güvendiği adamlardan biri olan Himmler'i kuşkuyla süzdü. Parmaklarını üniformasının düğme aralıklarına aralarına soktu.

"Bütün bu olanlardan haberinizin olmaması tuhaf! Her neyse, generallerimizi bekletmeyelim. Göring geldi mi?"

"Evet, Führer'im. Sizi bekliyorlar."

Himmler'in içi kalktı. Heydrich'den öcünü alacağına yemin ederken öne geçmesi için liderine saygıyla yol verdi. Führer tam onun yanından geçerken düşünceli bir tavırla,

"Deli dediğiniz bu adamı merak ettim!" dedi. "İşimiz bitince onunla bizzat görüşmeni ve bana bilgi vermeni istiyorum. Bakalım, derdi neymiş? İşi Heydrich'e bırakma!"

Himmler "emredersiniz" der gibi başını indirdi, sonra liderini izlerken kapıda bekleyen emir subayına gerekli talimatı verdi, toplantı odasına girdi.

Aral, karargâhın ön kontrol odasında, iki silahlı askerin ve namluları kendine doğrulmuş otomatik tüfeklerin arasında oturuyordu. Deminden beri tehditler savuran sırık gibi zayıf bir çavuş, onu konuşturamayacağını anlamıştı. Öfkeyle beşinci sigarasını da yakmak için elini üniformasının cebine attığı sırada telefon çaldı. Telefonun bulunduğu ve Aral'ın ceplerinden çıkarılan şahsi eşyaların konduğu masaya yöneldi. Bekletmeden kaldırdığı ahizenin diğer ucundaki sesi dinledikten sonra "Emredersiniz Komutanım, Heil Hitler!" diye bağırdı. Ahizeyi yerine yerleştirirken Aral'ın kimliklerinden birini eline alarak şöyle bir inceledi, tekrar masaya koydu. Başıyla askerlere çıkmalarını işaret etti. Tüfeklerinin uçlarını tavana çeviren askerler dışarı çıktı.

"Bay Tigin, size gerekli saygıyı göstermem emredildi," diyen çavuşun olanlara bir anlam veremediği şaşkın suratından belliydi. "Biraz daha konuğumuz olacaksınız. Sonra sizi almaya gelecekler. Bu arada içecek birşeyler ister misiniz?"

Aral cevap vermedi. Sadece başını iki yana sallayarak "hayır" dedi, sesini çıkarmadan.

***

Belkıs, yitirmekten korkarmış gibi var gücüyle sarıldığı Aral'ın göğsünde, soluğunu kesen gözyaşlarından yorulmuştu. İyice morarmış gözlerinden süzülen yaşlar, gerilmiş soluk dudaklarının aralığından içeri girdikçe hıçkırıyor, sonra tekrar sessizce ağlıyordu.

Aral, kendisine eşlik eden sivil memurun açtığı kapıdan girdiği karanlık odanın loş ışıkları yanınca görebilmişti sevgili Belkıs'ını. Üzerinde hiçbir örtünün olmadığı düz ahşap bir kanepede yüzü duvara dönük kıvrılmış, bacaklarını, giydirdikleri bej renkli pamuktan bir elbisenin eteklerinden içeri çekmişti. Işıklar yanınca tepki vermemişti. Kapıyı kapatan Aral, heyecanla çırpınan yüreğine aldırmadan ona yaklaşmış, eğilerek kulağına "Belkıs! Benim, Aral!" diye fısıldamıştı.

Hep gördüğü, fakat bir türlü gerçekleşmeyen umut dolu düşlerinden biri sanan Belkıs, gözlerini daha sıkı yumdu. Düşleri yeniden görmek istemiyordu. Aral, bir kez daha fısıldadı. Bu kez kendisinin de inanamadığı bir şey söylemişti. " Ben geldim, sevgilim!" İşte o zaman açtı gözlerini Belkıs. Ağırlaşmış başını arkasına çevirmeye çalıştı. Aral'ın yüzüne hayalet görmüş gibi baktı. Omuzlarından tutarak kendine çevirişini, kollarıyla sararak göğsüne doğru çekişini, sıcak parmaklarıyla yumuşaklığını yitirmiş saç tellerine dokunuşunu hissetti.

Aral, ağlamamak için kendini zor tutuyordu. Titreyen sesiyle,

"Çok yakında bitecek," dedi. "Seni buradan çıkaracağım, sevgili Belkıs'ım, aşkım! Bana güven. Lütfen gücünü yitirme, bu alçakların seni yenmelerine izin verme, bebeğim! Hatırım için!"

Belkıs inanamıyordu. Konuşmak istiyor, konuşamıyordu. Güçsüz kollarını, vücuduna sarılı kolların arasından bilinçsizce geçirirken boğazında düğümlenen her şeyi kusmak istercesine öksürdü. Sonra çılgınca boşalan gözyaşlarının üstüne göz kapaklarını kapattı.

Görevli bir kadın sıcak çorba ve iki temiz battaniye getirinceye dek öyle kaldılar. Aral'ın birkaç kez uzattığı kaşıktaki sıcak çorbayı zorla içen Belkıs, başını onun göğsüne dayayarak fısıltılı bir sesle Eliza'yı ve Marlene'i sordu.

"Eliza çok iyi," dedi Aral. "Amcanın ona çok iyi baktığını öğrendim. Yakında onları göreceksin, sana söz veriyorum. Marlene'e gelince, biraz sarsıldı, ama kendini çabuk toparladı. Buradan çıkmanı sabırsızlıkla bekliyor."

İstemeyerek yalan söylemişti. Kafası o kadar karışıktı ki Eliza aklına bile gelmemişti. Marlene'e ne olduğunu ise henüz bilmiyordu.

Himmler'in özel emriyle verilen kısa süreli izin çabuk bitmişti. Aral ayrılmadan önce Belkıs'ına son bir kez sarıldı, yanaklarını, ıslak gözlerini, dudaklarını defalarca öptü. "Biraz daha dayan, seni buradan çıkaracağım, sevgilim. Seni seviyorum," diye fısıldadı kulağına. Belkıs'ın fersiz gözlerine belli belirsiz bir ışık gelip yerleşti. Aral'ın elini tutup göğsüne, kalbinin üzerine koydu.

"Karşı koyamıyorum... Beni sevme ne olur!" dedi ağlamaklı sesiyle.

Aral, eğildi, kendi elini tutan Belkıs'ın elini öptü.

"Elimde değil, Belkıs'ım!" dedi.

Aral, birkaç gün önce kovulduğu RSHA karargâhından nezaketle uğurlanırken, gözetim komutanından aldığı sözü bir kez daha teyit ettirdi. Komutan Nitz, Himmler'in emrini Gestapo şefi Müller'den almış, görüşmelerine istemeyerek izin vermişti. Heydrich'in bir numaralı adamıydı ve Alman olmayan herkesten nefret ediyordu. Gerçek olmadığı halde köklerinin Prusya Hanedanı'ndan geldiğini, Adolf Hitler'in yakın bir dostu olduğunu övünerek anlatıyordu. Oysa bir tarihte Onbaşı Adolf'un kıtasında kaba saba, basit bir çavuştu. Onbaşı Adolf'a yaptığı, ama bir türlü hatırlayamadığı iyiliğin karşılığını binbaşı rütbesiyle almıştı.

"Reischsführer'in emri yerine getirilecektir, bayım. Hanımefendi daha iyi koşullar altında tutulacaktır, kuşkunuz olmasın," derken müstehzi bir şekilde gülümsemişti. Aral, Komutan Nitz'in verdiği sözü tutmayacağını tahmin ediyordu. Ama en azından daha kötü davranmaya cesaret edemeyecekti. Kendini buna inandırarak teselli olmaya çalıştı.

Âşık olduğu kadını, Belkıs'ı görmek, ellerini tutmak, ona sarılarak öpmek, hatta "Seni seviyorum!" diyebilmek mucize gibi gelmişti. Sıradan bir günde birlikte bir kafede birşeyler içerken asla yapamayacağı şeylerdi bunlar! Sevgilisi, ardında bıraktığı kalın duvarların ardında acı çekerken içine giren bu bencil sevinçten, bu mutluluktan vazgeçemiyor, bunları düşünebildiğine inanamıyordu.

Elçiliğe nasıl geldiğini hatırlamıyordu bile.

***

"İnanılmaz bir adamsın!" diye yırtındı Konsolos Bey. "Önce Gizli Servisi birbirine kattın, şimdi de Adolf Hitler'in kapısına dayandın ha!"

Pantolonunun askılarını çekiştirerek odanın içinde deli danalar gibi dolaşıyordu.

"Artık çizmeyi iyice aştın!" diye devam etti. "Memuruna hâkim olamayan bir elçiliğe ne gözle bakarlar, farkında mısın Aral? Bu işi tek başına çözebileceğini mi sanıyorsun? Neden her şeyi bize bırakmadın?"

Sanki bir şey olmamış gibi sessiz kalan Almanlardan hiç kimse bu olayı elçiliğe bildirmediği halde Aral, Konsolos Bey'in karşısına geçip tüm olanları bizzat kendi anlatmıştı. Bayan Berta Belkıs Mars hayattaydı ve RSHA'nın binasında, Gestapo'ya ait bölümün en alt katında tutuluyordu. İşkence gördüğüne dair herhangi açık bir belirti olmasa da son derece bitkindi. Yaşam gücü tükenmiş, gözlerinin feri sönmüştü.

Bunları anlattıktan sonra her şeyi göze almış olmanın rahatlığı içinde sürdürdü konuşmasını.

"Ona karşı özel duygularımı gizlemeyeceğim, efendim. Ama ne olursa olsun, Berta Belkıs Hanımefendi, Türkiye Cumhuriyeti'nin bir vatandaşı. Eğer devletimiz resmen bir şey yapmayacaksa ben bizzat elimden geleni yapacağım!"

Konsolos Bey, artık korumaktan, nasihat etmekten bıktığı bu sersem çocuğun, ilk kez yapmış olsa da dik başlı saygısızlığına dayanamamış, işte o zaman patlamıştı.

Aral masanın önündeki koltukta sessizce oturuyordu. Bu kez başını öne eğmemişti, ama yine de babasından azar işiten bir çocuk gibi sabırla öfke selinin bitmesini bekliyordu. Saygısızlık yaptığının farkındaydı. Belki de son sözlerini söylememeliydi. Konsolos Bey'in artık içini boşaltıp sakinleştiğini hissedince,

"Özür dilesem beni affeder misiniz, efendim?" diye sordu. "Saygısızlık etmek istemedim. Haddimi aştığımı da biliyorum. Sadece iş işten geçmeden birşeyler yapılması gerektiğini hatırlatmak istedim."

"Bunu biz de biliyoruz, be adam!" diye yeniden, ama daha yumuşak bir şekilde kükredi Konsolos Bey. "Boş durduğumuzu mu sanıyorsun? Berta Belkıs Mars'ı kurtarmak için şu anda Milli İstihbaratımız, İngiliz İstihbaratı ile işbirliği yapıyor. Sen ise bir çuval inciri berbat etmekle meşgulsün! Bir defa daha benden habersiz bir şey yaparsan yollarımız ebediyen ayrılır! Bundan sonra Kemal Bey'le irtibat halinde olacaksın ve onun dediklerine harfiyen uyacaksın. Şimdi git, gözüm seni görmesin!"

***

Berlin fırtına öncesi kızıl rengini atlatmış, ardından düşen kar tipiye çevirdikten sonra gökyüzü açılmış, don başlamıştı. Kentin dış kesimlerinde dolaşan askeri kamyonlar artık kentin içlerine kadar sokuluyor, panzerwagen'lerin taşıdığı askerler evlere dalıp arî ırkın dışındakileri birer birer topluyor, sonra kayıplara karışıyorlardı.

Doktor Alexandr Henz, kendini bağışlaması için binlerce kez yalvardığı Marlene'den umudunu kesince Aral'a telefon etmek zorunda kalmıştı. Yine tek başına jambonlu omlet yediği bir akşam, çalan zile tepki vermekte gecikmedi. Marlene ise, sadece tuvalete gitmek için terk ettiği odasında irkildi, ama yerinden kımıldamadı. Doktor Henz, koşturduğu kapıda Aral'ın donmuş kulaklarını, kızarmış burnunu görünce yüreğine su serpildi, onu gördüğüne ilk kez bu kadar mutlu oldu. Kenara çekilip içeri girmesi için yol açarken herhangi bir şey söylemedi. Salona geçen konuğunun birkaç dakika ısınmasını bekleyip,

"Hoş geldiniz, Bay Tigin," dedi. "Nasılsınız?"

"Fena sayılmaz, Doktor Henz. Marlene nasıl?"

"Pek iyi değil. Konuşmamdan anlamışsınızdır sanırım."

"Tahmin ettim."

"O günden sonra odasına kapandı, dışarı çıkmıyor. Görmek istersiniz herhalde? Sizi geri çevirmeyeceğini düşünüyorum."

"Sakıncası yoksa görmek isterim."

Doktor Henz'in gösterdiği kapıyı tıklatan Aral,

"Bayan Henz! Benim, Aral Tigin. İçeri girmeme izin verir misiniz?" diye seslendi kapının öte yanına.

"Lütfen girin," diye cevapladı içeriden, heyecanlı, titrek bir ses.

Aral yavaşça kapıyı açıp içeri girdi. Bir yatak odası için gereğinden büyüktü. Eşyalar darmadağınıktı. Pencerelerdeki çiçek desenli perdeler ardına kadar açılmıştı. Yatağın başucundaki komodinin üzerine konmuş ahşap ayaklı abajurun güçsüz ışığı, pencerelerden süzülen gecenin loş ışığının yardımına rağmen büyük odayı aydınlatmakta yetersiz kalıyordu.

Marlene kapıya yakın bir mesafede, ayakta duruyordu. Saman sarısı saçları belki de günlerdir taranmamıştı. Hafif tombul ve canlı dudaklarındaki o güzel, o yapmacıksız gülümsemesini kazıyarak çıkarmışlar, geriye ısırık izleriyle dolu buruşuk bir deri bırakmışlardı. Aral, onu böyle görünce çok üzüldü, bir an bekledi, sonra hafifçe öksürerek,

"Merhaba, Bayan Henz. Size Berta Belkıs'ın selamını getirdim," dedi aceleyle.

Marlene, sanki sihirli bir el değdiği için canlanmış bir heykel gibi kıpırdadı, koştu, Aral'a sarıldı. Hıçkırıklarının arasına sıkışan kelimeleri güçlükle anlaşılıyordu.

"Ah, Bay Tigin! Sevgili Berta'ya ne yaptılar? Onu ben öldürdüm! Zavallı! Zavallı!"

Aral, bu beklenmedik bu sığınmayı, Marlene'in omzuna dökülen saçlarını okşayarak yanıtladı.

"Lütfen Marlene, lütfen ağlamayın!" diye sakinleştirmeye

çalıştı. Nezaketi bir yana bırakarak ilk kez ona adıyla hitap etmişti. "Berta yaşıyor! Dün yanındaydım. Şimdilik gözaltında tutuyorlar. Ama yakında kurtulacak!"

"Berta'yı koruyamadım. Oysa bana çok güveniyordu!"

"Sizin elinizde değildi. Bunu Berta da biliyor. Kendinizi boşuna suçlamayın."

"Nasıl elimizde değil! Sevgili arkadaşımı ben kendi ellerimle teslim ettim!"

"Hayır, bu doğru değil. Siz teslim etmeseydiniz, gelip zorla alırlardı. Bu ne sizin ne de Doktor Henz'in suçu, hepimiz biliyoruz."

"Lanet kocam, her şeyi baştan beri biliyormuş. Bizi uyarabilirdi!"

"Sadece sizi korumaya çalışıyordu. Onu tehdit etmişler. Çaresiz olsam belki ben de aynı şeyi yapardım. Bilmelisiniz, Doktor Henz sizi çok seviyor."

"Yerin dibine batsın, benim kocam yok artık!"

Aral güçlükle konuşan Marlene'i omuzlarından tutup gardırobun yanında gördüğü sandalyeye oturttu, yanında diz çöktü.

"Bayan Henz, böyle konuşmayın!" dedi. "Lütfen kendinizi toparlayın. Hayata küserek hiçbir şeyi halledemeyiz. Ben umudumu kaybetmedim. Berta'ya yardım etmek istiyorsak güçlü olmalıyız. Bakın ne diyeceğim, eğer arzu ederseniz, yarın sabah gelip sizi almak istiyorum. Birlikte bir yerde kahvaltı yapar, biraz konuşuruz. Her ikimizin de buna ihtiyacı var."

Marlene hiçbir şey anlamamış gibi baktı. Aral ısrar etti.

"Biraz dışarı çıkmak size de iyi gelir. Kendinizi daha iyi hissedersiniz."

"Bilemiyorum," dedi kısık bir sesle Marlene.

"Pekâlâ, kararı size bırakıyorum. Ben yine de uğrayacağım. Şimdi yatağınıza gidin, huzur içinde derin bir uyku çekin. Çünkü çok kötü durumdasınız! İçiniz rahat olsun, Berta'yı kurtaracağız."

Aral iyi geceler dileyerek kapıya yöneldiği sırada Marlene

birden,

"Bay Tigin!" diye seslendi.

Aral durdu, Marlene'e döndü, bekledi.

"Siz iyi birisiniz. Kendisi kabul etmeye korksa da Berta size karşı çok özel duygular besliyor. Bunda da haklı bence. Sadece bilmenizi istedim. Şimdi gidin. Yarın sizi bekleyeceğim."

Aral teşekkür etti, dışarı çıktı. Kapıyla birlikte gözlerini de kapadı, bir an öyle kaldı. Marlene'in "Berta size karşı çok özel duygular besliyor" sözleri yankılandı kulaklarında. Bu yüzden sabırsız adımlarla koridoru arşınlayan ve heyecanla karşısına dikilen Alex'i geç duydu.

"İyi misiniz?" diye sordu Alex.

Aral, Alex'in sesiyle kendini toparladı.

"İyiyim, önemli değil, sadece düşünüyordum," dedi, açıklama getirmeden.

Birlikte salona geçtiler.

Doktorun, haber bekleyen ve dudaklarından ayrılmayan bakışlarını hisseden Aral, kanepenin üzerine bıraktığı paltosunu almak için uzanırken,

"Size çok kızgın olduğu açık," dedi. "Ama onun sorunu kendisiyle! Berta'yı kendi elleriyle teslim ettiğini düşünüyor ve kendini affedemiyor. Gerçek olmayan bu suçluluk duygusunu yenmesi gerek."

"Yani, beni suçlamadı mı?"

"Tabii ki suçladı. Fakat dediğim gibi asıl kendini suçluyor. Doktor Henz, sizin izninizi almam gerekirdi belki. Bayan Henz'i yarın dışarıda kahvaltıya davet ettim. Biraz dışarı çıkıp havasını değiştirmesi ve konuşarak içini boşaltması yararlı olur diye düşündüm."

"Benim için olağanüstü bir şey olur bu! Ama kabul edeceğini sanmam. Arkadaşlarımızın birçoğu denedi bunu."

"Hayır, kabul etti. Siz de izin verirseniz yarın sabah gelip alacağım onu."

"Siz minnettar kalırım, Bay Tigin. Dilediğiniz zaman onunla görüşebilirsiniz. Yeter ki bu kabus bitsin, tekrar eski günlerimize dönelim."

"Tasalanmayın, döneceksiniz."

Alex, çıkmaya hazırlanan Aral'la göz göze gelmemeye çalışarak,

"Buraya kadar geldiğinize göre beni bağışladığınızı düşünebilir miyim, Bay Tigin?"

Aral, Doktor Henz'e acıyarak baktı.

"Sizi bazı konularda mazur görebilirim, Doktor. Ama bağışlayamam!" dedi.

***

Öğle yemeğinden sonra toplantı yapılacağı bir gün öncesinden duyurulmuştu.

Büyükelçi, yine aynı toplantı odasını seçmiş, Konsolos Bey'in isteğiyle Aral'ı de toplantıya çağırmıştı. Adolf Hitler'in resmi ya da gayrı resmi işgal ettiği ülkeleri sırayla saydıktan sonra konuşmasını sürdürdü.

"Birinci Cihan Harbi'ndeki dostluğumuzdan aldığı cesaretle yeşeren umutları giderek azalan Alman Hükümeti, Türklerin desteğini almak için çeşitli plan ve tuzaklar kurmaktadır. Bunun ardında, aralarının bozulduğu Rusya'yı bizim desteğimizle doğudan kolayca işgal etme planı da yatmaktadır. Alman Ordularının Kuzey Batı sınırlarımıza dayanması an meselesidir. Şu anda ülkemiz, en yüksek seviyede alarm durumuna geçmiştir!"

Büyükelçi konuşmasına ara vererek derin bir soluk aldı, toplantı kâtibinin hemen yanında oturan Aral'a baktı. Sonra önündeki kâğıtlardan birini masanın ortasına doğru eliyle sürükledi. İşaret parmağıyla kâğıdın üzerine birkaç kez sertçe vurdu ve,

"İşte bizi köşeye sıkıştırma planlarının, hatta aba altından sopa göstermenin başka bir delili! Bayan Berta Belkıs Mars! Bir vatandaşımız. Sanırım onu siz de yakından tanıyorsunuz, değil mi Aral Bey?"

Soruya ve üzerine çevrilen bakışlara hazırlıksız yakalanan Aral, sanki büyük bir suç işlemiş gibi tuhaf bir duyguya kapıldı.

"Evet, efendim," dedi kısık bir sesle.

Büyükelçi sert bir şekilde uyardı:

"Sizi duyamadım!"

Aral biraz daha kızarırken,

"Evet, efendim," dedi tekrar yüksek sesle.

"Pekâlâ. Şimdi bize bu bayanı anlatır mısınız? Kısaca, lütfen."

Aral şaşırdı. Büyükelçi neyin peşindeydi? Her şeyi bilmemesi imkânsızdı. Yine de kısa cümlelerle bir özet yaptı çabucak. Büyükelçi tatmin olmuşa benzemiyordu.

"Evet, çok iyi bildiğinizden emin olduğum bu olayı ben bir kez daha anlatayım. İspanya'dan göç ederek Almanya'ya yerleşen bir ailenin oğlu olan Doktor Albert Mars, bir Alman vatandaşı olmasının ötesinde üniversitede saygı gören bir beyin cerrahıydı. Evleneceği kadını, Türkiye'de yaşayan bir aileden seçmiş, karısını Berlin'e getirerek, satın aldığı müstakil bir evde yaşamaya başladı. Naziler iktidara gelince Doktor Albert Mars, hayatlarından endişe ettiği karısını ve çocuğunu, güvenlikte olacaklarını düşündüğü tek yere, yani Türkiye'ye gönderdi. Günün birinde Naziler, insanlar üzerinde yeni ve kabul edilemez bir araştırmaya katılmasını istediler. Çeşitli kesimlerden, özellikle yabancı kökenlilerden seçilen bu insanlar üzerinde deney yapmayı cesaretle reddeden onurlu Doktor Mars, işkence ile öldürüldü. Sonra adresini buldukları karısına haber vererek kazara ölen kocasının cesediyle ilgilenmesi ve teslim alması için onu Berlin'e çağırdılar. Tek arzusu kocasının cenazesini Türkiye'ye götürmek olan Bayan Mars, nasıl bir tuzağın içinde olduğunu şüphesiz bilemezdi. Sonunda onu da bir bahaneyle yasalara aykırı bir şekilde tutuklayıp hapse attılar. Bizim resmi başvurumuzu sudan sebeplerle oyalayan Alman Hükümeti, nihayet oyununu şurada gördüğünüz resmi cevapla sonuçlandırdı. Berta Belkıs Mars, kocası ile birlikte yüksek Alman menfaatlerine ve yaşadığı ülkeye ihanet ettiğini, İngilizler lehine casusluk faaliyetlerinde bulunan kocasına yardım ettiğini alenen itiraf etmiş, itirafnamesi bizzat kendi imzası ile tutanak haline getirilerek soruşturma dosyası ile birlikte Alman Yüksek Mahkemesi'ne sunulmuştur. Gizli duruşma sonunda Askeri Mahkeme'nin vereceği karar bize de resmen bildirileceklermiş! İşte, aynen böyle söylüyorlar! Evet, beyler, şimdi gözlerimizi bir an kapatıp düşünelim. Birincisi, bir Türk vatandaşının İngilizler lehine casusluk yapması, Türkiye'nin de İngilizlerle işbirliğine girdiği anlamına gelmektedir ki benim için en tehlikeli bahaneleri budur. İkincisi, bizim doğrudan müdahale ve savunma hakkımızı elimizden almış oluyorlar. Casusluğu ispat edilmiş birinin savaş kanunlarına göre idam edilmesi normal görülse de uzun bir süre bu yola başvurmayacakları anlaşılıyor. Bayan Mars'ı ellerinde bir koz olarak tutacaklarından eminim."

Masanın diğer ucunda sessizce oturan Kemal Bey'in dışında herkes gözlerini masadaki kâğıda dikmiş, düşünüyordu. Askeri Ataşe'nin sorusu sessizliği bozdu.

"Hükümetimizin bu mektuptan haberi var mı?" diye sordu.

"Metin özel mesajla bildirildi, Albayım," diye cevapladı Büyükelçi. "Bir kopyası çıkarıldıktan sonra aslını da Ankara'ya gönderdik. Oradan gelecek talimatlara göre stratejimizi tespit edeceğiz. Başka sorusu olan yoksa diğer konulara geçmek istiyorum. Aral Bey, siz görevinize dönebilirsiniz."

Aral, odada bulunanları saygıyla selamladıktan sonra çıkar çıkmaz koridorda ayak işlerine bakan odacı Salim'le yüz yüze geldi.

"Bugün geç geldiğinizi kimse bilmiyor," dedi Salim, sorusu olmayan bir yanıt vererek.

Aral, ona ters ters bakarken bir yandan da ayaklı bir gazete gibi ortalarda dolaşıp herkese haber yetiştiren bu adamın sözlerinin altında başka bir şey olup olmadığını anlamaya çalıştı. O gece yine rahat uyuyamadı.

Sabah keskin ayaz, pırıltılarla doğan güneşe rağmen açıkta kalan yüzleri ve elleri ısırmaya devam ediyordu. Aral, erkenden kalkmış, iş başı yapan telaşlı insanların arasından geçerek Henz'lerin evinin yolunu tutmuştu.

Zilini çaldığı kapı açılınca karşısında biraz toparlamış, saçları yıkanmış, taranmış bir Marlene buldu kapıda. Hâlâ yüzü gülmese bile aklı başında görünen Marlene, Aral'ın sorusuna karşılık Doktor Henz'in erkenden enstitüye gittiğini söyledi. Alex, herhalde onları baş başa bırakmayı istemişti.

"Arzu ettiğiniz başka bir yer yoksa sizi bildiğim bir yere götüreceğim," dedi Aral. "Bir Fransız lokantası. Harika bir kahvaltı servisi var ve olağanüstü kekler yapıyorlar."

Marlene sırtında ki yakası siyah kürklü mantosunu giyip yün eldivenlerini takarken,

"Fark etmez, Bay Tigin," dedi. "Önce biraz yürümek istiyorum, sizce bir sakıncası yoksa."

"Neden olsun ki? Yürümeyi ben de severim."

Kruppsstrasse'ye çıkıp hiç konuşmadan metro hattı boyunca yürüdüler. Elbiselerden içeri sızmaya çalışan soğuk hava ikisini de rahatsız etmemişti. Bu havanın Marlene'e iyi geldiği belliydi. Birkaç kez art arda derin soluk aldıktan sonra,

"Ne kadar güzel bir hava, değil mi Bay Tigin?" dedi içtenlikle. "Sanki Tanrı, Berlin'deki tüm pislikleri saf oksijenle temizlemek istiyor!"

Aral, onun hâlâ kaybolmayan içtenliğine bayılıyordu. Gülümsedi.

"Haklısınız Bayan Henz, aynı fikirdeyim," dedi. "Ama Tanrı'nın işi bu günlerde zor gibi görünüyor. Umarım dediğinizi başarır!"

Sonunda metro istasyonuna girdiler ve Berlin'in güneyine gittiler. Aral'ın daha önce Belkıs'ı getirdiği lokantaydı burası.

Marlene, kızarmış ekmekle tereyağı, böğürtlen reçeli ve peynirden oluşan bir tabak sipariş etti, portakal suyu içti. Günlerdir ilk kez doğru dürüst bir kahvaltı yapmıştı. Ardından Fransız aşçının meşhur keki geldi.

"Gerçekten nefismiş," dedi Marlene, tabağındaki dilimi bitirerek.

Aral, burayı Berta Belkıs'la birlikte keşfettiklerini, ama ne yazık ki sadece bir kez gelebildiklerini söyledi. Çok yakında hep birlikte geleceklerine inanıyordu. Marlene'in kahvaltısı bittiğine göre yanıtını aradığı sorunun zamanı gelmişti.

"Bayan Henz, Berta Belkıs'la birlikte gittiğiniz gün neler oldu?"

"Sadece Marlene, Bay Tigin!"

"Bazen aklım karışıyor. Benim adım da Aral, biliyorsunuz."

"Tabii, biliyorum. Evet, ne sormuştun?"

"Neler olduğunu anlatacaktın?"

Marlene, arada bir düşüncelere dalıp anımsamaya çalışarak olanları anlatmaya başladı. Aslında anlatacak fazla bir şeyi yoktu. İçişleri'nden Memur Eicke (adının Eicke olduğundan bile kuşkuluydu) onları sık ağaçlarla kaplı ormanlık bir yerde gizlenmiş, etrafı yüksek duvarlarla çevrili, büyükçe bir binaya götürmüştü. Bahçe kapısında makineli tüfekler taşıyan siviller nöbet tutuyordu. İşte o zaman başlarının dertte olduğunu anlamıştı. Bilseydi, evden dışarı bir adım bile atmaz, Berta'nın çıkmasına da izin vermezdi. Ama çok iyi bir tuzaktı, anlamaları imkânsızdı. İkisini bir süre oldukça iyi döşenmiş bir salonda ağırlamışlar, son derece nazik bir şekilde kahve ikram etmişlerdi. Bulundukları yer resmi bir ofisten çok lüks bir kır evine benziyordu.

Kısa bir süre sonra başının döndüğünü anımsıyordu. Kendine geldiğinde evindeydi ve yanında Berta yoktu. Tüm bildiği bu kadardı.

"Böylece işleri biraz kolaylaşmış," dedi Aral. "Yapmak istedikleri bir şeyi yapmalarına hiç kimse engel olamaz, Marlene. Sen bile. Ne yazık ki bizden erken davrandılar. Geç kalmakla ben de suçlu sayılırım."

Her ikisi de olacakları önceden bilen Alex'ten söz etmemişti. Marlene, onun adını bile ağzına almak istemiyordu. Aral'a gelince, kızgın olsa bile kin duymadığı Alex'i anlamaya çalışıyordu. "Cesaret, herkesin sahip olamayacağı, fazladan bir özelliktir," diyenler haklı olsa da onu affedemiyordu.

"Berta gerçekten iyi mi?" diye sordu Marlene.

"En azından kötü değil. Onu casuslukla suçladılar. Bir hücrede tutuyorlar. Yakında sahte bir mahkemeye çıkarıp mahkûm etmeyi düşünüyorlar. Ama bunu başaramayacaklar."

Bu arada, dün akşamdan beri içinde kıvranan ikinci sorusunu sordu Aral.

"Marlene, sana bir şey daha sorabilir miyim?"

"Tabii sorabilirsin."

"Dün bana bir şey söyledin. Yani, Berta'nın bana karşı özel duygular beslediği hakkında. Bu, sadece senin düşüncen miydi?"

"Düşünce mi? Bu kadar açık bir şeyi göremiyor musun? Bir kadın olarak bu duyguyu çok iyi bilirim, çünkü ben de yaşadım. Önce bir sıcaklık hissedersin. Sonra karşındakine güven duyduğunu hissedersin. Sonunda kontrol senin elinden çıkar, sanki dünyada başka insan yokmuş gibi hep onu düşünmeye başlarsın. Son günlerde Berta da kendini kontrol edemiyordu. Ne zaman adın geçse kızarıyor, heyecanlanıyordu!"

"Sana benden bahsetti mi hiç?"

"Hayır. Duygularını hemen açığa vuracak kadar açık sözlü ve cesur biri değildir. Üstelik böyle bir sırada! Sadece bir gün, senin ona karşı çok özel davrandığından söz ederken çok mutlu görünüyordu. Ona âşıksın, değil mi Aral?"

Aral ilk kez kızarmadı, Berta Belkıs'dan daha cesur davrandı.

"Evet, Marlene, Onu seviyorum," dedi. "Berta'yı görünceye kadar aşka inanmazdım, çok komik bulurdum. Bir anda dünyam alt üst oldu. Olağanüstü bir şeymiş meğer!"

"Aral, Berta sana çok güveniyordu. Onu kurtar lütfen!"

"Bana güven, Marlene. Nasıl yaparım bilmiyorum, ama onu kurtaracağım, söz veriyorum."

Aral, önceden haber verilen toplantıyı hatırladı birden. Fazla zamanı kalmamıştı. Bunu söz arasına sıkıştırarak Marlene'den özür diledi. Aynı kahvaltıyı, en kısa zamanda Berta'yla birlikte tekrarlama sözü vererek kalktılar.

KAÇIŞ

Kemal Bey, ses tonunu hep aynı seviyede tutarak her zamanki ciddi tavrıyla konuşmaya başladı. Aral'ın çalışma odasındaydılar. Ayakta durmayı tercih etmiş, bir eli cebinde, sırtını evrak dolabının yanındaki duvara dayamış, bir bacağını ötekinin üstünden aşırmıştı.

"Aldığımız istihbarata göre, Berta Belkıs Hanım'ı iki gün sonra kısa bir mahkemeden sonra henüz yerini öğrenemediğimiz özel bir hapishaneye sevk edecekler ve muhtemelen kurşuna dizecekler," dedi. "Fazla zamanımız kalmadı. Şimdi, beni can kulağıyla dinlemenizi istiyorum. Yanınıza, size ait olan hiçbir özel eşya almadan yeni bir valiz hazırlayıp yarın sabah Hamburg'a doğru yola çıkacaksınız. Yeni elbiseler ve çamaşırlarla birlikte yeni pasaportunuz ve yeterli miktarda para verilecek. Bundan böyle siz, iki gün önce Almanya'ya gelen bir demir tüccarısınız. Adınız Ali Tarık Sezgin. Yeni adınızı ve kimliğinizi iyice ezberlemenizi istiyorum. Pasaportunuzda giriş damgalarını da bulacaksınız. Treniniz tahminen akşam altı sularında Hamburg garına girecek. Orada inerek iki durak Kuzeydeki Shulz'a giden banliyö trenine binin. İstasyonda sizi bir adamımız karşılayacak. Onu tanımazsınız, ama o sizi mutlaka bulacaktır. Gideceğiniz yer, kasabanın dışında küçük bir çiftlik evi. Bir süre o evde misafir olacaksınız. Buraya kadar her şeyi iyice anladınız mı?"

Aral tüm bu planın nereye varacağını henüz kestirememişti. Yine de, "Evet, efendim," dedi.

Kemal Bey karşısındaki genç adamı kuşkuyla süzdü.

"Sanırım her şeyi bir kez daha tekrar edeceğim," dedi. "Her neyse, çiftlik evine gider gitmez valizinizi bir kenara koyun, keyfinize bakın. Bu arada kesinlikle dışarı çıkmayacak, kimseye görünmeyeceksiniz. Eğer işler umduğumuz gibi giderse orada çok beklemenize gerek kalmayacak. Ve nihayet, Alman bir dostumuz yanında getireceği Berta Belkıs'ı, yeni adıyla Nergis Hanım'ı pasaportuyla birlikte size teslim edecektir."

Aral hayretle Kemal Bey'e baktı. Son cümlesini yanlış duyup duymadığını merak etti. Onun bu şaşkınlığını bekleyen Kemal Bey gülümseyerek tekrarladı:

"Evet. Bir aksilik olmazsa, Berta Belkıs'ı yanınıza göndereceğiz."

"İnanamıyorum! Bunu nasıl yapacaksınız, Kemal Bey?" diye sordu Aral. Heyecanlanmıştı.

"İşin o tarafını bize bırakın. Siz sadece söylenenleri yapın, yeter. Hiçbir yerde, hiç kimseye soru sormak yok. Kendi kafanızdan plan program yapmak, fevri davranmak da yok! En ufak bir falsonuzda, derhal geri çekilir ve sizi kaderinizle baş başa bırakırız. Bu da foyanızın ortaya çıkması ve elçiliğin güç duruma düşmesi demek olur ki hiç de arzu edilmeyen bir durumdur! Ayrıca boşa giden onca emeği de unutmayın! Bu emeklerin içinde neler var, bir bakalım? Türkiye'deki sayın büyüklerimizin, siyasi suçlular dâhil birçok insana, hatta İngiliz hükümetine verdiği tavizler var. Hazine tam takırken harcamak zorunda kaldığı bir yığın para var. Ülkemizi tehdit eden bir savaşın ortasında sizin için ayrılan zaman ve gayretler var. Daha sayayım mı? Bu gerçeği aklınızın bir köşesinde tutun ve size söylenen şeyleri harfiyen yerine getirin. İyice anladınız mı? Ha, bu arada Sayın Konsolos'un üstümüzdeki baskılarını da unutmayalım! Nedenini bilmiyorum ama, tüm saygısızlığınıza ve asiliğinize rağmen korumakta ısrar ettiği size çok değer verdiği belli. Ben olsam aynı şeyleri yapamazdım doğrusu!"

Aral yüzünün kızardığını hissetti. Gözlerini kaçırmaya çalışarak,

"Saygısızlık aklımın ucundan bile geçmedi," dedi.

Kemal Bey kayıtsızdı.

"Bu sizin sorununuz!" dedi. "Her neyse, kendi işimize dönelim. Artık evli bir çiftsiniz."

"Bir şey sorabilir miyim?"

"Buyurun, sizi dinliyorum."

"Önce bir, sonra iki kişi olacağız. Dikkati çekmeyecek mi?"

"Hayır. Bunun farkına varacaklarını sanmıyorum. Çünkü kullanılmış tren biletlerine varıncaya dek her şey iki kişi olarak ayarlandı. Ancak tek kaygım, resimlerinizin Hamburg'da dağıtılmış olma ihtimali ve riskidir. İşte burada dua etmemiz gerekecek! Dileyelim, ikiniz de resimler yetişmeden önce Hamburg'dan ayrılmış olun. Yine de her ihtimale karşı size verilen evlilik yüzüklerini takmayı unutmayın ve son derece soğukkanlı davranın. Hatta çiftlik evinden ayrılıp da şehir merkezine indiğinizde karınız Nergis Hanım şımarıkça alışverişler yapsın! Ne de olsa zengin bir tüccarsınız. Her neyse, Berta Belkıs'ı getirenlerden tekrar haber gelinceye dek çiftlik evinde kalmaya devam edeceksiniz. Bu arada daha önce sizin için bırakılan bir valiz bulacaksınız evde. İçinde karınıza ait elbiseler, makyaj malzemeleri gibi şeyler olan bir valizdir bu. İşler yolunda giderse, aynı adam veya adamlar tekrar çiftliğe gelerek her ikinizi de valizlerinizle birlikte Hamburg'daki bir otele götürecekler. Gerçi yolda da izah edeceklerdir, ama yine de söyleyeyim. Üç gece için ayrılan odanızın parasını peşin ödeyeceksiniz. O gece otelde kalıp ertesi gün, karınızı otelde yalnız bırakarak satın aldığınız demir kütükleri Türkiye'ye taşıyacak olan bir yük gemisi kiralamak üzere limana ineceksiniz. Hamburg Limanını gördünüz mü hiç?"

"Evet, iki defa gitmiştim. Yalnız, bir şey daha sormak istiyorum. Sıra dışı bir şey olur da satın aldığım kütüklerin nerede olduğunu sorarlarsa ne diyeceğim?"

"Bak bu güzel bir soru. Ben de tam bu noktaya gelmek üzereydim. Demir kütükleri Ali Tarık Bey'in adını kullanarak İstanbul'daki arkadaşlarımız sipariş etti. Hepsi Hamburg'daki bir depoda yüklenmek üzere bekliyor. Yani gerçekte böyle bir sipariş var. Deponun adresi ve sipariş evraklarını evrak çantanızda bulacaksınız. Siz Türkiye'ye dönünce gerçek yüklemeyi biz yapacağız. Zaten hükümetimizin de o kütüklere ihtiyacı var, boşa gitmez."

"Anladım. Devam edebilirsiniz."

"Pekâlâ, limanda yük gemilerinin bağlı olduğu bir merkez var. Orada herhangi bir gemiyle pazarlığınızı yapıp anlaşmayı imzalayabilirsiniz. Hepsi yük bekliyor. Yeter ki Alman Hükümetinden izinli olsun! Önden avans verip asıl parayı teslimde ödemek üzere anlaşacaksınız, bu usuldendir. İşin bu tarafı o kadar önemli değil. İşiniz biter bitmez otele dönün ve karınızı alarak dışarı çıkın, çarşı-pazar dolaşın ve otele dönün. Ertesi sabah erkenden karınızı da yanınıza alarak tekrar limana inin. Amacınız, hazır Hamburg'a gelmişken motorlu bir tekne kiralayarak koyları dolaşmak, zaman geçirmek. Bu bahaneyle kiralık teknelerin bağlandığı korunaklara gideceksiniz. Orada, oldukça büyük iki adet korunak göreceksiniz. Sizin tekneniz bir numaralı korunakta bekliyor olacak. Hamburg'u gezen bir çift olduğunuzu unutmayın ve Hamburg'dan ayrılıyormuş gibi bir izlenim vermeyin sakın. Bu nedenle, valizlerinizi ve evrak çantanızı kaldığınız otelde bırakacak, yanınıza hiçbir şey almayacaksınız. Sadece sıkı giyinin. Bildiğiniz gibi bu mevsimde hava buz gibi olur. Bir numaralı korunakta rasgele dolaşıyormuş da sanki orada görüp beğenmiş gibi davranarak "Flamme" isimli, lüks kamaralı tekneyi bulun. Bu tekne, olur ya bir aksilik sonucu birkaç gün gecikseniz bile sizi hep orada bekleyecektir. Herkesin duyabileceği şekilde sıkı bir pazarlık yapın ve bir miktar para verin. Ne kadar verdiğiniz önemli değil, çünkü kaptanın parası peşin ödendi. Tekne kıyıdan seyrederek en sonunda sizi Bremerhaven'in koylarına götürecektir. Alman destroyerlerinin bağlı olduğu bir limandır burası. Yani, güvenliğin en çok olduğu, ancak dikkati en az çeken yerdir. Etrafı hayran hayran seyredin. İşini çok iyi bilen ve deneyimli olan kaptan, bir yolunu bularak bir balıkçı korunağına girecek ve ikinizi de büyük bir balıkçı teknesine aktaracaktır. İşte işin en tehlikeli kısmı burada başlıyor. Ne yazık ki uzun bir süre küçücük gizli bir bölmede saklanarak seyahat etmek zorundasınız.

Bu andan itibaren her şeye kaptan karar verecek. Tek dileğimiz, sizi önceden belirlediğimiz noktada karaya çıkarması ve orada bekleyecek olan ajanlarımıza teslim etmesidir. Son yolculuğunuzu Kuzeybatı Rusya sınırı üzerinden yapacaksınız. Şimdilik bilmeniz gereken bu kadar."

Sözünü tamamlayan Kemal Bey, aynı şeyleri kâğıt üzerinde iki kez daha tekrarladıktan sonra,

"Bir defa daha anlatayım mı?" diye sordu.

"Hayır, efendim," diye yanıtladı Aral. "Her şeyi çok iyi anladım. Yalnız kafamı kurcalayan iki şey var. Birincisi, Almanlar beni ve Berta Belkıs Hanım'ı çok iyi tanıyor. Onun kaybolmasından veya kaçırılmasından sonra benden kuşkulanacaklardır. Dolayısıyla beni burada, Berlin'de görmek isteyeceklerdir. Göremezlerse bütün Almanya'da aramaya başlarlar ve dediğiniz gibi her tarafa resimlerimizi dağıtırlar. Bunu onlara nasıl izah edeceksiniz?"

"Bu birincisi. Evet, ikincisi?"

"Hamburg'a giderken birçok kontrol noktasından geçeceğimizi sanıyorum. Ben, bir demir tüccarı olamayacak kadar genç biriyim. Bana inanmayabilirler."

Kemal Bey, Aral'ın yanına yaklaştı.

"Yerinde sorular," dedi. "Önce ikincisini cevaplandırayım. İstanbul'da, Almanya'dan ithâlât yapan böyle bir tüccar ve tam sizin yaşlarınızda bir oğlu var. Adı da Ali Tarık Sezgin. Yani gerçek bir isim taşıyacaksınız. Babasının işyerinde çalışan bu genç adam, çelik yapımında kullanmak üzere demir kütükler satın almak için birkaç kez Almanya'ya gelmiş. Siz, onun sadece fotoğrafı değiştirilmiş gerçek pasaportunu taşıyacaksınız. Ali Tarık Sezgin bir Alman okulundan mezun olmasına rağmen Almancası berbat ve genç karısıyla seyahat etmeyi seviyor. Berta Belkıs Hanım'ın pasaportu da buna göre düzenlenecek. Bu nedenle, ne olur ne olmaz, Bremerhaven'den açık denizlere açılıncaya kadar siz de çok kötü bir Almanca ile konuşun. Tüccarın oğlu ve gelini hakkındaki kişisel bilgiler size ayrıca verilecek. Karşılaşabileceğiniz her türlü soruya hazırlıklı olmalısınız."

Kemal Bey, sanki bir şey söylemek isteyip de vazgeçer gibi bir an düşündü. Sonra toparlanıp kapıya doğru yürürken,

"Gelelim birinci sorunuza," dedi ve kapıyı açarak dışarıda bekleyen birini içeri çağırdı.

Aral hayal gördüğünü sandı. Gözlerini kapayıp tekrar açtı. Başka bir Aral Tigin karşısına dikilmiş, hafifçe gülümsüyordu. Onun bu hali Kemal Bey'i memnun etmişti. Kapıyı kapatarak Aral'a döndü.

"Siz bile bu kadar şaşırdığınıza göre istediğiniz cevabı vermişiz demektir," dedi. "Evet, geçici Aral Tigin'i takdim edeyim. Birkaç kusuru var tabii ki. Çok yakından bakarsanız farkınız hemen anlaşılabilir. Üstelik sizden birkaç santim kısa, daha zayıf ve biraz daha esmer tenli. Yaşça da daha büyük tabii. Ha, bir de Almanca sorunu var. Hemen hemen hiç bilmiyor! Ama çok iyi Arapça ve Fransızca konuşuyor. Çünkü kendisi Cezayirli."

Aral'ın şaşkınlığı hâlâ geçmemişti. Elini uzatan Cezayirli ile tokalaşmak için ayağa kalkarken büyük bir boy aynasına bakar gibiydi. Kemal Bey, bu adamı, bu kadar kısa sürede nereden bulduklarını açıklama gereği duymadan,

"Bay Hassan'ı biraz makyajla bu hale getirdik," dedi. "Türkiye'ye ulaştığınızı haber alıncaya kadar sizin kimliğinizi taşıyacak olan Hassan, elçiliği sürekli izleyen Almanların içini rahatlatmak için daima Konsolos Bey'in yanında görülecek. Hatta birkaç kez birlikte dışarı çıkıp geri dönecek. Yanına yaklaşıp konuşmak istemeleri durumunda ise Konsolos Bey müdahale edecek. Umarım böyle bir şey olmaz. Her şey istediğimiz gibi giderse ve İstanbul'a ulaştığınız haberi gelirse burada kalan sahte Aral Tigin, özel bir görevle ve sizin pasaportunuzla Türkiye'ye gönderilecek. Siz de birkaç gün içinde tekrar Berlin'e geri geleceksiniz. Hepsi bu kadar. Yarın tebdili kıyafetle ve özel bir arabayla buradan ayrılmanızdan önce planlarımızı son aşamasına kadar birlikte tekrar test edeceğiz. Şimdi gidin hazırlığınızı yapın."

Aral, Kemal Bey'e teşekkür etmeden önce,

"Son bir soru, efendim," dedi. "Berta Belkıs Hanım'ı Hamburg'a getirmeyi başaramazsanız ne olacak?"

Kemal Bey kendinden emindi.

"Başaracağımızı umuyorum. Yine de arzu edilmeyen bir durumla karşılaşırsak, bundan haberiniz olacak ve hiçbir şey olmamış gibi sakin bir şekilde yine Ali Tarık Sezgin olarak aynı yoldan geri döneceksiniz. Asıl önemli olan, söz konusu bayan sizinle beraberken bir aksilik olmasın. Foyanız ortaya çıkarsa, her şeyin sonu demektir! Şüphesiz hayatlarınızın da! Buna kendinizi alıştırmalısınız. Şimdilik bunları düşünecek zaman değil. Gidip hazırlanın ve iyice dinlenin. Sizi uzun bir yolculuk bekliyor."

"Son derece karışık bir ortamda olağanüstü şeyler yapmışsınız, Kemal Bey! Lütfen minnettarlığımı kabul edin. Her şey için teşekkür ederim."

Kemal Bey'in ciddi yüzünde hiçbir değişiklik olmadı. Çok önemsiz bir şey yapıyormuş gibi omuzlarını silkti. Sadece,

"Bana değil, Konsolos Bey'e ve bunun için birçok bedel ödeyen ülkenize teşekkür edin," dedi.

Aral odayı terk etmeden önce Kemal Bey'in elini sıktı. Sonra kendisinin yerine geçen Cezayirliye elini uzattı, Fransızca,

"Size de teşekkür ederim, Mösyö," dedi.

Cezayirli son derece içten gülümsedi.

"İstanbul da tekrar görüşeceğiz, Mösyö Tigin, orada teşekkür edersiniz," diye cevapladı.

***

Aral'ın hazırlıkları bitmişti. Yeni aldığı paltosu dâhil özel eşyalarını, kullanması için Cezayirliye bırakmıştı. Tan sırasında uyanmış, hepsi Türkiye'de dikilmiş gibi hazırlanan yeni elbiselerini giymişti. Kendisine verilen kaşmir paltoyla şapkasını daha sonra almak üzere sandalyenin üzerine bıraktı. Mesai başlar başlamaz Büyükelçi'yle vedalaştı önce. Onun her zamanki babacan tavrıyla verdiği kısa öğütleri dinledi ve elini içtenlikle sıkarak yanından ayrıldı. Sonra kendisine tembih edildiği şekilde kimseye uğramadan Konsolos Bey'in odasına girdi. Konsolos Bey, elindeki bazı kâğıtları inceliyordu. Burnunun üstündeki okuma gözlüklerini çıkarıp masaya koydu. Yüzünde mutsuz bir ifade vardı. Bir süre ikisi de konuşmadı. Aral başını öne eğmeden bakışlarını yere indirmiş, onun konuşmasını bekliyordu. Sonunda, Konsolos Bey yavaşça koltuğundan kalkıp odanın orta yerine geldi.

"Demek gitme vakti geldi," dedi hüzünlü bir tonda.

"Evet efendim."

"Her şeyin farkında mısın? Seni birçok tehlike bekliyor. Geri dönemeyebilirsin."

"Kendimi her türlü tehlikeye hazırladım, efendim. Gerisi alınyazım."

"Benden istediğin özel bir şey var mı?"

Aral elini ceketinin iç cebine soktu. Sarı bir zarf çıkarıp Konsolos Bey'e uzattı.

"Geri dönmezsem bu zarfı açıp okuyun, efendim," dedi.

Konsolos Bey, soru sormadan zarfa şöyle bir baktı, "tamam" der gibi başını salladı, kendi cebine koydu. Sevdiği kadın uğruna her şeyi göze alan genç memuruyla vedalaşmak için elini uzattı. Alışık olmadığı bu sahneyi uzatmak istemiyordu. Deminden beri engellemeye çalıştığı hüzünlü sesi giderek titrek bir hal almıştı.

"Pekâlâ, oğlum," dedi. "Allah yardımcınız olsun. Tekrar dönmeni bekleyeceğim. Bütün bu olanlardan ailenin haberi yok. Türkiye'ye gittiğin zaman kendin anlatırsın. Benim özel selam ve hürmetlerimi söylemeyi de unutma sakın."

"Memnuniyetle, efendim, buna çok sevinirler."

Aral uzanan eli öpüp alnına koymak istediyse de Konsolos Bey izin vermedi, elini geri çekti.

"Tekrar döneceğim, efendim," dedi Aral. "Yine de başıma bir iş gelirse, geri dönemezsem. Yani demek istediğim, sevginize ve iyiliklerinize nankörlük etmeyi ya da size saygısızlık etmeyi bir gün bile aklımdan geçirmediğimi bilmenizi isterim. Lütfen hatalarımı bağışlayın."

Konsolos Bey, çukurlara saklanan damlaları gözlüklerinin ardında tutmaya çalışarak,

"Bağışlanacak bir şey olduğunu hatırlamıyorum," dedi kırık sesiyle. "Hadi git şimdi, yapacak bir sürü işim var!"

Aral, son bir kez cesaretle Konsolos Bey'in yüzüne baktı. Odadan çıktığı anda her ikisinin de güçlükle tuttukları damlaların artık özgür kalacaklarından emindi.

HAMBURG

Bir panzerwagen'in pusuya düşürüldüğü, mahkemeye götürülmek üzere yola çıkarılan İngiliz Casusu Berta Belkıs Mars'ın kaçırıldığı haberi RSHA şefi Heydrich'in odasına bomba gibi düşmüştü. SD ve Gestapo şefleri, kıpkırmızı suratıyla pencereden dışarıyı seyreden Heydrich'in karşısında mumya gibi dikilmişler, sessizliğin ardından gelecek yıldırım ve şimşekleri ürpertiyle bekliyorlardı.

Ama korktukları olmadı. Heydrich ağır ağır geri döndü. Karşısında sessizce dikilen sefilleri, aptal kafalarından pahalı giysilerine, parlak ayakkabılarına kadar süzdü. Midesi bulanıyor, soluğu daraldıkça tilki gözleri kısılıyor, yanakları biraz daha kızarıyordu. İçine düştüğü acınacak durumun nedenini, bu iğrenç adamların suratında arıyordu. Nihayet derin bir soluk alabildi. Ağzının içinde yoğurarak diliyle dışarı ittiği her sözcükte kötü bir geleceğin açık esintisi vardı.

"Evet, baylar! Size iki gün, sadece iki gün süre. Almanya da, kendi evimizde bize saldırmaya cesaret eden bu hainlerin yerine kurşuna dizilmek istemiyorsanız gidin hepsini bulun! Yalnız unutmayın, siz onları buluncaya kadar bu olaydan kimsenin haberi olmayacak. Aksi halde, ben cehenneme gitmeden önce sizi gönderirim!"

Gestapo Şefi Müller, kalp krizi geçirmek üzereydi. Açık avucuyla kolunu havaya kaldırıp Heydrich'i selamlarken gücünü kaybederek yere düşmekten korktu. Başka cehenneme gerek yoktu, Heydrich cehennemin kendisiydi zaten!

SD ve Gestapo, tüm ülkeyi hallaç pamuğu gibi attı. Kuşku duydukları her yer, hatta ağaç dalları, fare delikleri bile didik didik aranmaya başladı. Yüzlerce insan tutuklandı. Hainlerin, saldırının gerçekleştiği Kreuzberg civarında saklandıklarına emin olan Müller, tüm bölgeyi abluka altına almıştı. Onun emin olduğu diğer bir konu ise, bu işte Türklerin parmağının olduğuydu. İngilizler, kendileriyle hiçbir ilgisi olmayan bir kadın için parmaklarını bile kıpırdatmazlardı, bundan adı gibi emindi. Yalnız çözemediği, çok gizli tutulan suçlunun nereye ve ne zaman nakledileceğini nasıl öğrenmiş olduklarıydı. Kendi içlerinde onlara yardım eden hain biri olmalıydı! İlk günün ikinci yarısını odasına kapanarak geçirdi. Yardımcılarını, çalışanları, bölüm sekreterlerini sırasıyla gözünün önünden geçirdi. Akşamüstü çok güvendiği özel ajanlardan birkaçını çağırarak,

"Hain ben olsam bile, bulun onu!" diye emir verdi.

Sonra ajanlardan en kıdemlisine döndü.

"Şu Bay Tigin'den ne haber, Henrich?"

Sırtındaki kalın pardösü ve elinde ki fötr şapkasıyla her an dışarı fırlayacakmış gibi duran Henrich,

"Sürekli gözetim altında Herr Gruppenführer. Henüz binadan dışarı çıkmadı. Sadece bu sabah odasının camlarını iki kez açarak havalandırdı."

"O olduğuna emin misiniz?"

"Yanılmamız imkânsız, Herr Gruppenführer. En güçlü dürbünlerle izliyoruz. Bu arada Salı sabahı, yani iki gün önce Büyükelçi, arabasıyla çıkarak Dışişleri binasındaki bir toplantıya gitti. Orada çeşitli konuları görüştüler. Bu arada, bir Türk vatandaşının adının casusluk olayına karışmasından üzüntü duyduklarını, böyle bir şeyin asla mümkün olamayacağını ve Alman adaletine güvendiklerini belirten bir konuşma yaptığını da belirtmek isterim. Kaçırılma olayından haberleri yokmuş gibi davranıyorlar. Hepsi tutanaklara geçti. Alışılmış insanların dışında elçiliğe başka giren çıkan yok. Temizlikçiler, postacılar gibi sıradan insanlar. Hepsinin kaydı var bizde ve izleniyorlar. Kısacası her şey son derece olağan görünüyor."

"Beni korkutan da bu zaten! Her dakika, her saniye izlemeye devam edin. Dikkatinizi çeken bir şey olursa anında haberim olacak."

"Baş üstüne, Herr Gruppenführer."

***

Bu konuşmanın olduğu sırada Aral'ın treni altı saat rötarla Hamburg'a girmek üzereydi. Yolda birçok kontrolden geçmiş, sonuncusunu güçlükle atlatmıştı. Yaptığı işten zevk alan bir askerin bunaltıcı soru yağmuruna tutulmuş, son derece rahat davranmasına rağmen meraklı askerin, komutanını çağırmasına engel olamamıştı. Ay yıldızlı pasaportu dikkatle inceleyen Üsteğmen, askerinin tersine günlerdir aynı işi yapmanın verdiği bıkkınlıkla,

"Ticaret için uygun bir zaman değil, Bay Sezgin. Bizimkiler dışarıya demir-çelik vermiyorlar diye duymuştum!" demişti kuşkuyla.

Aral, sanki kelimeleri güçlükle anlıyormuş ve yine güçlükle cevap veriyormuş gibi bozuk bir şiveyle,

"Bize vermeyecekler de kime verecekler? İthâlâtla ilgili izinlerim burada işte!" diye yanıtlamıştı. "Vereceğiniz malzemeye şimdi daha çok muhtacız, komutan. Sizinle birlikte savaşıp yenildiğimiz için her şeyimizi elimizden aldılar. Düşmanların ne yapacağı bilinmez, hazırlıklı olmamız lazım!"

Üsteğmen bu cevabı sevmiş, kuşkuları dağılmıştı. Evraklara bakma gereği bile duymadan selam verip iyi yolculuklar dileyerek askerleriyle kompartımanı terk etmişti.

Tren homurdanarak gara girdi. Aral'ın, Berlin'den birkaç kat daha soğuk hissettiği Hamburg akşamının epey ilerlemiş saatinde, kentin kuzey banliyösündeki oteline gidecek treni bulması çok güç oldu. Fazla içmekten gözleri kızarmış genç bir delikanlı, boştaki koluyla sardığı sevgilisini bırakmadan diğer elindeki bira şişesini sallayarak iyi giyimli, fötr şapkalı yabancıya peronun numarasını söyledi. Bira kokan dudaklarıyla sevgilisinin üşümüş burnunu öptü ve sır verir gibi,

"Bu saatte trenler çok geç gelir, bayım. Epey bekleyeceksiniz," diye konuştu. "Garın içinde açık bir birahane var. İsterseniz sandviç bile bulabilirsiniz."

Aral bira içmediğini, bekleme salonunda bekleyeceğini söyleyerek teşekkür etti.

Asker çağındaki delikanlı uzaklaşırken sarıldığı kıza, yabancıların bira sevmediğini, daha çok şarap içtiklerini, bu bilgisini ise ailesiyle çıktığı yurtdışı gezilerinden edindiğini övünerek anlatıyordu.

Aral, soğuk bekleme salonu yerine sıcak bir yeri tercih ederdi, ama dikkati çekecek her şeyden kaçınması tembihlendiği için elinde valizi, ışıkları yanan bekleme salonunun yolunu tuttu.

Oldukça büyük bekleme salonu tahmininden kalabalıktı. Ellerinde torbalarıyla izine giden askerler ve sessizce oturan yorgun görünüşlü yolcular gördü. Elleri kalçalarında kenetli iki gar polisi bir köşede sohbete dalmıştı. Bu saatte bu kadar kalabalık olacağını tahmin etmemişti. Yanlarında beyaz yüzlü küçük bir kız çocuğu olan yaşlı bir çiftin karşısındaki boş kanepeye oturup beklemeye başladı. Küçük çocuğun iri gözlerini kendisine dikip meraklı bakışlarla süzmesinden rahatsız olsa da belli etmedi, sevecen gülücüklerle karşılık vermeye çalıştı. Gülücüklere aldırmayan çocuğun iri gözlerinde ve beyaz yüzünde hiçbir değişiklik olmadı.

Sarhoş gencin söylediğinin tersine tren çabuk geldi. Kız çocuğunun ürkütücü sabit bakışlarından kurtulduğuna sevinen Aral, anonsu duyar duymaz koşar adımlarla bineceği perona gitti.

Birkaç durak sonra ineceği yol boyunca, kenarına oturduğu karanlık camdan yansıyan yüzünü inceleyen Aral, umutlarına rağmen içini karartan kuşku ve korkularına baktı durdu. Kısa sürede inanması zor günler yaşamıştı. Biri kalkıp da, "Belkıs diye biri gelecek, inandığın tüm değerleri değiştirerek hayatını altüst edecek, elçiliği güç durumlara düşürerek Almanların kapısına dayanacak ve kendini Hamburg'da bulacaksın!" dese, onu akıl hastanesine gönderirdi. Oysa şimdi, kendisi akıl hastanesine gidecek durumdaydı! Kemal Bey'in sözünü dinlemekle doğru yapıp yapmadığını düşünmek bile korku veriyordu! Ölen birini diriltmek ne kadar imkânsızsa, seçkin korumaların elinden Belkıs'ı alıp Hamburg'a göndermek de o kadar imkânsız gibi geliyordu ona.

***

Belkıs'tan haber alamayan Aral, indiği istasyonda kendisini karşılayan kısa boylu, iyi giyimli, tanımadığı bir adamın götürdüğü çiftlik evinde karabasanlarla dolu on iki gün bekledi. Gittikçe umutları azalmış, ne yapacağını bilemez hale gelmişti. Küçük bir arazinin ortasında, tavuk kümesleriyle karışık domuz ahırlarının bitişiğinde küçük bir çiftlik eviydi burası.

Ev sahibi Papas, felçli karısı öldükten sonra tek başına yaşayan İzmirli bir Rumdu. Artık unutmaya yüz tuttuğu Türkçesini kullanmaya çalışıyor, yetmediği yerde Almancasını imdada çağırıyordu. Aral'ın, kendisinden yardımını esirgemediği için teşekkür edişine, belleğinden geri çağırdığı Türkçesiyle,

"Yok öyle bir şey, ben memnunum!" diye cevap vermişti.

Sigaranın birini söndürüp diğerini yakarak konuğuna, çocukluğunu, aşk ve maceralarla dolu en güzel yıllarını, asla unutamadığı İzmir'de geçirdiğini anlatıyordu. Yunanlılar İzmir'i işgal edince bir gemiyle önce Pire'ye gitmiş, orada da aradığını bulamayınca Hamburg'a gelmişti. Almanya daha kötü çıkmış, aylarca beş parasız kalmıştı. Şu anda oturduğu evin sahibi Alman karı-kocaya çiftlik işlerinde yardım etmiş, kendini onlara sevdirince, evde kalmış felçli kızıyla evlenme iznini koparmış, en azından geleceğini garanti altına almıştı. Ama mutlu değildi. Gençliğini fena halde harcadığı düşüncesi hep içini kemirmişti. Yıllarca bakıcılık yaptığı karısı ölünce Papas yapayalnız kalmıştı. Tekrar neden evlenmediğini defalarca anlattı.

"Neden evleneyim ki? İhtiyacım olunca yatacak birini buluyorum! Bu domuzlar ruh denen şeye inanmıyorlar! Akılları fikirleri çalışıp para kazanmak, bira içmek, ortalık yerde düzüşmek, hepsi bu! İnsan birbirine âşık olur, iki güzel söz eder, öpüşür-koklaşır, değil mi Ali Tarık Efendi? Bunların odundan farkı yok! Biz öyle miydik? Paramız olmasa da sazımız sohbetimiz vardı, rakımız-şarabımız, aşkımız vardı!"

"İzmir'den neden ayrıldın, Papas?"

"Neden mi? Akılsızlıktan tabii ki! Hâlbuki halimiz vaktimiz yerindeydi. Babam, gitme diye çok ısrar etti. Gençlik işte. Yeni yerler göreceğim, bebek gibi kızlarla aşk yaşayacağım ya! Kalkıp şehrin komutanına gittim. O zamanlar, Rumların İzmir'den ayrılmasına izin verilmiyordu."

"Neden?"

"Nereden bileyim? Herhalde nüfus azalmasın diyedir. Üstelik Yunanistan'dan göçmen getirip yerleştiriyorlar diye duymuştuk. Her neyse, komutanla pazarlığa oturdum. Beni Yunanistan'a gönderirseniz şehirde saklanan Kuvvacıların adlarını veririm size, dedim. Komutan kabul etti."

"Kuvvacılar dediğin kişileri tanıyor muydun ki?"

"Yok be, Ali Efendi, ne bilirim ben onları? Adlını duymuşluğumuz var, hepsi o! Tanıdık, tanımadık birkaç isim salladım işte!"

Aral'ın dudakları gerildi. İçi yanmıştı.

"Biraz haksızlık etmemiş misin?" diye sordu.

Papas yeni bir sigara yakarak hüzünle baktı Aral'a.

"Sana bunları ne diye anlatırım be arkadaşım? İçimde kalmasın diye! Yıllardır kangren içimde, bir ben bilirim bir de Allah! Şimdi de sana anlatıyorum ki kanayan yaram iyileşsin," dedi. "Bak, Allah'ın ismini unutmamışım ha! Hiç aklımdan çıkmadı. Komutanın eline bir liste verir, kurtulurum diye düşünmüştüm o zaman. Nereden bilirdim ki adamların bizzat kendileriyle oturdukları evleri birer birer göster, diye tutturacağını? Ben de aptalım ya, önlerine düşüp evlerini gösterdim. Çoğu komşumuz, yediğimiz içtiğimiz ayrı gitmeyen suçsuz, zavallı insanlar! Tutuklanınca nasıl da şaşırmışlardı! Eh, göstermesine gösterdik ama, artık mahalleye giremezdim. Zaten, komşularımıza iftira attım diye zavallı babacığım da bir daha benimle görüşmedi! Onunla, annemle, kardeşlerimle vedalaşamadan gemiye bindim. Beni Pire'ye götürüp birkaç hafta misafir ettiler, sonra da beş parasız sokağa saldılar. Bir süre gemilerde miço olarak çalıştım. Miço nedir, bilir misin? Bana göre en boktan iş! Baktım olmayacak, buraya geldim. Bütün hikâyem bu işte, Ali Efendi. Memleketten biriyle karşılaşacağım, bunları ona anlatacağım hiç aklıma gelmezdi. Biraz içim rahatladı. Tek üzüntüm, ailemle bir daha görüşememekti. Babamın, yetmiş yaşına kadar aynı evde yaşadığını ve zavallı annemden önce öldüğünü öğrendiğimde çok üzülmüştüm. Hani insan öleceğini bilir de yıkılır ya, işte öyle hissettim kendimi. Babam, yazdığım mektupların hiçbirine cevap vermeyince beni affetmediğini anlamıştım. Kardeşlerimle yazıştım sadece. Yunan Askerleri İzmir'den ayrılınca benim yüzümden biraz sıkıntı çekmişler, ama yine de İzmir'i terk etmemişler."

"Oralara gitmeyi düşünmedin mi hiç?"

Papas güldü.

"Burnumda tütmedi değil! Ama onlara göre bir düşmandım, suçum çok ağırdı. Beni sınırdan bile içeri almazlar, hemen tutuklarlardı! Sen olsan, beni kabul eder miydin?" dedi.

"Etmezdim," diye yanıtladı Aral. O da hafifçe gülümsemişti.

Aslında Papas'a üzülmüştü. Kapı komşularına iftira atmanın bedelini, içinde taşıdığı azapla, pişmanlıkla biraz olsun ödemişti. Şimdi de hayatını tehlikeye atarak geri kalanını ödemeye çalışıyordu.

"Ben de etmezdim! Şu Almanları tanıyınca ne düşündüm, biliyor musun? Ne dinimiz, ne dilimiz kendi tercihimiz değil ki! Baksana, burada yaşadığım için Almanca konuşmak zorundayım. Ortodoks olmama rağmen Katoliklerin kilisesine gittim hep. Çünkü karımın ailesi bu bölgedeki herkes gibi Katolikti. Ortodoks olduğumu bile unuttum. Fakat ne yalan söyleyeyim, kendimi onlar gibi hissedemedim bir türlü. Çünkü içimde hep zeytinyağlı dolmaların, böreklerin, ızgarada nefis kokan balık veya köftelerin özlemi vardı. Kim demiş kökenlerimiz farklı diye? Aslında düşünürsek, sen de ben de aynı toprağın, aynı denizin insanlarıyız! Sevinçlerimiz, üzüntülerimiz, şarkılarımız bile aynı! İkimiz de sokağın gürültüsünü, bağırarak konuşanları seviyoruz, Bir de şunlara bak! Asıl farklı olan, buradaki hayat. İnsanlıklarını unutmuşlar, taşa, demire, paraya tapıyorlar! Gerçekleri gördüm, anladım da ne oldu sanki? İş işten geçti artık!"

Aral, gittikçe çenesi açılan, kimi hüzünlenip kimi öfkelenen, zaman zaman da soluğu tıkanan adamı dakikalarca dinledi. Papas, yanı başındaki misafirini unutmuş, bir topluluğun karşısında nutuk verir gibi heyecanlanıp sesini yükseltmişti. Nihayet aralıksız çektiği sigara dumanları şiddetli bir öksürüğe dönüşünce susmak zorunda kaldı.

Göndereceklerı adamı soru sormadan misafir etmesine karşılık kendisine yapılan gizli tekliften ise hiç bahsetmedi. İzmir'e tekrar dönebileceği bildirilmiş, arzu ettiği yerde ömrü boyu oturabileceği bir evle birlikte rahatça geçinebileceği bir maaş teklif edilmişti. Papas, bunların hiçbirini kabul etmemiş, "Ben halimden, yerimden memnunum. Üstelik bir hemşerime yardım edeceğim, bundan güzel karşılık olur mu?" diyerek verilenleri geri çevirmişti. Teklifi yapan adam açık sözlülükle, yakalanırsa başına neler geleceğini hatırlatınca da,

"Boş ver, aldırma dostum. Almanların canı cehenneme! Gideceği yere kadar!" diye karşılık vermiş, içinde gizlenen kederini unutmak için kısa ve sahte bir kahkaha atmıştı.

Evin içinde sıkılmasın diye misafirini hiç yalnız bırakmadı. Onun için sebze, meyve getiriyor, kesip pişirmek için kümesteki en besili tavuğunun peşinden koşturuyordu. Tavuğun tüylerini temizlediği sırada Ali Tarık Sezgin diye bildiği Aral'ın yardıma kalkışmasına,

"Üstünü başını berbat edeceksin! Arkadaşların gelirse, ayıp

olur!" diye itiraz ediyor, sonra da,

"Ah, bir de rakımız olsaydı be, değil mi Ali Efendi!" diye ekleyip hüzünleniyordu.

***

Hafen'in en eğlenceli gazinosu Oberkanal'ın denizci müdavimleri, sahnedeki kadının üzgün şarkısının bitmesini sabırsızlıkla bekliyorlardı. Kafayı bulan şarkıcı, denizden geri dönmeyen sevgiliye yakılan ağıtı elindeki kadehi sallayarak kaç kez söylediğini hatırlamıyordu. Kimsenin ona aldırdığı yoktu. Sarhoş bir denizcinin "Aptal! Git, başka yerde ağla!" diye bağırmasına üzülen kadın nihayet sustu. Onun yerini alan orkestranın coşturucu melodisine ayak uyduran müşterilerin yerlerinde kıvranarak oynamaya başladıkları bir sırada içeri giren Kaptan Neumersk, kendine bir yer bulması için garsona yüklüce bir bahşiş verdi, sonra onu izleyerek arkalarda bir masaya oturdu. O gece efkârlıydı. Tek yardımcısı ve biricik oğlu, birkaç gün sonra askere alınacaktı. Henüz çok genç olmasına rağmen askerlik için başvurmasına çok sinirlenmiş, fakat kararından vazgeçirememişti. Kaptan Neumersk, aslında yüz yıl önce Hamburg'a gelen İsveç asıllı bir ailedendi. Her sohbetlerinde bunu övünerek vurgulamasına aldırış etmeyen oğlunun, "Annemle biz Almanız, neden anlamak istemiyorsun, baba?" diyerek aslını inkâr etmesini içine sindiremiyordu. Yine de birkaç gün önce oğluna yün giysiler, iç çamaşırlar almış, çantasına en güzel tıraş takımından koymuştu. Eline tutuşturduğu bir tomar parayı da "Kız arkadaşınla eğlen! Uzun bir süre bundan mahrum kalacaksın!" diye verince, oğlunun kuşkulu bakışlarından kurtulamamıştı. Kaptan, uzun bir süredir sıkıntıdaydı, satın aldığı gezi teknesinin borçlarını ödeyemiyordu. Daha çok kazanmak için lüks bir tekne satın alırken Almanya'nın bu hale geleceğini, savaşlara gireceğini bilemezdi.

"Baba, bu paraları nereden buldun?" diye sormuştu oğlu.

"Daha çok var, oğlum. Sen keyfine bak!" demişti, cebinden yığınla para çıkarıp göstererek.

Garson, büyük bir kupada birasını getirince düşüncelerinden sıyrıldı. Kupaya hakkını verdi, kocaman bir yudum aldı ve eğlenceye katıldı.

Prostatından çok karısının ve oğlunun onu ele vermeleri acıtmıştı canını. Evinden içeri girdiğinde içtiği kovalarca biraları boşaltmanın yolunu ararken adamları gördü. Fötr şapkalarını çıkarmış, takım elbiseleriyle koltukta oturuyorlardı. Oğlu, diğer kanepede oturan annesinin yanı başında ayakta duruyordu. Babasını görünce kaşlarını çattı, yüzünü annesine çevirdi. Adamlar gülümseyerek ayağa kalkıp nazik bir şekilde ellerini uzattılar.

"Merhaba, Kaptan," dedi biri saygıyla. "Gestapo."

Kaptan anlamsız bir söze muhatap olmuşçasına adamın yüzüne baktı.

"Gestapo mu?" diye kekeledi.

"Evet, Kaptan. Sizinle biraz konuşabilir miyiz?"

"Konuşalım. Ama ne hakkında?"

"Karınıza bahsettiğiniz şu esrarengiz yolcular hakkında! İsterseniz bizim büroya gidelim. Orada daha rahat konuşuruz."

***

Günler birbirini kovalıyordu. İnsanı çileden çıkaran belirsizlik, bir türlü geçmek bilmeyen saatleri yaşanmaz hale getirmiş, Aral'ın umutları tamamen çıkmaza girmişti. Çiftlik evinin perdeleri hep kapalı duran oturma odasındaki cızırtılı küçük radyodan çıkan haberlere kulak kabartırken, bir yandan da Papas'ın ölen karısına ait duvar raflarındaki bir iki kitabın arasından çekip aldığı kitabı okumaya çalışıyordu. Karl May'ın kitabıydı bu. Şanssız yatalak kadının, kimbilir ne kadar ömür harcadığı hasta yatağında tek avuntusu bunlar olmalıydı. Evlenirken çektirdiği resmini duvarda görmüştü. Yarısı ölmüş bedenini terk eden yaşam, gülümseyen yüzünün kıvrımlarına gizlenmişti sanki. Gençliğinde yakışıklı bir delikanlı olan Papas'ın eli yerine, geç kalmış küçücük bir mutluluğu tutuyor gibiydi.

Düşüncelerinden sıyrılınca oturma odasında yalnız olduğunu sezdi birden. Papas ortalarda yoktu. "Herhalde hayvanlara bakmaya gitti," diye düşündü. Göğsüne dayadığı kitabı tekrar eline aldı. Tam kaldığı yerden okumaya başlayacağı sırada kapı vuruldu. Yanlış duyup duymadığını anlamaya çalışırken kapı tekrar vuruldu. Papas kendi evinin kapısını vurmayacağına göre bu yabancı biri ya da birileriydi! Ses çıkarmadan kalkıp ayakuçlarıyla yatak odasına gitti, kapıyı ardından kapayıp soluğunu tuttu, bir kulağını dışarı vererek beklemeye başladı. Kim olabilirdi? Papas'ın komşuları ondan şüphelenerek polise mi ihbar etmişti acaba? Yoksa?

Bir an sesler kesildi. Sonra kelimelerini anlayamadığı bazı konuşmalar duydu. Ardından açılıp kapanan kapının sesi geldi.

"Neredesin arkadaşım? Orada mısın?" diye bağırdı biri, odasına doğru.

Papas'ın sesiydi. İçine su serpildi, kapıyı yavaşça açarak kafasını uzattı. Hayal gördüğünü sandı bir an. Dizlerinin bağı çözülür gibi oldu, düşmemek için kapının pervazına tutunmak zorunda kaldı. Belkıs karşısındaydı!

Adolf Hitler'in askerleri Kuzey Avrupa'yı işgal etmeye başladığı sırada getirmişlerdi Belkıs'ı. Üzerinde, domuz çiftliklerinde çalışan kadınların gündelik kıyafetleri vardı. Uykusuz ve bitkin görünüyor, çok kötü kokuyordu.

Umutsuz yüzüne renk, gözlerine ışık gelen Aral, kollarının bu denli güçlü olabileceğini düşünemezdi. Tüm gücüyle sarılarak sevdiği kadının ayaklarını yerden kesti, dakikalarca bırakmadı. İnanamadığı mutluluk gözyaşları, Belkıs'ın yanaklarından süzülen yaşlara karıştı. İçindeki tüm değerlerin üstüne tırmanan kadının, göğsünü sıkan kollar yüzünden daralan soluğunu tazelemek için araladığı dudaklarını öperken bir periyle uzayın boşluğunda dans ettiğini sandı.

Sonra onu odasına götürdü, her an kırılabilir bir kristal gibi yatağına yatırdı. İkisi de tek kelime etmedi. Yatağa uzanır uzanmaz göz kapaklarını kapatan Belkıs, günlerdir kendini zorlayan uykuya yenik düşmüştü. Yorganıyla Belkıs'ının üzerini örtüp bir yandan da kapalı kirpiklerine okşarcasına öpücük konduran Aral, yatağın yanına, yere çökerek sevdiği kadını dakikalarca seyretti. Sonra istemeyerek onu sabırsızlıkla bekleyenlerin yanına gitti.

Orta yaşını geçkin bir adamla siyah kabanına sarınmış, sürekli tetikteymiş gibi etrafına bakınan genç bir arkadaşı getirmişti Belkıs'ı. Kim olduklarını söylemediler. Aral da hiçbir soru sormadı. Sadece minnettar bakışlarla teşekkür etti. Sabırsız ve tedirgin görünen adam, Belkıs'ın pasaportunu verirken yeni bir talimata kadar bu evde beklemeleri gerektiğini izah etti. Bu bekleyiş, biraz uzun sürebilirdi. Çünkü bütün limanlar, alışılmışın dışında Gestapo'nun kontrolü altındaydı. Tahminlerinin aksine bir durumdu. Bu nedenle sabırlı olacaklar, kesinlikle dışarı çıkmayacaklar ve kendilerinden haber bekleyeceklerdi. Okuyup iyice ezberledikten sonra imha edeceği kâğıdı teslim etti ve onu izleyen genç arkadaşıyla birlikte gecenin karanlığına daldı, gözden kayboldu.

Alışılmışın dışında önlem alan Gestapo, Aral'ı ürkütmüştü. Günlerdir dünyadan kopuktu. Neler olduğunu, teşkilatın Belkıs'ı nasıl kurtardığını, buraya nasıl getirdiğini henüz bilmiyordu, ama ortalığın epeyce karıştığı açıktı. Büyük bir ihtimalle bütün limanları ve sınırları gözaltına almışlardı ki bu, hiç de hayra alamet değildi.

Aral, melekler gibi uyuyan Sevgili Belkıs'ının başucunda gözünü bile kırpmadan geçirdi geceyi. Konsolos Bey'i ve bir gölge gibi elçiliğe girip çıkan Kemal Bey'i geçirdi aklından. Adamın, ak tenli yumuşak yüzündeki gizemli sessizliğinin, çok ender de olsa insanı rahatlatan berrak bir gülümsemeye dönüştüğünü anımsadı. Ne enteresan bir adamdı! Oralardan bile yetişmeye çalışıyordu. Bu işleri, kısa zamanda nasıl becerdiğini ise hâlâ anlayamamıştı. Kendi istihbaratları bu kadar güçlü müydü gerçekten? Yoksa Konsolos

Bey'in dediği gibi bir takım tavizler vererek İngilizlerden yardım mı almışlardı? "Kimse babasının hayrına iyilik yapmayacağına göre bizimkiler inşallah fazla bedel ödememişlerdir!" diye dua etti. Şu anda dua etmekten başka yapabileceği bir şey yoktu zaten. Kemal Bey'in "Konsolos Bey'e ve ülkenize teşekkür edin," sözü kulaklarında yankılanırken gözleri nemlendi. Her ikisine de çok şey borçluydu.

Her şey nasıl da birden değişmişti! Dışarıya kapalı duru dünyasında ansızın bir kasırganın patlayacağı ve onu buralara kadar savuracağı aklına gelir miydi hiç? Bir zamanlar toz kondurmadığı güçlü ve soylu değerlerinin, komik bulduğu basit duygular önünde küçük düşmesine, kırılgan bir hale gelmesine göz yumacak kadar çaresiz kalacağını kim söyleyebilirdi? Oysa bunların hepsi olmuştu!

İyice ağırlaşan gözkapaklarını açık tutmaya çalışırken Belkıs'ın yatak kenarından sarkmış ince uzun parmaklarını okşadı. Sonra kafasını yanına koydu, derin bir uykuya daldı.

HAMBURG 1945 SONBAHARI

Gittikçe ağırlaşan zatürreeyi bir hastanede, ciğerlerini zorlayan öksürükler arasında atlatmaya çalışan Papas, kendini bir kutu pahalı çikolata ve bir demet çiçekle ziyarete gelen bordo-mavi fularlı, kır saçlı adama teşekkür etti. Son raddeye gelmiş hastalığından bu yana ilk kez bir ziyaretçisi olduğu için çok mutlu görünen Papas, son bir çabayla doğrulmaya çalıştıysa da gücü yetmedi, başını tekrar yastığa koydu.

"Ali Tarık'ın yakınısınız ha? Nasıl kendisi iyi mi? Karısıyla mutludur şimdi! Fakat vefalı adam değilmiş! Gider gitmez bana mektup yazacağına söz verdiği halde yazmadı. Önceleri savaş yüzünden yazamamıştır dedim. Ya şimdi ne bahanesi var? İnsan bir iki satır yazar, değil mi?" diye sitem etti.

Kır saçlı adam onun sözünü bitirmesini beklemekten çok kendisi konuşmakta güçlük çekiyor gibiydi.

"Sizin tanıdığınız insanın adı Ali Tarık değildi," dedi. "Onun asıl adı Aral'dı. Aral Tigin. Bayanın adı ise Berta Belkıs Mars'tı."

Kaşlarını çatan Papas, bir an beyaz örtünün altında kıvırdığı dizlerinin tümseğine daldı, düşündü. Sonra yavaşça adama döndü.

"Ee?" diye sordu.

Kır saçlı adam, kederli bir sesle devam etti.

"Size mektup yazamazdı. Hiçbir zaman da yazamayacak!"

Yüzü adama dönük Papas, onun söylediği şeyi anlamak istercesine önce sorgulayan bakışlarla baktı, sonra gözlerini tavana çevirdi, bir süre öyle kaldı. Odadaki diğer hastaların konuşmalarını ya da öksürüklerini duymuyordu artık.

"Demek başaramadı!" dedi, kendi kendiyle konuşuyormuş

gibi.

"Maalesef,"diye onayladı adam, aynı kederli sesiyle.

"Sigara kullanıyor musunuz?"

"Hayır, hiç içmedim."

"Yazık! İçseydiniz bana da bir tane verirdiniz."

"Burada sigara içilmediğini sanıyordum."

"Yasak tabii. Şu lanet doktorlar, öleceğimi bildikleri halde hiçbir arzumu yerine getirmiyorlar! Her neyse, nasıl oldu bu iş? Yani Ali, ya da gerçek adı neyse?"

"Kimse bilmiyor. Onlardan bir daha haber alamadık. Sadece Hamburg'daki otelde bir gece kaldıklarını biliyoruz. Bütün bildiğimiz bu."

Papas'ın fersiz gözleri parladı.

"Hiçbir şey bilmediğinize göre belki de yaşıyorlardır!" diye umutlandı. "Nasıl emin olabilirsiniz ki?"

"İlk başta biz de öyle düşünmüştük," dedi adam, hüzünle başını iki yana sallayarak. "Belki bir aksilik oldu da bir yere saklandılar diye ümitlendik, savaş bitinceye kadar bekledik. Ama hayır, öyle olsaydı, bizimle mutlaka temas kurarlardı. Kaç yıl geçti, bir haber yok!"

"Dediğiniz de doğru. Çok üzüldüm. Adları her neyse, çok iyi insanlardı. Onlarla tanıştığım için çok mutluydum."

"Sizi fazla yormak istemiyorum. Berta Belkıs Hanım evinize geldikten sonra neler olduğunu anlatır mısınız bana?"

Papas, belleğini şöyle bir yokladı, sadece anımsamak istediği şeylerden bahsetti.

Üç haftayı evin içinde sıkılmadan geçirmişlerdi. Papas, hayatı boyunca birbirine bu kadar âşık bir çift görmediğine yemin etti. Çok sessizdiler. Çiftlikte beklerken günlerinin çoğunu hemen hemen hiç konuşmadan, birbirlerine sarılarak ya da el ele tutuşarak geçirmişlerdi. Aral, dışarıda görünmeleri çok tehlikeli olmasına rağmen karısını bir kaç kez kırlara götürmüştü.

"Bu yüzden onunla az mı tartıştım! Ama gözü hiçbir şey

görmüyordu!" diye yakındı.

Evlendiğinde, giyemeyeceğini bildiği halde felçli karısına aldığı, gücü tükenen eşi ölünce de dolabında sakladığı dantelli beyaz elbiseyi, sonradan gelen bayana bin bir ricayla hediye ettiğini anlattı. Kadının, o elbise içinde melekler kadar güzel göründüğünü, onları bazen kıskançlıkla, bazen imrenerek izlediğini ise hiç saklamadı.

"Görülmeye değerdi, dostum! İnan, değerdi!" diye iç çekerken, Aral'ın yerinde olmak için can atar gibi bir hali vardı.

"Evet, anlıyorum. Sonra ne oldu?"

"Hiçbir şey. Bir gün, bayanı getiren adamlar tekrar geldi. Valizlerini alıp hep beraber gittiler. Çok mutluydular. Bayan ne yaptı, biliyor musun?"

"Ne yaptı?"

"Ona hediye ettiğim elbiseyi temizleyip ütüleyerek karımın gardırobuna geri koymuş, yakasına da bir not iliştirmiş. Hiç unutmuyorum, şöyle yazmıştı. 'İnceliğiniz için teşekkür ederim. Ama her elbise sahibinin üstünde güzel ve değerlidir! Sevgilerimizle, Papas. Seni unutmayacağız...' Elbiseyi orada bulunca çok kızmıştım. Sonra düşününce ne demek istediğini anladım."

Birden başucundaki sandalyede oturan adama döndü, merakla gözlerinin içine baktı.

"Kim olduğunuzu sormayacağım, ama akraba falan olduğunuza da inanmıyorum. Merak ettiğim, onları bana siz mi gönderdiniz?" diye sordu.

Kır saçlı adam gülümsedi, başını sallayarak "Evet," diye yanıtladı.

"O halde, haberim yokken beni apar topar bu hastaneye getirmelerinde de sizin parmağınız vardır mutlaka?"

Kır saçlı adam ayağa kalkarken gülümsemesine devam etti. Veda etmek için Papas'a elini uzattı, pek inandırıcı olmayan bir tavırla,

"Yanılıyorsunuz, benimle ilgisi yok," dedi. "Artık gitmek

zorundayım. Çok yoruldunuz, dinlenseniz iyi olur. Yaptığınız her şey için tekrar teşekkürler. Size minnettarım, dostum. Tekrar görüşmek üzere."

Papas da elini uzattı.

"Bir daha görüşebileceğimizi sanmıyorum," dedi. "Beni ziyarete geldiğiniz için asıl ben teşekkür ederim. Hoşçakalın."

Kır saçlı, fularlı adam, odadan çıkmadan önce ona son bir kez baktı. Sonra hasta takip bankosuna gitti. Papas'ın kayıt sayfasına, her türlü sorun ya da ihtiyaç için başvurabilecekleri bir isimle telefon numarası yazdı, hastaneyi terk etti.

İSTANBUL 1947 İLKYAZI

Yaşlı Mikail Amca, savaştan iki yıl sonra Karaköy'deki dükkânında kendini ziyarete gelen, kır saçlı, fularlı bir adamın eline belgeler tutuşturarak anlattığı hikâyeyi, inandırıcı olmayan yanlarıyla dinlerken, bir gün gerçeği öğrenip yıkılacak olan torunu Eliza'yı düşünmekten kendini alıkoyamadı. Adam, Eliza Mars adına düzenlenmiş bir banka makbuzu ve resmi bir evrak getirmişti. Banka makbuzunda külliyatlı miktarda para görünüyordu. Mikail Amca'nın şaşkınlığından faydalanan adam, acelesi varmış gibi konuştu.

"Bankadaki para Eliza Tigin adına yatırıldı. Çocuk, on sekiz yaşından gün alıncaya kadar bu paraya dokunamayacak. Evraka gelince, okuyup anlayacağınız üzere; Devletimiz, Eliza Mars adlı kız çocuğuna, nüfus kayıtları şehit Aral Tigin adına düzenlenmek kaydıyla maaş bağlamıştır. Hepsi bu resmi kâğıtlarda yazılı, Bay Mikail."

Mikail Amca'nın şaşkınlığı, tek kelime edemeyecek kadar artmıştı. Bir adama, bir önüne konan makbuzla zarfa bakıyordu. Kır saçlı, fularlı adam, ona aldırmadan kısa ziyaretini bitirerek gitmek üzere ayağa kalktı.

"Bay Mikail, gitmeden önce şunu söylemeliyim," dedi yeniden. "Bütün bunlar, Aral Tigin'in şahsi vasiyetidir. Fakat durumdan hiç kimseye bahsetmeyeceksiniz! Özellikle Aral Tigin'in ailesi bilmeyecektir. Bunu lütfen unutmayın! Tanıştığımıza memnun oldum. Hoşçakalın."

Kır saçlı fularlı adam acelesi varmış gibi hızla dükkândan çıktı.

Mikail Amca, neden sonra kendine gelip "hoşçakal" bile

diyemediği ziyaretçisinin peşinden koştuysa da caddenin kalabalığında onu göremedi. Aklına yeni gelen soruları soramadığına bin pişman, masasına oturup zarfını açtığı resmi evraka şöyle bir göz attı. Yeni harfler ve Osmanlıca kelimelerle yazılmış bir sürü resmi terim, mühür ve sicil numaralarıyla dolu evrakta dikkatini çeken bir satıra takıldı. "Görevi başında şehit düşen Aral Tigin'in bütün haklarının ve maaşının bizzat kendi vasiyeti ve Berta Belkıs Mars'la evlilik akdi sebebiyle murisi 1936 Berlin doğumlu, Berta Belkıs'dan olma Albert kızı Eliza Tigin (Mars) adına ödenmesine..."

***

Eliza, büyük amca Mikail'in evinde, annesinin bir kopyası olarak büyüdü. İyice yaşlanan, kemikleri eğildiği için yürümekte zorluk çeken Mikail amca, velayetini aldığı Eliza'nın vatandaşlık ve nüfus kayıt işlemlerini tamamlarken mahkeme kararıyla adının Eliza Belkıs olarak değiştirilmesini uygun gördü, değişen soyadını ise, Almanlarla başı dertte olan annesinin, hayatını kurtarmak için elçilikte çalışan arkadaşıyla evlenmek zorunda kalmasıyla açıkladı. Bütün ailenin toplandığı bir akşam yemeğinde, Eliza Belkıs'ın tutuk bir şekilde uzattığı eline yeni nüfus cüzdanını koyan Mikail Amca, onunla birlikte ağlamamak için kendini zor tuttu.

***

Haydarpaşa Garı'nın önünde, iskele kenarındaki tozlu bankta oturan Konsolos Bey, mavi sularda balık avlamaya çalışan martıları izledi bir süre. Oldukça derin solukları gerektirecek kadar zorlu bir yaşamın izlerini silmek ister gibi alnındaki çizgileri, parmağıyla bir aşağı bir yukarı ovalarken Aral'ın babasını düşündü.

Kamburlaşmış sırtıyla ilelebet koltuğuna mahkûm Muzaffer Tigin Bey, bir an için bile olsa, metanetini bozmamıştı. Ne karısının feryatlarına aldırış etmiş, ne de oğlunun dul bir Yahudi kadınla evlenmesine ses çıkarmıştı. Gizli görevi esnasında Almanlar tarafından şehit düşürülen ve ne yazık ki cesedi bulunamayan kahraman oğlunun hikâyesini sessizce dinlemiş, Konsolos Bey'e tek bir soru bile sormamıştı. Kalkamadığı koltuğundan el sallayarak onu uğurlarken duyduğu gurur, içine gömmeye çalıştığı evlat acısının dayanılmaz ataklarına rağmen başını dik tutmasına yetmişti.

Konsolos Bey, ömrü boyunca vicdan azabı duyacağını bildiği halde evlilik akdine ait kayıtların Berlin Elçiliğinde, sahte bir tarihle sonradan düzenlendiğini ne Muzaffer Bey'e ne de başka birine anlattı. Aral'ın vasiyetini yerine getirmek için bunu yapmaya mecburdu.

İskeleyi koruyan karşıdaki kayalıklara çarpan dalgalara son kez baktı. Sonra okuma gözlüklerini takarak ceketinin iç cebinden Aral'ın küçük bir fotoğrafını çıkardı, elinde tuttu.

"Aptal çocuk!" diye mırıldandı.

Fotoğrafı tekrar cebine koydu, yavaşça kalkıp bordo-mavi desenli ipek fularını düzeltti. Yanındaki küçük valizi eline alarak ağır adımlarla merdivenleri tırmanmaya başladı.

